家を追放された
魔法薬師は、
秘密の薬草園で
囲まれて
第二の人生を謳歌する

秘密の隠れ家で
妖精達と楽しい
セカンドライフを!!

ベアトリス
・フォン・イーゼンブルク
典薬貴族であるイーゼンブルク
公爵家の筆頭薬師。
しかし、家を追い出されたため
祖父からもらった
隠れ家で楽しく暮らしている。

「改めて名乗ろう。
私は王室典医貴族である、
エルツ・フォン・ヴィンダールストという」
エルツ
・フォン・ヴィンダールスト
クリスタル・エルフの血を引く一族、ヴィンダールスト大公家の一人で、王室典医貴族として王宮で働いている。

家を追放された魔法薬師は、

薬獣や妖精に
囲まれて
秘密の薬草園で

第二の人生を謳歌する

江本マシメサ

ill 天領寺セナ

口絵・本文イラスト
天領寺セナ

装丁
AFTERGLOW

CONTENTS

第一章　離縁状を突きつけられた私

「ベアトリス！　お前との腐れ縁は今日限りだ！　離婚してやる！」

夫であることを放棄しようとする男、オイゲンは胸に愛人ヒーディを抱きながら宣言する。彼とは一度も夜を共にしたことがない白い結婚だった。

結婚してから早くも三年――いつかはこうなると思っていた。

オイゲンは愛《いと》おしそうな視線をヒーディに向けながら、私に報告してくる。

「いいか、よく聞け！　ヒーディのお腹《なか》には、僕の子がいるんだ！　このイーゼンブルク公爵家の跡取りとなるだろう」

ずっと、些細《ささい》な何かが離婚のきっかけになるに違いない、と確信していた。

彼とヒーディの間に子どもができることも、ある程度は予想していた。そのためか、彼の言葉を冷静に聞く私がいる。

結婚後、愛人がいることを知ったのだが、その事実は大きな問題として処理されることはなかった。

愛人の存在について、はじめこそショックを受けていたものの、忙しい日々を過ごすうちに気にならなくなっていく。

ただただ無感情で話を聞く私に、オイゲンは追い打ちをかけるような言葉をぶつけてきた。

「お前との結婚は、お祖父様《じい》がどうしても、と言うから〝してやった〟んだ！　そのお祖父様が死んだ今、この結婚を続ける意味はまったくない」

そう、オイゲンが言うとおり結婚は十年前、先代公爵だったお祖父様が決めたことである。

そんなお祖父様は十一か月前に亡くなってしまった。あと数日待ったら喪が明けるというのに、その前に離婚を切り出してくるなんて、呆《あき》れた話である。

「典薬貴族であるイーゼンブルク公爵家は長らくお前が牛耳っていたが、それも今日で終わりだ！　これからは、僕の妻となるヒーディが筆頭薬師《くすし》を務めるんだ！」

それを聞いて呆れてしまう。彼女は私と同じ魔法学校の魔法薬学科を卒業しているものの、成績は卒業するまですべての試験で最下位。おまけに他人のレポートや課題の薬草を奪ったり、代理人に試験を受けさせようとしたり、とさんざんだった。そんな彼女が退学にならなかったのは、商人であるヒーディの父親が魔法学校に多額の寄付をしていたからだろう。

「ベアトリスめ！　さっきから僕をバカにしたような目で見て、なんとか言ったらどうなんだ⁉」

返す言葉が見つからないというのが本心だが、何も言わなかったら癇癪《かんしゃく》を起こすだろう。

「本当に、彼女と二人でやっていける、と思っているのですか？」

「お、お前は、ヒーディをもバカにしているのか⁉　彼女が言っていたことは本当だったんだ！　お前はいつも陰湿で、ネチネチと小言を言い、陰でいじめていたんだ！」

「心当たりがこれっぽっちもないのですが」

「何を言ってるんだ！　ヒーディが少し買い物をしただけで、文句を言っていたそうではないか！」

彼の言う〝少し買い物をした〟というのは、ヒーディが二千万ゲルトもするダイヤモンドの首飾りを購入した日に物申した件を言っているのか。公爵家の総資産を見たら、二千万なんてちっぽけな金額かもしれない。けれども彼女は、そういった少しの買い物を、お祖父様が亡くなってからというもの、何回も繰り返していたのだ。そのような派手な暮らしをしていたら、公爵家の財政はあっという間に傾いてしまうだろう。その点をやんわりと指摘してみる。

「イーゼンブルク公爵家の財産は、かつての当主達が節制した暮らしを続け、病に臥《ふ》した人々を助けるために魔法薬を作り、長年かけてこつこつと築いたものです。それを湯水のように使ったら、あっという間になくなってしまいますよ」

ヒーディの実家は大金持ちなので、その辺の金銭感覚がおかしくなっているに違いない。

彼女の父親はたった一代で莫大《ばくだい》な収益を得て、商会を大きくしていった。だがそれも、人身売買や薬、違法武器の取引などで得たものだという噂《うわさ》を小耳に挟んでいる。

正義感の強いお祖父様がもっとも嫌うような、裏社会の住人であった。それをオイゲンも知っていたからか、お祖父様が生きている間はヒーディの存在を必死になって隠していた。

「ヒーディのお父様みたいな莫大な収益は、イーゼンブルク公爵家には入ってきません。それについてしっかり認識しておかないと、いつか身を滅ぼすことになるでしょう」

「なっ、み、身を滅ぼすだと⁉　お前はそうやって、お祖父様の真似《まね》をしてネチネチうるさいことを言う！　本当に、お祖父様そっくりだ！」

尊敬していたお祖父様に似ているなんて、褒め言葉でしかない。ありがたく受け取っておく。

オイゲンは幼少期から、厳しく接してきたお祖父様に対し苦手意識があったのだろう。お祖父様は次期当主として育てていた息子を亡くし、自分が死ぬ前にオイゲンを一人前にしようと必死だったのかもしれない。

一方、父親を若くして亡くした一人息子であるオイゲンは、それはそれは甘やかされて育った。魔法学校も行きたくないからと家庭教師を雇い、独学で魔法薬を習得したというが、彼が調合しているところは一度も目にしていない、とイーゼンブルク公爵家の魔法薬師達が証言していた。

さらに、社交場に顔を出さずとも一度も注意されたことがないという。

そんなオイゲンの幼少期を知ったのは結婚してからだった。中等教育機関《ミドルスクール》や魔法学校時代は寮生活だったので本性を知る機会もなく……。結婚前は猫を被《かぶ》り、私に優しく接していたのである。

そんな彼は、初夜に信じがたい行動をしてくれる。

オイゲンはヒーディと共に現れ、「お前を本当の妻にするつもりはない！　真なる妻はこのヒーディだ！」なんて言ってくれたのだ。

夫婦の寝室から追い出された私は、お祖父様に相談しようか迷った。けれども、私達の結婚を、お祖父様はおおいに喜んでいて、珍しくお酒をたくさん飲み、気持ちよく眠っていると耳にした。

そんなお祖父様を叩《たた》き起《お》こして、オイゲンが結婚初日から愛人を連れてきて、夫婦の寝室を乗っ取っただなんて言えるわけがない。

そんな彼をイーゼンブルク公爵家の当主にするのが不安だから、とオイゲンの従妹《いとこ》であり、お祖父様の弟子でもあった私に白羽の矢を立てたのだろう。そしてオイゲン自身もヒーディを妻にするまでの時間稼ぎとして、私との結婚を利用したに違いない。

愛人がいたことについて、眠れないくらい悩んだし、落ち込んだ。けれども毎日の忙しさが忘れさせてくれたのだ。

いつか妻の座から引きずり下ろされる日が訪れるだろう、などと考えていたので覚悟はできていた。顔を真っ赤にして怒るオイゲンから目を逸《そ》らし、そっとため息を吐《つ》く。

今はもう、彼らに対して悲しみや悔しさなど感じることはない。ただただ呆れたの一言であった。

オイゲンは私に向かって、筒状に巻いた羊皮紙を投げつけてくる。

「ベアトリス・フォン・イーゼンブルク！　今すぐ離婚承諾書に署名をして、この家から出て行くんだ！」

激昂《げきこう》するオイゲンの隣で、ヒーディが勝ち誇ったように、にやりと微笑《ほほえ》んでいた。羊皮紙を開くと、そこにはすでにオイゲンの名が記入されていた。メイドがやってきて、ペンとインクを用意する。今すぐ署名しろ、というわけだ。

「おい、どうした？　もしや、僕と離婚したくない、と言うんじゃないだろうな？」

その言葉を聞いて、ヒーディがくすくす笑う。

何が面白いのやら、という気持ちしかこみ上げてこない。

「それとも、公爵夫人の座を降りるのが嫌なのか？」

「いいえ、そういうわけではありません」

「だったらなぜ、すぐに記入しない」

「突然すぎますし、それに」

「それに？」

私はお祖父様にイーゼンブルク公爵家を守るように言われていた。それ以外にも、財産や使用人の管理はもちろんのこと、典薬貴族としての社交界での付き合いや、治療中の患者についても、任されていたのだ。それらのすべてを、ヒーディができるとはとても思えない。

「やはり、公爵夫人としての地位が惜しいのか！　お前はそれを、三年もの間、ヒーディから奪っていたんだぞ！」

「奪う？」

「そうだ！　僕は彼女と結婚するつもりだったのに、お祖父様が許さないから――」

どうやらオイゲンは一度、ヒーディとの結婚を乞《こ》うためにお祖父様に相談していたらしい。私という婚約者がいるため、お祖父様は反対したという。その後、ヒーディと別れるように言われていたため、彼女の存在がお祖父様にバレないように努めていたのだろう。

「彼女との出会いが十年以上前、私との婚約以前のことであれば、奪うという言葉も納得できるのですが……」

オイゲンとヒーディの付き合いは十年にも満たないだろう。

私に痛いところを突かれたオイゲンは言い返す言葉など当然なく、代わりに喚《わめ》き散らす。

「いいから、つべこべ言わずにさっさと署名しろ‼」

「いきなりすぎます。やりかけの仕事もありますし」

「バカか！　お前一人でイーゼンブルク公爵家の仕事を回していたわけではないだろうが！」

それに関しては、オイゲンの言うことは間違っていない。イーゼンブルク公爵家では、お祖父様の弟子だった薬師が大勢いる。私がいなくても、彼らがいれば典薬貴族としての名は保てるだろう。

「では、今後の仕事は工房長の指示に従って――」

「いいや、この屋敷のすべてはヒーディに任せるつもりだ。なんせ、ヒーディはありとあらゆる魔法薬の頂点とも言われている、〝エリクシール〟を作ることができるからな！」

エリクシールというのはどんな傷でも回復してしまう、作製がもっとも困難とも言われる魔法薬だ。まず、材料集めがとてつもなく難しく、調合も非常に複雑である。私もお祖父様が臥せってから毎日作っていたが、集中力が途切れるとあっさり調合を失敗してしまっていたほどである。

魔法学校で成績最下位だったヒーディが、エリクシールを作れるわけがないのだが。

「信じていない、という顔だな。まあ、いい。お前の個人的な感情なんて、至極どうでもいいからな。とにかく、一刻も早く署名するんだ！」

もうここまで言いだしたら、止めることなんてできないだろう。イーゼンブルク公爵家には私以外にも優秀な薬師は大勢いるし、幸いと言うべきか、他にも典薬貴族は存在する。街の人々が魔法薬に困る、という事態にはならないだろう。

「そういえば、お前、お祖父様から金や宝石を受け取っていないだろうな？」

「いいえ」

お祖父様から受け取ったもっとも大切な財産は、魔法薬についての知識である。オイゲンも同じ物を受け取っているはずなのに、どうしてこうなってしまったのか。よくわからない。

「お前が所持するドレスや宝石は、すべてヒーディの物だからな！　一個たりとも持ち出すんじゃないぞ！」

「もちろん、そのつもりです」

この屋敷にある物に対する執着はいっさい持ち合わせていない。むしろ、私のお古でいいのか、と問いかけたくなったが、新たな争いの種を蒔《ま》くことになるだろうと思ってぐっと飲み込んだ。

「だったら、離婚に応じるように」

「わかりました」

あっさり従ったので、拍子抜けしたのだろうか。オイゲンは目を丸くしている。相変わらずヒーディは嬉《うれ》しそうだった。本当にくだらない。そう思いながらペンを握る。すると、オイゲンがはっ！　と呆れたように息を漏らす。

「お前のその緑色に染まった手は、いつ見ても気持ち悪いな！」

緑色に染まった手とは、薬草の採取と調合によって汚れたものである。薬師ならば皆、このように緑の手を持っているのだ。当然と言うべきか、オイゲンとヒーディの手は緑色に染まっていない。

「しっかり手を洗って、手入れをするように言っていただろうが」

爪の中まで入り込んだ薬草の汁は、洗った程度では落ちない。薬師ならば常識であろう知識も、オイゲンは持ち合わせていなかった。

あれはいつくらいの話だろうか。かつての彼は私の手を握り「ベアトリスの手は働き者の手だ、とても美しい」なんて正反対のことを言ってくれた。当時の私はそれが嬉しくて、お祖父様から打診があった結婚を受け入れたのだ。

けれども実際は本当に美しいと思っていたわけではなく、よく働く使い勝手のよい伴侶《はんりょ》を手にしたかっただけなのだろう。彼の言葉の真意を見抜けなかった私が悪いのだ。

何もかも忘れよう。そう思いながらインクを浸し、名前を書く。

――ベアトリス・フォン・イーゼンブルク

彼とは親戚《しんせき》なので、離婚しても名前は変わらない。なんとも不思議な気分だ。

オイゲンは羊皮紙を私から取り上げるように手に取り、にやりとほくそ笑む。

「はははは、あははははは！　ついに、この忌まわしい結婚が解消されるぞ！」

「オイゲン、よかったわね！」

「ああ、ヒーディ、君のおかげだ」

オイゲンとヒーディは抱擁を交わすだけでなく、私の目の前で熱烈な口づけまでし始めた。離婚承諾書を役所に提出するまで、私達はまだ夫婦なのだが。不貞行為を堂々と働く二人を前に、深く長いため息が出てしまう。そんな私の様子に気付いたオイゲンが、メイドに命じた。

「おい、この女をこの屋敷から追い出せ。一家の恥になるから、裏口から追い出すように」

メイドは深々とお辞儀をしたあと、私の腕を取る。

「ベアトリス様、どうぞお外へ」

どうやらすぐに追い出すつもりらしい。抵抗する気も起きず、立ち上がって裏口を目指す。

オイゲンやヒーディも見送ってくれるようで、いちゃいちゃしながら私のあとに続いた。裏口の扉を開いて外に出ると、オイゲンが私に向かって旅行鞄《りょこうかばん》を投げつけてくる。

「お前がお祖父様が死んでから着ていた、陰気くさい喪服は持っていけ！　縁起が悪いからな。あとは――」

オイゲンはヒーディに視線を移す。

「おい、ヒーディ、何か言いたいことがあったら、今のうちに言っておけ。こいつとは今後生きる世界が変わるから、二度と会えなくなるぞ」

その言葉にヒーディは頷《うなず》く。彼女の手には離婚承諾書が握られていて、私に見せつけるように愛おしそうに頬ずりしている。それがあれば公爵夫人の座はヒーディのものになるので、さぞかし愛おしいことだろう。

「ベアトリス、これまでご苦労様。これからはこのあたしが、公爵夫人になるから、死なない程度に頑張りなさいね」

最後に彼女がぐっと私に接近し、耳元で囁《ささや》く。

「離婚承諾書を提出する名誉を、あんたに譲ってあげるわ。一刻も早く、出してくるのよ」

何が名誉だ。そう思った瞬間、ヒーディは私の耳にあったイヤリングを引き抜きながら言った。

「もしも提出しなかったら、地の果てまで追いかけるから、覚悟しておいて」

「心配せずとも、責任を持って提出します」

「わかっているじゃない！」

ヒーディは叫ぶように言うと、離婚承諾書を投げつけてきた。そして、見せびらかすように私がつけていたイヤリングを装着する。公爵夫人の所持品とでも思っているのだろうか。あれは私の私物で、肩こり防止の魔法が付与されただけの安物なのだが……。

呆然《ぼうぜん》とする私の肩をヒーディはどん！　と突き放し、家の外へと追いやる。

「じゃあね」

そう言って、裏口の扉がバタン！　と閉められた。がちゃん、と大げさな音を立てて施錠までされる。北風がひゅーっと吹き付けた。はあ、とため息を吐くと、白い息がふわりと漂う。

空は曇天。凍えるような寒さだ。まるで私の心情を表すような空模様にも思える。

ここにいても仕方がない。まずは役所に行って、離婚承諾書を提出しなければならないだろう。

屋敷に背を向け、一歩踏み出したところ男性のような低い声がかかる。

『おい、ベアトリス、荷物をまとめてどこに行くんだよ。また薬草採取の旅か？』

レースの首輪を付けた黒猫が、木の上から降り立った。

「あら、セイブルではありませんか」

彼はイーゼンブルク公爵家を守護する家猫妖精《ようせい》で、長年にわたってありとあらゆる災難から守ってくれている。

たとえば、長い歴史の中で何度も流行病《はやりやまい》が蔓延《まんえん》した。そんな中でイーゼンブルク公爵家の者達が感染せずに調薬し続けられたのは、セイブルが守ってくれたおかげである。彼はイーゼンブルク公爵家の者ではなく家と契約しているため、当主が代替わりしても居続けてくれるのだ。

セイブルは私の足下へ来ると、撫《な》でてくれと言わんばかりに額をすり寄せてくる。

これまでお世話になった感謝も込めて、しゃがみ込んでよしよしと撫でてあげた。

『ベアトリス、お前、このボロっちい鞄、いつも旅に持っていっているやつとは違うじゃないか。どうしたんだ？　あのケチな当主に取り上げられたのか？』

「いいえ、違います。あの仕事用の旅行鞄はここに置いていくんです」

そう答えると、セイブルは何かを察したのか、ハッと顔を上げて私を見つめる。

『お前、もしかして、ついに当主に愛想を尽かして、家出でもするのかよ』

「いいえ、家出ではありません。追い出されてしまったんです」

『は⁉』

セイブルは目を見開き、信じがたいと訴えるような視線を向けてきた。

『待て、もう一度確認させてくれ。お前が当主を見捨てたんじゃなくて、当主がお前を切って離したと言うのか？』

「ええ、そうです」

『ば……バカだ！　あの男、正真正銘のバカだ！』

それについては残念ながら否定できない。せめて、私の代わりに選んだ女性が敏腕の魔法薬師だったら、なんて思っていたが、相手は魔法学校で成績最下位だったヒーディである。公爵夫人としてのこれからの切り盛りは、まったく期待できないだろう。

『イーゼンブルク公爵家の長い伝統と歴史は、ついに終わったか』

「それに関しての発言は控えさせていただきます」

心配でしかないが、私はもう本家の彼らとは無関係となった。私の両親は私が十二歳のときに亡くなり、そこからお祖父様が後見人となって育ててくれた。そのため、帰る実家というのもない。

これからどうしようか、考えなければならないだろう。

『お前、これからどうするんだ？』

「ひとまず、離婚承諾書を役所に持っていって、受理してもらおうかと」

『そうか』

「これまで、お世話になりました」

『気にするなよ。俺様とお前の仲じゃないか』

「そう、ですかね」

もう一度、お別れだと思ってセイブルの頭を撫でてから再び歩きだす。幼少期からの付き合いだったセイブルとの別れは、辛《つら》いものだった。もう会えないのかと思うと、胸が締めつけられる。今になって、ここを離れるのが寂しくなってきた。瞼《まぶた》が熱くなっているのを感じたが、ぐっと堪《こら》える。泣いてイーゼンブルク公爵家の屋敷を飛び出すなんて、みっともない姿は誰にも見せたくないから。

一歩、足を踏み出すと、背後から幼い少女みたいな声が聞こえた。

『待ってー』

「一緒にいくー」

『置いていかないでー』

振り返った先にいたのは、イーゼンブルク公爵家で働く薬獣《やくじゅう》、アライグマ妖精のムク、モコ、モフの三姉妹だ。

薬獣というのは、薬草採取や調合など、薬作りを手伝ってくれる賢い使い魔のことである。薬師の手足となってくれる存在のため、薬師達は古くから敬意を込めて薬獣と呼んでいるのだ。

ムクとモコ、モフは百年ほど前からイーゼンブルク公爵家にいる、食客薬獣だ。

誰とも契約せず、食料である魔宝石と引き換えに、調合を手伝ってくれるありがたい存在だった。

アライグマ妖精は中位妖精である。エルフやドワーフなどの人型高位妖精に次ぐ、稀少《きしょう》で賢い部類なのだ。そんな彼女達は百年もの間、魔法薬作りに関わっている、熟達した薬師のような存在だ。

イーゼンブルク公爵家内でも、なくてはならない存在である。

「ムク、モコ、モフ……私と一緒に行くというのは、本気なのですか？」

『もちろん』

『ずっと決めていたの』

『ベアトリスとはずっと一緒だって』

「みなさん、ありがとうございます」

鞄を地面に置き、しゃがみ込んで腕を広げると、ムクとモコ、モフが飛び込んできた。

もふもふ、ふわふわの体を抱きしめていると、ここを離れる寂しさも消えてなくなったような気がした。

「本当に嬉しい……！」

喜びで胸がいっぱいになっていたものの、一つ問題があることに気付いた。

それは、ムクとモコ、モフが食べる魔宝石の調達について。

魔力が込められた魔宝石はかなり高価で、一回の食事につき一万ゲルトもする。

一万ゲルトというのは、庶民一人が一か月は満足に暮らせるような金額なのだ。私の個人財産はそこまで多くないので、彼女達を十分に養えるかどうか不安になった。

『どうかしたー？』

『何か心配？』

『話してみて！』

「あの、少し言いにくいことなのですが、私はあなた達をお腹いっぱいにさせられるくらいの魔宝石が用意できない可能性がありまして」

アライグマ妖精の三姉妹は同じ方向に首を傾《かし》げたあと、三つの魔法陣を浮かべた。

それは、私個人の薬獣になるという契約だった。

「あなた達、そんなもの、簡単に出してはいけません！」

早くしまいなさい、と言ってもアライグマ妖精の三姉妹は揃《そろ》って首を横に振る。

『契約したら、魔宝石はいらないよ』

『ベアトリスの魔力を、ほんの少しわけてもらうだけだから』

『安心してー』

個人契約は薬獣にとって不利なものである。契約主から少量の魔力と引き換えに生涯使役されるからだ。そういった事情があるため、彼女達は誰とも契約しない食客薬獣だったのである。

「でも、一緒にいてもらえるだけでもありがたいのに、契約までしてくれるなんて」

私に十分な収入が見込めるようであれば、迎えに行けばいい、だなんて考えていたのに。まさか、契約を持ちかけてくるなんて。

『ベアトリスと契約したいの』

『一緒に連れていってー』

『お願い！』

アライグマ妖精の三姉妹は手と手を合わせ、必死な様子で懇願している。彼女達はイーゼンブルク公爵家の食客薬獣だ。私なんかと契約していいものなのか。

どうしようか、と迷っていたらセイブルが後押ししてくる。

『おい、ベアトリス。そいつらを連れて行ってやれよ。どうせこの家に残していても、バカな当主がいじめるかもしれないだろう？』

そのような事態など、絶対に許せない。オイゲンが勝手気ままにムクとモコ、モフを使うなんて想像すらしたくなかった。

「ムク、モコ、モフ、本当にいいのですか？」

そう問いかけると、アライグマ妖精の三姉妹は同時に頷いた。

「だったら、よろしくお願いします」

そう言って彼女達の魔法陣に触れる。するとパチンと音を立てて消えた。見事、契約成立となる。

『わーい！』

『やったー！』

『うれしー！』

ムクとモコ、モフは二足で立ち上がり、小躍りを始める。なんともかわいらしい姿であった。

『ベアトリス、お前と契約したいのは、そいつらだけじゃないようだぜ』

「え？」

頭上を大きな影が走りぬけていく。純白の美しい幻獣、鷹獅子《グリフオン》――。彼女もイーゼンブルク公爵家の食客薬獣で名前はグリちゃんだ。

「グリちゃん⁉」

いつもは呼ばないとやってこないのに。こうやって自分から姿を見せるのは初めてである。それだけではなく目の前に降り立ち、契約の魔法陣を示してきた。

『ぴい！』

キリッとした顔で契約するように、と鳴いているような気がした。

「あなたも、いいのですか？」

『ぴいいいっ！』

いいから早くするようにと言われた気がして、魔法陣に触れた。グリちゃんとの契約が無事、結ばれた瞬間である。

「グリちゃん、ありがとうございます」

『ぴいいっ！』

突然離婚を言い渡され、イーゼンブルク公爵家の屋敷から追い出されてしまったものの、私は一人ではなかった。ムクとモコ、モフだけでなく、グリちゃんも一緒にいてくれると言う。

「私、みなさんが楽しく暮らせるように、頑張って働きますので」

そんな誓いを言葉にすると、彼女達は優しく私に寄り添ってくれたのだった。グリちゃんは『ぴいいっ！』と勇ましく鳴く。用事があれば、いつもみたいに呼んでくれ、と言っているような気がした。

「ありがとうございました」

『ぴーいっ！』

グリちゃんは大きな翼を動かし、予備動作もなしに大空へと飛び立って行く。街中では目立ってしまうし、狭い通路では翼が引っかかるため、別行動なのだろう。そんな彼女に手を振り、見送ったのだった。

「では、セイブル、ここでお別れですね」

『ああ、またな！』

私が再度、ここへやってくる日は訪れるのだろうか。わからないけれど、彼にも「また会いましょう」と言って手を振っておく。セイブルと別れ、屋敷の裏門から貴族街の通りに出る。私が歩く後ろを、アライグマ妖精の三姉妹がちょこちょこと軽やかな足取りでついてきていた。

今日は特別寒いようで、ブルブルと震えてしまう。こんな寒い日に、作業用のワンピースとエプロンのみで外に放りだされてしまったのだ。お金なんて持っていないので、通りすがりの小売店《ブティック》で外套《がいとう》すら購入できないでいた。震える私に気付いたのか、特に毛並みがもこもこしているモフが、襟巻きになってあげようか？　と声をかけてくれた。ありがたくモフの体を抱き上げ、首に巻き付けておく。すると、体がぽかぽかになって温かくなっていった。

まず役所に向かい、婚姻関係の窓口に離婚承諾書を提出した。特に質問されることもなく、あっさり受理されてしまう。

「こちら、婚姻破棄書となっております。再発行はできませんので大切に保管しておいてください」

「ええ、わかりました。ありがとうございます」

イーゼンブルク公爵家のほうにも同じものを送ってくれると言うので、私が離婚承諾書を提出したとわかってくれるだろう。

ついに私はオイゲンから解放されたわけだ。これでよかったのかと自問自答するものの、答えは浮かんでこなかった。今は彼個人について気にしている場合ではない。前を見て、しっかり生きなければ。

続いて銀行省に立ち寄る。ここには私がこれまで個人的に稼いだお金と、お祖父様が私に宛てた遺書を預けているのだ。

これまでお祖父様の死を認められず、遺書も読めないでいた。イーゼンブルク公爵家の屋敷を離れる今、きちんと向き合わないといけない。

王都にある銀行省の本部は、劇場かと見紛《みまが》うほど大きな建物で、五階建てだったか。

出入り口には警備兵がいて関係ない者が入れないよう、警備体制が敷かれていた。入館には銀行省に登録した手形が必要となる。扉に描かれた魔法陣に手をかざすと、自動で開く仕組みのようだ。薬獣であるムク、モコ、モフは魔力から私と契約しているのを読み取ったようで、止められもせずそのまま一緒に入館できた。

私がやってきたことは、手形を通じて担当に伝わっているらしい。眼鏡をかけた年若い銀行員、リリー・ベルが走ってやってきた。

「イーゼンブルク様、いらっしゃいませ！　今日はいかがなさいましたか？」

「祖父の遺書と、預けていたお金をすべて下ろそうと思いまして」

「承知いたしました。奥の部屋をご案内しますね」

イーゼンブルク公爵家はともかくとして、私は銀行省にとって貴賓でもなんでもない。預けている金額もそこまで大金ではないのに、いつも丁重にもてなしてくれる。

貴賓室で待っていると、香り高い紅茶と茶菓子が運ばれてきた。

ムクとモコ、モフの分の魔宝石も一粒用意してくれる。彼女達は嬉《うれ》しそうに、魔宝石をカリコリと音を立てながら食べていた。

しばらく待っていると、ベル銀行員が銀盆に金貨が入った革袋とお祖父様の遺書を載せ運んできてくれる。ただ、私が預けていた品だけではなかったので、首を傾げることとなった。

「あの、そちらの木箱に入っている品はなんでしょうか？」

「こちらはグレイ・フォン・イーゼンブルク様よりお預かりしておりましたお品です。イーゼンブルク様がいらっしゃったときに渡すよう、頼まれておりました」

木箱にはカードが添えられており、そこには〝ベアトリスへ〟とお祖父様の字で書かれていた。

カードには、〝この木箱の中にある品を、処分してくれ〟とある。

中に入っていたのは、信じがたいものだった。

「こ、これは――!?」

木箱の中には、〝王室典薬貴族〟の証《あかし》である外套が収められていた。王室典薬貴族というのは、魔法薬師の権威であり、王族にもっとも近しい存在として認められた唯一の存在が名乗ることを許される身分だ。

イーゼンブルク公爵家の当主は何世紀にもわたって、王室典薬貴族を名乗り続けていた。しかしながら十年前、伯父――オイゲンの父親の死をきっかけに、お祖父様は王室典薬貴族の地位を返上してしまった。これまで世襲で名乗っていたのに、王室典薬貴族の座が他家に渡る結果となった。

その判断を下した理由として、伯父の早世があがっていたものの、お祖父様は多くを語らなかった。

手元に残った王室典薬貴族の証であった外套は誉れであるはずなのに、どうして処分するように頼んだのか。

オイゲンでなく、私に頼む意図はカードに書かれていなかった。お祖父様のお願いは気になるものの、ひとまず金貨のほうを確認することにした。これがないと今後の生活ができないので重要なのだ。

金貨の数はちょうど百枚。金額にして百万ゲルト。これは地方に薬草採取に行ったさいに現地の村人などに魔法薬を売って稼いだものや、私個人の常連さんからの報酬である。

これだけあれば家具を買ったり家賃を払ったり、生活の基盤を整えられる。安定した収入がなくともしばらくは暮らせるだろう。

「きっちり揃っています」

「あとは、こちらのお手紙ですね」

銀盆の上にあるのは、今となっては懐かしいお祖父様の文字で書かれた手紙だった。

そこには〝愛しい孫娘ベアトリスへ〟と丁寧な文字で書かれてある。

「退室しますので、どうぞ中身もしっかりご確認ください。終わりましたら、テーブルにありますベルを鳴らしてくださいませ」

「ええ、ありがとうございます」

ベル銀行員はぺこりと会釈したあと、貴賓室から去って行った。

お祖父様の手紙に手を伸ばすと、指先が震えているのに気付いてしまう。いつか、お祖父様の遺言に向き合わなければならないと覚悟は決めていたはずなのに、いまだに死を受け入れられないのだろう。これからは一人で強く生きなければいけない。そのためにも、お祖父様の遺言を受け取ろう。もしも、生涯を通してオイゲンを支えてくれ、と書かれていたら、彼に頭を下げてイーゼンブルク公爵家のために魔法薬を作り続けないといけない。そのときは別に家を借りて、屋敷に通わせてもらおう。新しい妻ヒーディを迎えた家庭に、首を突っ込むつもりは毛頭ない。

「はあ……」

ため息を一つ零《こぼ》すと、ムクとモコ、モフが私の膝《ひざ》に手を添えてくれる。まんまるの瞳《ひとみ》を向け、力づけてくれているように見えてしまった。

そうだ、私は一人ではない。ムクとモコ、モフや、グリちゃんだっている。みんなで楽しく暮らすための試練だと思って、乗り越えなければ。意を決し、お祖父様の手紙を手に取る。

「あら？」

手紙が思っていたよりも重たくて驚いてしまった。しっかり触れてみると、何やら便箋《びんせん》の他に細長く硬い何かが同封されているようだ。テーブルの上にあったペーパーナイフを手に取り、開封した。封筒を傾けると、銀色をした美しい鍵《かぎ》がポロリと手のひらに転がり落ちてくる。

「なんでしょうか……？」

見覚えのない鍵に、思わず首を傾げる。イーゼンブルク公爵家の鍵の形はすべて把握しているが、どの部屋の物でもなかった。

「いったいどこの鍵なのでしょうか？」

ボソリと呟《つぶや》いた言葉に、アライグマ妖精《ようせい》の三姉妹が口を揃《そろ》えて答えた。

『それは隠者の住まい《エルミタージュ》の鍵だよ‼』

聞き覚えのない言葉に、頭上に疑問符《はてな》が浮かぶ。これがなんの鍵かは、おそらくお祖父様からの手紙に書いてあるのだろう。

胸に手を当てて息を大きく吸い、吐き出す。気持ちを落ち着かせてから、二つ折りになっていた手紙を開いた。

まず、手紙に書かれていたのは、〝これまでご苦労だった。お前は誰よりもイーゼンブルク公爵家のために努力し、患者のためによりよい魔法薬を作り続けた功労者だろう〟という労《ねぎら》いの言葉であった。胸がいっぱいになり、まだまだ頑張れる、これからも魔法薬を作っていきたい、とお祖父様に伝えたい気持ちがこみ上げてきた。そんな願望は、二度と叶《かな》わないけれど……。

続いて、お祖父様の最後の願いが書かれていた。

――ベアトリス、私の我が儘《まま》のせいでオイゲンと結婚させてしまい、本当に申し訳なかった。私の死後は、自分が好きなように生きるといい。お前の人生を犠牲にして、オイゲンの傍《そば》にいる必要はない。さっさと別れて、誰よりも幸せになれ。それが、私の最後の願いだ。

そんなメッセージを見た瞬間、涙がポロポロと零れ落ちる。お祖父様はオイゲンとの結婚に対して謝っていたが、私は彼との結婚を後悔していない。オイゲンと結婚したことにより、お祖父様と本当の家族になれたような気がして、とても嬉しかったから。

お祖父様がオイゲンを助けるよう望んでいたら、それを叶えようと思っていた。けれども、お祖父様の最後の願いは私が幸せになることだった。

ならばそれを叶えるために、精一杯自分自身のために生きよう！

「お祖父様、ありがとうございます」

遺言書を胸に抱き、感謝の言葉を口にしたのだった。手紙はそれで終わりではなく、二枚目もあった。そこには、隠者の住まい《エルミタージュ》についての詳細が書かれていた。

隠者の住まい《エルミタージュ》というのは、イーゼンブルク公爵家の始まりの土地だという。茅葺《かやぶ》き屋根の家に、たくさんの薬草を育てている広大な庭が自慢らしい。

その昔、イーゼンブルク公爵家の者達は森の奥地にひっそりと暮らす薬師だったようだ。流行病をきっかけに表舞台に引っ張り出され、功績が認められた結果、褒美として公爵の位と莫大《ばくだい》な資産を得たのだという。拠点が王都に移ってもイーゼンブルク公爵家の者達は隠者の住まい《エルミタージュ》を愛し、大切にしていたらしい。一族以外の者が立ち入れないよう土地に結界を展開させて鍵をかけ、イーゼンブルク公爵家の者達が管理していたようだ。主な管理者は歴代の当主だったようだが、お祖父様は私に隠者の住まい《エルミタージュ》の鍵を預けてくれた。

なぜ当主であるオイゲンではなく、私なのか。お祖父様曰《いわ》く、オイゲンに隠者の住まい《エルミタージュ》の管理は任せられない、とのこと。可能であるならば、隠者の住まい《エルミタージュ》の次なる管理者を探しておくように、とありさらに、その対象はイーゼンブルク公爵家の者達に限らず、隠者の住まい《エルミタージュ》を大切にしてくれる者ならば誰でも構わない、とまで書かれていた。ただし見つからない場合は鍵を処分するように、ということだ。

なんでも隠者の住まい《エルミタージュ》にはたくさんの薬獣がいて、屋敷や庭の手入れは欠かさないらしい。そのため無理に管理者を探さずとも隠者の住まい《エルミタージュ》は荒廃せず、美しい姿を保つことを可能としているようだ。

お祖父様はイーゼンブルク公爵の爵位と共に鍵を継承してからというもの、お祖母《ばあ》様と一緒に隠者の住まい《エルミタージュ》を訪れていたらしい。そこで庭の手入れを行い、お祖母様が焼いたケーキと薬草茶を飲むのが一番の楽しみだったようだ。

お祖母様はもともと体が弱かったらしく、第二子である私の父を出産後に産褥熱《さんじょくねつ》で亡くなったという話をお祖父様から聞いていた。その体質は息子であるオイゲンの父親に引き継がれてしまったようで、彼《か》の者も若くして亡くなってしまった。

なんでもオイゲンの父親は魔法薬に対する才能は相当なもので、寝食を忘れて調合に打ち込むとも少なくなかったらしい。その情熱が体を蝕《むしば》んでいったとは、なんとも皮肉な話である。息子であるオイゲンは健康体で、いつでも元気いっぱいだったのだが、イーゼンブルク公爵家に相応《ふさわ》しい者としては育たなかった。

病弱であるものの薬師として才気がある者と、健康であるものの当主として相応しくない者——お祖父様はそんな二人に囲まれて日々苦悩していたに違いない。話が大きく逸れてしまった。

とにかく、お祖父様は隠者の住まい《エルミタージュ》を宝物のように大切にしていて、それを私に託してくれた。

お祖父様の気持ちに応えるためにも、しっかり管理しなければならない。しばらく宿暮らしで、どこかに家を借りなければと考えていたものの、隠者の住まい《エルミタージュ》があるのでその心配もなくなった。

隠者の住まい《エルミタージュ》の場所はグリちゃんが知っていると、手紙に書かれてある。

王都からグリちゃんに乗って一時間くらいの場所にあるようなので、静かに過ごせそうだ。

きっと、私とオイゲンの離婚は社交界の中で醜聞《スキャンダル》として囁《ささや》かれるだろう。

貴族の醜聞を扱う雑誌の記者に追われるのはまっぴらなので、ありがたかった。

お祖父様からの手紙を丁寧に封筒に入れ、胸に抱く。目を閉じ、しばし考えた。

これからどういった方向に進もうか、ここに来るまではっきりとした道筋は見えていなかった。

けれども今、やりたいことが思い浮かぶ。

それは隠者の住まい《エルミタージュ》を拠点とし、魔法薬を作って販売すること。

客層は魔法医のもとに通えないような平民である。

通常、薬師は魔法医からの処方箋を見て魔法薬を調合する。けれども魔法医の診断を受けられる者の多くは貴族なのだ。一人でも多くの命を救うため、私は下町に小さな薬局を作ることを目標に立てた。それまでは手売りで個人販売を行いたい。上手《うま》くいくかはわからない。けれども、これが私のやりたかったことだったのだ、と未来に光が差し込んだように思える。

まずは隠者の住まい《エルミタージュ》に行こう。いったいどんな場所なのか、今からドキドキしてしまった。

その前に、少しだけ食材を買ったほうがいいだろう。テーブルにあった呼び鈴を鳴らすと、すぐにベル銀行員がやってきた。

「手紙の内容に間違いはありませんでした」

「それはそれはようございました」

預金はすべて下ろし、お祖父様の遺言状の確認をしたのに、彼女の態度は変わらない。

銀行は顧客からの預金を運用することによって収益を得る。お金をまったく預けていない今の私は彼女にとってなんの利益ももたらさない者なのだ。それなのに、丁重な態度を崩さないのが意外だったのだ。

「あの、ベル銀行員、私は夫と離婚して、もう本家の者ではないんです」

「やはり、そうだったのですね」

ぽややんとした印象がある彼女だったが、私が離婚したことを察していたようだ。

まあ、離婚した女性が預金を全額下ろしにくる、というのは珍しくないのかもしれないが。

「なぜ、ベル銀行員は私によくしてくださるのですか？」

「それはもう、イーゼンブルク様は才気に溢《あふ》れる薬師様ですので、近い将来、当銀行に絶大な益をもたらしてくれると信じているからですよ！」

なんというか、彼女も立派な銀行員だったわけだ。それにしても、まだ事業の見通しもできていないのに、私を信用するなんて変わっている人だ。でも、悪い気はしない。

「でしたら、ベル銀行員が出世できるように、これから頑張りますね」

「はい！　ぜひぜひ！」

ベル銀行員はにっこり微笑み、私を見送ってくれた。

それから雑貨店に立ち寄って買い物用のかごと外套《がいとう》、魔宝石の粒を一瓶ほど購入する。その足で市場に向かって野菜と豚の塩漬け、小麦粉とバターとミルクに卵と必要最低限の調味料、それから焼きたてのバゲットを購入した。

城下町を出て、少し開けた場所でグリちゃんを呼ぶ。契約の力なのか私の声はどこにいても聞こえるようで、すぐに駆けつけてくれた。どこに行きたいのかと聞いてくるように『ぴぃ！』と鳴いたグリちゃんに、さっそくお願いをしてみる。

「私達、隠者の住まい《エルミタージュ》に行きたいのですが、どこにあるかわかりますか？」

すると、グリちゃんはもちろん！　とばかりに『ぴ！』と短く鳴いた。グリちゃんの前脚に装着した錫《すず》で作られている足輪には、鞍《くら》や手綱が収納されている。刻まれた呪文を指先で摩《さす》ると、それらが出てくるという仕組みだ。

先々代の当主が付けたものらしいが、グリちゃんのお気に入りらしい。

「グリちゃん、鞍を装着しますね」

『ぴっ！』

まずはクッション性のある鞍用のパッドをグリちゃんの背中に広げ、その上に鞍を載せる。続いて腹帯のベルトをゆっくり優しく締め、鞍が動かないようにする。最後に頭絡を嘴《くちばし》に付けて手綱をかけたら、グリちゃんに騎乗する準備は完了だ。

嘴の下をかしかし撫《な》でながら、「お願いしますね」と声をかけた。

アライグマ妖精の三姉妹をかごに入れて、鞍に吊《つる》しておく。世間的な妖精のイメージだと、ふわふわ宙に浮いて自由に行き来する、みたいな感じに思われるかもしれない。けれども実際の妖精は実体があって、飛んだり浮かんだりできないことが多いので、一緒に移動する必要があるのだ。

続いて私も鐙《あぶみ》を踏んで鞍に跨《また》がった。

「グリちゃん、準備ができました。隠者の住まい《エルミタージュ》への案内をお願いします」

『ぴぃいいっ！』

グリちゃんは純白の翼をはためかせ、大空へと飛び立つ。上空は地上よりも寒い。ぴゅうぴゅうと音を立てる風がナイフのように鋭く吹き付ける。頬はジンジン痛み、耳は凍っているのかと錯覚するくらいだ。こうして真冬にグリちゃんに乗って空を飛ぶことは初めてだったので、この寒さは想定外であった。外套の頭巾《ずきん》を深く被り、なんとか耐える。

「ムク、モコ、モフ、寒くないですか?」

『平気ー!』

『寒くないよー』

『ベアトリスは寒いの?』

温めてあげようか? と聞かれたものの、空の上で動くのは危険だろう。ありがたい申し出だったが、丁重にお断りをした。

王都から離れ、広大な森の上を飛んでいく。この辺りは標高が高いのか、雪が積もっていて真っ白だった。その上空はより一層冷えている気がして、震えて奥歯がガタガタと音を鳴らす。

あと少しの辛抱だと言い聞かせ、到着するのをしばし待つ。私が凍えているのに気付いたからか、グリちゃんは急いでくれたようだ。

王都を飛び立って四十分ほどで、森の中へと下りていく。着地したのは、森の中にぽっかり開けた場所であった。そこには何もなく、思わず辺りをキョロキョロ見回してしまう。

ひとまず、ここまで案内してくれたグリちゃんに、魔宝石の粒をたっぷり進呈した。私の手のひらの上に置いた魔宝石を、小さな舌を器用に動かして食べてくれる。舌が手のひらに触れるたびにくすぐったかったが、しばしの我慢だ。

ムクとモコ、モフが入ったかごを手に持ち、これからどうすればいいのかしばし考える。

ここから歩け、という意味なのだろうか。

森の奥を覗《のぞ》き込んでも、民家があるようには思えないのだが……。

『ぴいいっ！』

グリちゃんが私に近付き、チェーンに繋《つな》いで首から提げていた鍵《かぎ》を嘴で咥《くわ》える。手に持つように、と訴えているような気がした。鍵を手に取ると、突然目の前に魔法陣が浮かんだ。それは時計のような形で、中心に鍵穴があった。

「ここに鍵を挿すのでしょうか？」

『ぴい！』

そうだ！　と言ってくれたような気がして、鍵を挿して回した。すると魔法陣の時計の針のようなものが、くるくると進んでいく。

よくよく見たら、魔法陣に年代と日付が刻まれていた。そこには、以前お祖父様が隠者の住まい《エルミタージュ》を訪れたであろう、五十年前の日付が記されている。

お祖父様はおそらくお祖母様が亡くなってから、ここに足を踏み入れていないのだろう。

時計の針が止まると、年代と日付が今日のものに変わった。

それだけでなく、私の足下に魔法陣が浮かび上がり景色が一変する。

「わっ、きゃあ！」

足を掬《すく》われるような感覚は一瞬のことで、すぐに豊かな庭へと降り立った。

雪がうっすら積もった、薬草に囲まれていた。庭を囲むように木々が鬱蒼《うっそう》と生えていて、庭の中心には東屋《あずまや》がある。他にも、温室や噴水などがある立派な庭だった。

振り返った先にあるのは、二階建ての家。本を伏せたような形の切妻屋根が特徴的で、蜂蜜《はちみつ》色のレンガでできており、かわいらしい雰囲気の建物だ。

五十年もの間、誰も足を踏み入れていないのに草木はまったく枯れておらず、庭も整然と整えられていた。

「ここが隠者の住まい《エルミタージュ》……」

『そのとおり！』

独り言のつもりだったのに、ハキハキとした返事が聞こえて驚いてしまう。アライグマ妖精《ようせい》の三姉妹の声ではない。威勢のいい、職人みたいな声色だった。

声が聞こえたほうを見ると、そこにいたのはねじった手巾《ハンカチ》を頭に巻いたリス妖精である。手には枝切り用のはさみを握っていた。

「あなたは、ここの薬獣ですか？」

『ああ、そうだ！』

庭にある木の実や薬草をいただく代わりに、草木の手入れをしてくれる食客薬獣だという。そういえば、お祖父様の手紙に、庭の草木は薬獣が世話をしていると書かれていた。

「この庭にはあなたみたいな薬獣がいるのですか？」

『たくさんいるぜ！』

詳しい数は把握していないようだが、リス妖精の薬獣達は日々、薬草や木々の手入れをしてくれているようだ。

「ご挨拶《あいさつ》が遅れました。私は隠者の住まい《エルミタージュ》の管理を新たに任された、ベアトリスと申します。これからよろしくお願いします」

『ああ、頼むぜ！』

リス妖精はお近づきの印にと言って、たくさんのクルミを分けてくれた。お返しに魔宝石を渡す。今の私にはこれくらいしかないが、少しずつ何かお返しできるようになればいいな、と思った。


グリちゃんは長距離飛行でくたびれたのか、少し休んでいくようだ。すぐ近くに井戸があったので、リス妖精に安全な水か聞いてみる。問題ないとのことで、水を汲《く》み上《あ》げて木製のバケツに移すと、嬉《うれ》しそうに飲み始めた。

アライグマ妖精の三姉妹をかごから降ろしてやると、庭のほうへ楽しそうに駆けていった。彼女達も、かつて隠者の住まい《エルミタージュ》で暮らす薬獣だったらしい。懐かしいと声をあげ、跳ね回っていた。

家の裏手に馬が寝泊まりする厩《うまや》があるらしく、グリちゃんはスタスタ歩いて行った。あとを付いていくと、立派な厩に驚く。すぐ近くに藁《わら》が積み上がっていたので、敷いてあげるとグリちゃんは喜んでその上に座り込んだ。

私も家の中で少し休ませてもらおう。玄関に近付くと魔法陣が浮かび上がった。そこには古代文字で、〝ここに入るに相応しい者だけ手をかざすように〟と書かれてある。

そっと手をかざしてみると、扉が開いた。

玄関ホールには大きな魔石ランプがぶら下がっていて、一歩足を踏み入れると自動で点灯する。

魔石ランプが明るく照らすのは、猫のシルエットだった。

『よお！　おかえり！』

明るく声をかけてきたのは、よく見知った黒猫――いつの間にか私の足下にいたので驚いた。

「まあ、セイブル!?」

『隠者の住まい《エルミタージュ》では初めましてだな』

さっき別れたばかりなのに、どうして彼がここにいるのか。

「セイブル、なぜこちらにいるのですか？」

『俺様の本拠地はここだから』

「え？」

『俺様はこの隠者の住まい《エルミタージュ》と契約を結んでいたんだよ。王都の屋敷を守っていたのはおまけだ』

「そう、だったのですね」

もともと彼は隠者の住まい《エルミタージュ》の家猫妖精で、長年、厚意でイーゼンブルク公爵家の屋敷を守護していたらしい。

『あの屋敷を守るのは止《や》めた。守護する価値のある者がいないからな』

「では、お祖父様が亡くなってからも居続けていたのは？」

『それはお前がいたからだよ』

「セイブル……ありがとうございます」

まさか私を守るために屋敷に残ってくれていたなんて知らなかった。

セイブルの体を抱き上げ、頬ずりをした。すると、セイブルはゴロゴロ喉《のど》を鳴らす。

『ふはは！　王都の屋敷は俺様がいなくなったから、大変なことになっているかもな！』

いったい何が起こるのか、まったく想像できない。唯一、ヒーディのお腹にいる子どもだけが心配なのだが……。詳しい話は聞かないほうがよさそうだ。

『ここにやってきたのは五十年ぶりだ。やはり、本拠地は落ち着く』

セイブルがこの家にいる様子は不思議としっくりくる。それはこの家に対する想《おも》いの強さなのだろう。

『家の中を案内してやる。ついてこい』

「ええ、お願いします」

五十年もの間放置されていた家だが、塵《ちり》一つ落ちていない。

「セイブル、家の中の掃除はどなたがしているのですか？」

『ああ、あいつだ』

そう言ってセイブルが前脚で示した先にいたのは、拳《こぶし》大の綿の塊だった。

「あ、あれは……!?」

『綿埃《わたぼこり》妖精だ。知らないのか？』

「初めて拝見しました」

セイブルが手招きすると、綿埃妖精とやらがコロコロ転がってくる。近くで見ると、つぶらな瞳《ひとみ》や口などが確認できた。

『この屋敷の清掃を担当する綿埃妖精だ。おい、こいつは新しい管理者のベアトリスだ。挨拶しろ』

『お掃除するよ～ん』

「ど、どうぞよろしくお願いします」

綿埃妖精もこの家と契約している妖精らしい。ゴミに含まれる魔力を食料にしているようだ。

『床の艶《つや》が気になるときは、ワックスをこいつに食わせるんだ。色を塗り直したいときは、ペンキを食わせろ』

「そんなことをして、大丈夫なのですか？」

『平気だよ～ん。むしろ好物』

「さ、さようでございますか」

『こいつは悪食なんだよ』

他、掃除に関することであれば、なんでもできるらしい。一人で暮らす上で、頼りになる存在になりそうだ。お近づきの印に、綿埃妖精に魔宝石を与える。すると、おいしそうにカリコリ食べてくれた。

『お、おいし～い！』

「よかったです」

悪食だと聞いていたのでお口に合わないかも、と思ったのだが喜んでくれて何よりである。

セイブルの案内は続く。

『ここはダイニングだな』

かわいらしい野花柄《メドウ》の壁紙が一面に貼られており、カントリー風のテーブルや椅子は温《ぬく》もりを感じさせる。テーブルにはパッチワークの織物《クロース》がかけられていた。

『これはお前の祖母《ばあ》さんが作った力作だよ』

「そう、お祖母様が……」

お祖父様はお祖母様についてあまり話したがらなかった。裁縫ができるなんてことも、初耳である。刺繍《ししゅう》に触れると、お祖母様に少しだけ近づけたような気がした。

ダイニングのすぐ隣はキッチンで、棚には美しい陶器の食器が並べられていた。琺瑯《ほうろう》製の純白のキッチンストーブはきれいに手入れされていて、煤《すす》の一つすら付いていない。キッチンストーブには二階にまで繋がる長い煙突が伸びていて、暖房の役割も果たしているのだろう。

食品棚には空き瓶などが大量に置かれていた。食べかけの食品などはいっさいない。おそらくお祖父様が長い期間、ここへは立ち入らないだろうから、と食品を残さなかったのだろう。

『ベアトリス、次はこっちだ』

「ええ」

浴室には洗濯機がどっかり鎮座していた。魔石を入れると自動で洗濯、乾燥までしてくれる魔法仕掛けの魔技巧品である。洗濯機はかなり高価だと聞いたことがあるが、使用人のいない隠者の住まい《エルミタージュ》での暮らしに欠かせない品だったのだろう。

『これは百年以上前のものだ』

「今でも動くのでしょうか？」

『さあ、知らん』

洗濯は慈善活動で教えてもらったので自分でもできる。しかしながら、仕事で忙しくなったときは、洗濯をしている暇などないだろう。

「動いたら非常に助かるのですが」

『あとで試してみろよ』

浴室には陶器製の猫脚バスタブが置かれていた。バスタブに取り付けてある蛇口を捻《ひね》ると、浄化された湯が出てくる仕組みらしい。これも、魔石をセットして使うようだ。

他にも客室や客用寝室、アトリエ、二階には寝室、物置など、地下には調合を行う製薬室など生活をするのに困らない物が用意されていた。

『今日からお前が、ここの主《あるじ》だ！』

「私の家……！」

それはなんとも心が躍るような言葉であった。


一通り見て回ったので、ひとまず少しだけ休憩させてもらおう。キッチンに行った瞬間、あることに気付く。ここの家には茶葉すらない。

一瞬だけ愕然《がくぜん》としたものの、キッチンの外に広がる光景を見てハッとなった。庭にはたくさんの薬草が生えている。茶葉にできそうな葉っぱは、豊富にあるのだ。

裏口から外に出てすぐに、鼻先に清涼な香りが漂っているのに気付く。これはミントの香りだろう。寒さに強く外でも冬越しができるミントは、寒い季節でも元気いっぱい生えそろっていた。ここには種類豊富なミントが植えられていた。

肉料理のソースやお菓子作りによく使う〝ノース・ミント〟に、リンゴの爽《さわ》やかな香りが特徴の〝アップル・ミント〟、歯磨き粉やガムに使われる〝ペパー・ミント〟などなど。ざっと見て、二十種類以上のミントが育てられているようだ。

どれにしようか悩むほどで、熟考した結果、甘い香りが特徴の〝カーリー・ミント〟に決めた。

ぷちぷち摘んでいると、ミントの濃い香りが堪能できる。

台所に置かれていたかごにミントを入れていると、ミントの汁で指先が濡《ぬ》れているのに気付いた。

先ほど、オイゲンから言われた言葉が甦《よみがえ》ってしまう。

――お前のその緑色に染まった手は、いつ見ても気持ち悪いな！

緑色に染まった手を気にするなんて、いつ以来だろうか。純粋に言葉をぶつけられたときは、強い言葉に傷ついてしまった。けれどもこの手は、私にとっての当たり前だ。長年、薬草に触れて精一杯魔法薬を作ってきた証でもある。夜会に出るときには必ず手袋を嵌《は》めて隠さなければならなくても、この手は私の一部である。別に、彼にどう思われていようと今は関係ない。

頭を横にぶんぶん振って、オイゲンについては忘れることにした。

ミントはこれくらいで十分だろう。立ち上がって、家に戻る。キッチンには浴槽にあったような魔法仕掛けの蛇口があった。捻ると魔法陣が浮かび上がり、浄化された水が出てくる。

薬缶《やかん》で湯を沸かそうとしたが、その必要はないらしい。薬缶は蓋《ふた》の持ち手が魔石になっていて、表面の呪文を摩ると自動で湯が沸く魔技巧品であることに気付く。

食器棚にあったガラスのティーポットを使わせていただこう。

水で洗ったミントをポットにぎゅうぎゅうに詰め込み、あつあつの湯を注《そそ》いでいく。

テーブルの上に置くと、じわじわ色が出てくる。五分ほど蒸らしたら、生薬ティーの完成だ。

乾燥させた茶葉もおいしいが、このように摘みたての薬草を使ったお茶もおいしい。

カップに注ぐと、ミントのいい香りがふんわり漂う。その香りを吸い込むだけで、ソワソワと落ち着かなかった気持ちが落ち着いてくる。

あつあつの生薬ティーをさっそくいただく。ほんのり甘く、ミントの爽快感《そうかいかん》が口いっぱいに広がった。冷え切った体もポカポカ温まる。ほっこりしているところに、話しかけられた。

『おいしいの～ん？』

声がした足下のほうを見ると、綿埃妖精《ようせい》が興味津々とばかりにこちらを見ていた。

「おいしいですよ。あなたも飲みますか？」

そう問いかけると、綿埃妖精はこっくりと頷《うなず》いた。深いお皿に生薬ティーを注いで床の上に置くと、綿埃妖精はその中にダイブした。飲むというより、綿が吸収したと表現するのが正しいだろう。

『美味なり～～！』

独特な喜び方だが、お気に召していただけたようで何よりであった。

お茶を飲んでしばし休んだあとは、荷物の整理を行う。メイドはいったい何を鞄《かばん》に詰めてくれたのか、あまり期待はせずに確認した。

鞄には喪服が四着と下着、ブラシに化粧品一式と、必要最低限の品々が入っている。もともと物には執着していなかったので、十分暮らせるだろう。

そんな私の様子をアライグマ妖精の三姉妹が見ていたようで、声をかけてくる。

『ベアトリス、こっちにアリスの服、あるよ』

『かわいい服、たくさんだよ』

『きっと似合うはず！』

アリスというのはお祖母様の名前だ。なんでも五十年前にお祖母様が着ていたドレスなどが、保管されているらしい。部屋を見て回ったときは、ドレスが保管されているような部屋はなかったのだが。アライグマ妖精の三姉妹は階段をタタタ！　と駆け上がり、私を案内してくれる。

『ここ！』

『ここだよ！』

『隠し扉なの！』

アライグマ妖精の三姉妹は何もない壁をカリカリと掻《か》いていた。

「ここにお祖母様のドレスがあるんですか？」

近付いて手をかざしてみると、魔法陣が浮かび上がる。触れると扉が現れた。どきどきしながらドアを開くと、そこにはたくさんのドレスが収納されていた。

『ぜんぶ、アリスのドレスなの！』

『大切に、着ていたみたい』

『どれも、かわいいでしょう？』

ざっと見て百着以上はあるのか。華やかな花柄模様のドレスや絹やレースをふんだんに使った豪《ごう》奢《しゃ》なドレスなど、さまざまな種類のドレスがところ狭しと並べられていた。床には状態保存の魔法陣が描かれている。ドレスが劣化しないよう魔法がかけられているようだ。そのため、ドレスはすべて五十年前の物なのに新品のようにきれいである。

魔法陣に肉球のスタンプが押されているので、きっとセイブルが展開している魔法なのだろう。

新緑のようなやわらかな緑を思わせる色合いが美しいドレスを、一つ手に取ってみる。ボーンの入った立ち襟《スタンド・カラー》で、胸元にはリボンが結ばれている。腰周りは紐《ひも》で編み上げるようになっているハイウエストのスカートで、かわいらしいキャンディ・ストライプ模様が入っていた。裾《すそ》には精緻《せいち》なレースが当てられている、愛らしい一着である。古くささはまったくないどころか、今、社交界で流《は》行《や》っているような意匠《デザイン》だ。

ドレスの流行は繰り返されると言うので、五十年もの間に巡り巡って、新しい物として受け入れられているのかもしれない。

『アリスは娘が産まれたら、ドレスをあげたいって、言ってたの』

『だから、ベアトリスが着てあげて』

『きっと、喜ぶから』

「でも、私には少しかわいすぎるような気がします」

なんてぽつりと呟《つぶや》くと、アライグマ妖精の三姉妹がカッと目を見開く。

『絶対似合う‼』

『間違いないんだから‼』

『着ないとドレスが可哀想《かわいそう》‼』

「そ、そうですね」

じりじりと追い詰められ、逃げ場がなくなる。たしかに彼女達が強く訴えるとおり、このままここで死蔵しておくのももったいないだろう。あと数日で、喪が明ける。そうしたら、お祖母様のドレスを着て明るく生きてみようか。そのほうが、お祖父様とお祖母様が喜んでくれそうな気がした。

「お祖母様、ここのドレスは大切に着用します」

そう誓うと、アライグマ妖精の三姉妹は『やったー！』と言って喜んでくれた。

続けて、彼女らはセイブルが案内しそこねたらしい部屋や場所などを教えてくれた。

『ここは〝生鮮品貯蔵庫《ウエット・ラーダー》〟』

『あっちは〝乾物貯蔵庫《ドライ・ラーダー》〟』

『〝猟肉獣肉貯蔵庫《ゲーム・ラーダー》〟もあるよ』

それはどれも、厨房《ちゆうぼう》にある隠された地下貯蔵庫で、呪文を唱えないと出てこない仕組みになっているようだ。食品の状態は魔法で管理されているようで、長期保存を可能としているらしい。

当然だが、五十年もの間誰も使っていないので、中身は空である。唯一、たっぷり品物が収納されていたのは、酒類保管庫《セラー》であった。もともとお祖父様はお酒が好きだったので、ワインやウイスキー、ブランデーなどが揃《そろ》っていた。お酒は熟成させたかったからか、保存魔法はかけられていな

い。お酒は結婚式以来飲んでいないのだが、たまに飲むのもいいだろう。

庭にも、いろいろあるようだ。

『あそこは〝自家菜園《キッチン・ガーデン》〟』

『向こうにあるのは〝柑橘専門温室《オランジェリー》〟』

『〝物干し用の芝生《ドライング・グリーン》〟もあるよ』

自家菜園《キッチン・ガーデン》では食客薬獣が育てた野菜がたくさん実っており、柑橘専門温室《オランジェリー》では魔法で管理されたシトロンが収穫できるらしい。

『薬草も、野菜も、建物も』

『ここにあるものはすべて』

『ベアトリスの物なんだよ』

ここにいたら、誰も私を邪魔者扱いなんてしない。それにこれから先、衣食住、何も心配する必要なんてないんだ。そう思うと、安堵《あんど》の気持ちがこみ上げてくる。

ホッと息を吐《つ》いたら、お腹がぐーっと鳴った。自分でもびっくりしているのだが、空腹を覚えるのなんていつ以来か。祖父が亡くなってからというもの、食欲なんてなかった。それでも、何か食べないと生きていけないとわかっていたので、パンを一切れとスープは絶対に食べるようにしていたのだ。

先ほどまでの私は、魂と体が別々の場所にあって、ちぐはぐだったのかもしれない。ここにきて、やっと魂が体に戻ってきたのだろう。何か栄養になるものを食べよう、と決意した瞬間、リス妖精達がやってくる。

『おい！　これ、さっき収穫したジャガイモだ』

『たくさん召し上がれ』

蔓《つる》と泥が付いたままのジャガイモが差しだされたので、ありがたく受け取った。

「ありがとうございます」

『いいってことよ！』

『必要な野菜があったら、言うんだよ！』

どんな野菜が実っているかは、玄関に白墨《チョーク》で描いてくれていると言う。さっそく見に行くと、玄関の石畳に、ジャガイモとニンジン、芽キャベツにバターカボチャ、ケールのかわいらしい絵が描かれていた。自家菜園《キッチン・ガーデン》まであるなんて、ありがたい話だ。ひとまず、ジャガイモを井戸の水で洗おう。井戸の周りにはすでに、アライグマ妖精の三姉妹が待ち構えていた。

『お手伝いするー』

『洗うの得意！』

『ちょーだい』

ジャガイモを手渡すと、ムクが井戸水をくみ上げ、モコが水を桶《おけ》に移し、モフがジャガイモを素早く洗う。さすが、アライグマ妖精である。こういう作業はお手のものなのだろう。

私も手伝おうとしたものの、テンポが崩れるから、とお断りされてしまった。

あっという間にジャガイモは泥が落とされ、きれいになる。

さて、このジャガイモで何を作ろうか。考えるだけでなんだか楽しい気分にさせてくれた。

本日の正餐《ディナー》は塩豚のローストに決めた。買ってきていた食材、調味料も使うことにして、まずは塩豚の塊に切り目を入れて、庭で摘んだバジル、ローズマリー、タイム、オレガノなどを細かくちぎって擦《こす》り付ける。薄切りにしたニンニクは肉の切り込みに差し、お祖父様のコレクションであるワインを振りかけたあと、オリーブオイルを塗って布に包んでしばし放置。ジャガイモは皮のままぶつ切りにして、鋳鉄製の鍋《なべ》に並べておく。ジャガイモにも、オリーブオイルを垂らしておいた。

一時間くらい経《た》ったら、先ほどの塩豚の塊をジャガイモの上にどん！　と置いて、キッチンストーブのオーブンを使って焼くだけ。

キッチンストーブは魔石を動力源とし魔法で火力を調整できるようで、予熱も必要なく一瞬で温まるようだ。オーブンの扉を開くと、中は二段構造になっていた。二段目に鍋を入れてしばし焼くのだ。四十分ほどじっくり焼いたら、塩豚のローストの完成だ。

料理に使ったワインの残りと共にいただく。

お肉は表面がカリカリになっており、ナイフを入れると肉汁がジュワッと溢《あふ》れる。ぱくりと食べると、薬草の豊かな香りが口いっぱいに広がっていく。ジャガイモはほくほくで、ほんのり甘い。おいしいジャガイモだった。塩豚のローストが、白ワインとよく合う。少し渋みがあるが、芳醇《ほうじゅん》な香りとコクのある味わいがすばらしい。

酒瓶をよくよく見たら、三百年前のワインだったことが明らかになる。もしかしなくても、貴重なワインだったのか。けれども今日は特別な日だ。自由と素敵な隠者の住まい《エルミタージュ》を手に入れたのだ。

三百年前のワインと共にお祝いしてもいいだろう。

あまりお酒を飲めないと思っていたのだが、あっという間にひと瓶空けてしまった。

足下がふらつくので、お風呂《ふろ》は明日の朝に入ろう。

アライグマ妖精の三姉妹がハラハラ見守る中、二階の寝室まで上がっていく。そこにはふかふかの布団が敷かれていた。

『お布団、少しだけ外に干しておいたよ』

『お日様の匂いがするからね』

『ゆっくりおやすみー』

「ムク、モコ、モフ、ありがとうございます」

なんとなく、一人では寂しい夜だった。これまでずっと誰もいない部屋で眠っていたというのに、不思議な話である。ダメ元で、アライグマ妖精の三姉妹に提案してみた。

「あの、よろしかったら、一緒に眠りませんか？」

ムクとモコ、モフはまんまるの瞳《ひとみ》で私を見つめる。無理を言ってしまったようだ。

「あの、嫌だったら――」

『いいの⁉』

『本当に⁉』

『一緒に寝るー‼』

モフが大きく跳び上がって、布団の上にぼふん！　と着地した。続けて、ムクとモコが寝台の上によじ登ってくる。どうやら一緒に眠ってくれるらしい。私が布団に潜り込むと、隣にやってきて、ふわふわの体で温めてくれた。冷たかった布団が、あっという間にぽかぽかになる。

これまでの人生の中で、もっとも幸せな夜を過ごしたのだった。


翌日、私は採れたて新鮮な薬草を浮かべたお風呂に入る。血行をよくするローズマリーと疲労回復効果のあるタイム、リラックス効果があるベルガモットの葉をブーケ状にして温める前の浴槽に投げ込む。お湯の温度が高すぎると薬草の成分が上手く出なかったり、香りが飛んでしまったりする場合があるので、薬草茶を淹《い》れるときのように、ゆっくりじわじわと有効成分を抽出させるのがポイントだ。薬草のいい匂いが漂う浴槽に、じっくり浸《つ》かる。

「は――……」

人生の疲れが、すべて溶けてなくなるような最高のお風呂である。これまでは体の清潔感さえ保っておけたらいいと思い、泡風呂に全身浸かって一日の汚れを落とすばかりだったのだ。

これからは毎日、薬草を使ったお風呂にゆっくり入りたい。

今日はお祖母《ばあ》様の衣装部屋にあった、マウスグレイの控え目なワンピースを着てみた。フリルのついたエプロンもかけてみる。少し恥ずかしいが、アライグマ妖精《ようせい》の三姉妹はよく似合っていると言ってくれた。

朝食は昨日作った塩豚のローストをスープに仕立ててみた。マジョラムにパセリ、茎ネギ、スープセロリをたっぷり入れて、コトコト煮込むだけの簡単アレンジスープだ。塩豚の旨《うま》みがスープに溶け込んでいて、とってもおいしかった。

食事を済ませたあとは洗濯だ。たしか、魔技巧品の自動洗濯機があるとセイブルが話していた。

洗濯機の蓋《ふた》を開くと、中は金属でできたタライが入っている。ここに洗濯物を入れ、魔法陣に触れて起動させるようだが……。

「あら？」

『どうした？』

どこからともなく、セイブルが現れる。

「洗濯機に描かれた魔法陣が反応しなくて」

『なんだとー⁉』

セイブルはひと息で洗濯機の上に飛びあがり、魔法陣を覗《のぞ》き込む。

『んー？』

魔法陣に肉球でぺたぺた触れていたが、同じように何も反応しない。

『こういうのはな、強く叩《たた》いたら直るんだよ！』

そう言って、激しい猫パンチを繰りだしていたものの、いっこうに動く様子はない。セイブルはさまざまな箇所を見て回ったが、最終的にわかったことを教えてくれた。

『あー、こりゃ壊れているな』

「やはり、そうでしたか」

自動で洗濯ができるなんて夢のようだ、と思っていたものの夢で終わってしまったようだ。

『ベアトリス、知り合いに修理ができそうな魔法使いはいないのか？』

「魔法使いの知り合い、ですか」

そう聞いて思い出すのは、これまで付き合いがあった魔法使いの常連さんである。直接会ったことはないのだが、送られてきていた手紙には、さまざまな魔法に触れる研究職みたいなものに就いている、と書かれてあった。ただ、手紙を交わすばかりで、本名どころかどこの誰かすらわからない。頼ることができる相手ではなかった。

「どうやら自分で洗うしかないようですね」

『だな』

この寒空の下、洗濯をしなければならないのか……なんて考えていたところに、セイブルが耳よりな情報を教えてくれる。

『そういや、この自動洗濯機が届く前は、ソープワートを入れた洗濯釜《ランドリー・コッパー》で洗っていたな。まだ、物置にあるはずだぜ』

その昔、洗濯物は鍋でぐつぐつ煮ながら洗っていたらしい。ソープワートというのは薬用植物で、その昔は石鹸《せっけん》代わりに使われていたようだ。

「だったら、その方法で洗濯してみます」

『ああ、頑張れよ』

猫の手もここまでというわけだ。セイブルが言っていたとおり、物置には大きな洗濯釜《ランドリー・コッパー》が置かれていた。どうやって運ぶか悩んでいたらリス妖精達が集まってきて、井戸の近くまで運んでくれた。

『おい、これに水を入れたらいいのか？』

「え？　あ、はい、そうなのですが」

『だったら任せろ！』

リス妖精達は連携して井戸から水を汲《く》み上《あ》げ、洗濯釜《ランドリー・コッパー》の中に水を満たしてくれる。

『これくらいで大丈夫そうか？』

「はい！　ありがとうございます」

魔石で火を熾《おこ》し、中の水を沸騰させるまでの間、私は庭で摘んだソープワートで石鹸を作ろう。

ソープワートの根には毒があるので、注意が必要である。

部屋に持ち込んで、作業開始だ。ソープワートの葉と茎を切り刻んで、鍋でぐつぐつ煮たあと、清潔な布で漉《こ》す。少し冷ましたあと泡立て器を使ってくるくる混ぜると、石鹸のようにぶくぶく泡立った。天然石鹸の完成である。

これを洗濯物と一緒に釜《かま》の中に入れて煮込み、井戸の水で泡を濯《すす》ぐ。

絞り機《リンガー》を使って水を絞ったあと、皺伸ばし機《マングル》にかける。最後に、物干し用の芝生《ドライング・グリーン》の上に広げて干すのだ。

これまでランドリー・メイドがせっせとしてくれていた洗濯を、初めて一人で行った。

思っていた以上に大変だったが、達成感を得ることができた。

しばらくゆっくり過ごそうと決めていたのに、ふとした瞬間に魔法薬について考えてしまう。

早朝はいつも、お祖父様のためにエリクシールを作って金庫にしまうのが日課だったので、何もしないとなるとソワソワしてしまう。離婚をして自由になったというのに、考えることはいつもイーゼンブルク公爵家のことばかりだった。

それも無理はないのかもしれない。私は十二歳のときから十年間もあの家で育ち、一族の繁栄を第一に考えて働いてきたのだから。そんな私を、セイブルが覗き込む。

『おい、ベアトリス、どうしたんだ？　ため息なんか吐《つ》いて』

「あ――無意識でした」

長年私を見てきたセイブルに、隠し事なんてできないだろう。正直な気持ちを告げる。

『そうだったのか……。辛い思いをしていたじーさんのために、何か一生懸命魔法薬を作っていることは知っていたが、それがエリクシールだったとはな』

「ええ……。エリクシールは外傷に特化した魔法薬だったので、病気には効果がなかったのですが、何も薬を飲まないよりはいいかと思いまして」

怪我《けが》は魔法薬で回復させることができるものの病気を完治させることは非常に難しい。病気は魔法医の診断で症状を緩和させ、寛解を目指すしかない。

お祖父様の病気については、国中の魔法医に診察してもらった。お祖母様の一番弟子であり、王室典薬貴族であるザルムホーファー侯爵にも相談したものの、過去に例がない症状ですぐに効果がでる魔法薬はないと言われていたのだ。

『これまでのお前は、敬愛するじーさんのために生きていたんだ。けれどもこれからは、自分のために生きろ』

そうだった。わかっていたのに人は簡単に変わることはできないのだろう。私の心の中にはお祖父様の存在が大きく占めていて、亡くなってからも尚恩《なお》に報いたいという気持ちが大きかったのだ。

『じーさんのことを忘れろとは言わんが、お前は十分頑張ってきたんだ。じーさんについては心の奥底に大切にしまって、余裕を作っておけよ。そうしたら、自分自身についてじっくり考えられるだろうから』

「セイブル……ありがとうございます」

彼の言うとおり、私はお祖父様について考え過ぎていたのかもしれない。いったん心のキャンバスをまっさらにして、そこから自分なりの未来を描けばいいのだ。

このままぼんやりしていたら、いつまで経っても物思いに耽《ふけ》ってしまうだろう。ひとまず、動こう。今日はいい天気なので、庭の散策でもしようか。

立ち上がった瞬間、綿埃《わたぼこり》妖精が私のもとへコロコロと転がってきた。

『外に出る～？』

「ええ」

『だったら、これをどうぞ～』

そう言って何かをペッと吐き出した。床を転がるのは、火魔法の呪文が刻まれた魔宝石である。

「これは……？」

『魔宝石カイロ！　持っていると、体が温かくなるや～っ！』

今日は寒いから、と綿埃妖精は付け加える。魔宝石カイロを手に取って、呪文を指先でそっとなぞる。すると、魔法が発動し、全身がじんわり温かくなっていった。

『どう？』

「ぽかぽかしてきました。とても温かいです」

『よかったー！』

なんでもこれは五十年以上前に寝台の下に転がっているところを、綿埃妖精が発見したらしい。

持ち主はお祖母様だったが、当時は寝たきりとなっていて渡しそびれたまま今に至っていたと言う。

「私が使ってもよかったのでしょうか？」

『平気！　使ってくれたら、アリスが喜ぶや～っ！』

ならば、ありがたく使わせていただこう。

背伸びをして、屋外用のエプロンをかける。玄関にかけてあった麦わら帽子を被って外に出た。

風はひんやり冷たかったものの、魔宝石カイロのおかげで外套《がいとう》を着込まずとも寒くない。

今日も威勢のいいリス妖精達がせっせと働いていた。

『よお！　今日は何を採りにきたんだ？』

「少し散策しようと思いまして」

『そうかい！　何か欲しい薬草があったら、気軽に聞いてくれよな！』

「ありがとうございます」

今朝は霜が降りていたようで、地面を踏むとザクザク音が鳴る。

草木の表面はうっすら凍っていた。春に比べると、薬草の勢いは衰えているように見える。

しかしながら、枯れているように見える薬草は冬越ししているものばかりで、春になったら青々とした葉を付けるだろう。

一方で、耐寒性のあるローズマリーやタイム、レモンバームなどは元気いっぱい。霜にも負けずに、青々と生い茂っていた。

目的もなく歩いていると、温室に行き着く。傍にいたリス妖精が話しかけてきた。

『お前がイーゼンブルク公爵家の、新しい管理者か？』

「ええ、初めまして。ベアトリスと申します」

『おうよ！』

リス妖精は小さな手を差しだしてきたので、指先でそっと摘《つ》まみ握手を交わした。

『ここの温室では、魔法薬に使う薬草を栽培しているんだ』

「そうだったのですね」

魔法薬に使う薬草は通常、魔力が満ちた森へ採りに行くのがお決まりだ。

まさか、自家栽培を成功させていたなんて。

「中を見てもよろしいですか？」

『おうよ、もちろん！』

内部は暑くもなく、寒くもない。一定の温度が保たれているようだった。

「ここは――――！」

魔法薬を作る中でもっとも重要となる、ヒール薬草が生い茂っている。しゃがみ込んで見てみると、魔力も豊富に含まれていた。どうやって栽培に成功したのか……周囲を見渡す。

ガラスでできた温室には、いたる場所に魔法陣と呪文が書かれていた。魔法陣の中心には魔宝石が填《は》め込まれており、これを使って魔力をヒール薬草に付与しているようだ。

魔法陣に描かれた魔法式が少し変わっていて、しばし観察してしまう。

『これはアリスが考えたものなんだ』

「お祖母《ばあ》様が……?」

薬草の採取に向かう薬獣は危険と隣り合った中で、主人の命令をまっとうする。魔物に襲われ、帰ってこない薬獣というのも珍しくなかった。それに心を痛めたお祖母様が、安全に薬草を採取できるように考えたのが、ここの温室らしい。

「けれどもどうして、この技術を使わなかったのでしょうか?」

『魔力を大量に消費するからだと思うぜ。ここの温室は五十年間、グレイ――お前の祖父さんが封印していたから、時が止まっていたんだ』

なんでも私がやってきたことにより、封印が解けてしまったようだ。魔法陣に書かれた呪文を読み取ってみると、管理者が魔力を付与すれば、継続して使えるような仕組みになっていた。

『あそこの魔宝石がチカチカ点滅しているところがあるだろう? あれが魔力の切れかけている合図なんだ』

魔力の付与は誰にでもできるわけではないらしい。リス妖精《ようせい》曰《いわ》く、お祖母様は魔力をたくさん持っていたものの、お祖父様はここに付与できるほどの魔力を持っていなかったようだ。

「だからお祖父様は、この技術を使わなかったのでしょうね」

『だろうな。ただ、お前さんは魔力をたくさん持っているから、ここを維持できるかもしれない』

「魔力の付与なんて、したことがないのですが」

『ここのは、手をかざすだけでできるぞ』

ならば、試してみようか。立ち上がって、点滅している魔宝石に手をかざしてみる。すると眩《まばゆ》いくらいに光り、あまりの発光具合に目を閉じた。光が治まったあとにそっと瞼《まぶた》を開くと、周囲の景色が一変していたのでギョッとする。

「こ、これは……!?」

温室に生えていたヒール薬草が、キラキラと輝いているのだ。同じく目にしたリス妖精は瞳《ひとみ》を大きく見開く。

『なんだこれは！　一瞬にして、上位のヒール薬草になってしまうなんて！』

薬草には自生する場所の魔力の質によって、ランクが異なる。

下位、中位、上位の三種類に分かれており、それぞれのランクは魔法薬の仕上がりにも影響する。

『ここに生えていたヒール薬草のランクは下位だったんだが、すべて上位になっているようだ』

上位ランクのヒール薬草なんて、凶暴な魔物が生息する森にしか自生していない。私がこれまで扱っていたのは、最高でも中位ランクのヒール薬草である。

「いったいどうして……？」

『いや、お前さんがたった今付与した、魔力のおかげだろうが！』

「そ、そうだったのですね」

『ヒール薬草をこんな状態にして、大丈夫なのか⁉』

「大丈夫、というと？」

『具合が悪くなったり、吐き気がしたり、していないか？』

「ああ、そういう意味でしたか」

魔力とは人間の命と強い繋《つな》がりを持つものだ。大量に魔力を失うと、人は生命を維持できなくなる。うっかり魔力を大量に付与し、亡くなった事故も過去にあったのを思い出す。

「私はなんともありません」

むしろ、体が軽くなったと思うくらいである。

『なるほど。お前さんは体にありあまるほどの魔力を有していた、というわけか』

「はあ」

魔法薬を作るために、そこまで魔力を消費しない。そのため、魔力をたくさん持っていると言われても、特になんとも思わなかった。

ただ、この薬草の温室を維持し続けるためには、魔力があったほうがいいのだろう。

『とりあえず、ここにあるヒール薬草は刈り取って魔法薬作りに使うといい』

ヒール薬草は根っこから引かずに、葉っぱの部分を刈り取って使う。

そうすれば、一か月後には新しいヒール薬草の葉が生えてくるのだ。

リス妖精と協力し、鎌を使ってヒール薬草を刈り取る。ヒール薬草に刃を入れると薬草の匂いが漂ってきた。長年かぎ慣れた、安心するような匂いである。

「ふう……。思っていたよりも、たくさんありましたね」

『そうだな』

これだけあれば、ヒール薬草を使って調薬する〝ヒール・ポーション〟が三十本くらいは作れるだろう。それらを売ったら、半年は暮らせるはずだ。薬獣達にも、それぞれご褒美が買えるだろう。

これから何をしようか、予定は特になかった。けれども、お祖母様が遺してくれた温室のおかげで魔法薬作りに取りかかれそうだ。地下に製薬室があったし、設備も整っていたから、すぐに調合が始められるだろう。

リス妖精が持ってきてくれたかごにヒール薬草を入れ、家に戻った。アライグマ妖精の三姉妹が私を出迎え、質問を投げかけてくる。

『おかえりなさい！』

『休憩にする？　それとも調薬する？』

『お手伝いするよ！』

「ポーションを作りたいので、手を貸していただけますか？」

アライグマ妖精の三姉妹はもちろん、と深々と頷《うなず》いてくれた。

皆で地下の製薬室まで下りて行く。ここも綿埃妖精がきれいに掃除してくれたようで、地下特有のカビ臭さなどは感じない。

製薬室には空の薬瓶が並んだ棚に調合用の大釜《おおがま》、調薬用の薬研《やげん》、石臼《いしうす》、乳鉢、製丸器、ふるい、こね鉢、粉砕機、蒸留機などが置かれていた。

大鍋《おおなべ》には蛇口が付いていて、捻《ひね》ると魔法で精製された水が出てくる仕組みだ。

その昔は井戸から水を運んでいたというので、魔法のおかげで今はずいぶん楽に魔法薬が作れるようになっている。

「では、始めましょうか」

『はーい』

『待っていました』

『頑張る！』

立派な大釜があるので、一気に三十本のヒール・ポーション作りに挑む。まずは精製水でヒール薬草を洗っていく。桶《おけ》に張った水でムクがヒール薬草を器用な手つきで洗ってくれた。

私は大釜に精製水を満たし、魔法で火を点ける。ここの火加減が重要なのだ。

大鍋の縁が少しぶくぶくする程度の温度を保ちつつ、次なる作業を行う。

モコが魔宝石をハンマーで叩《たた》いて細かくしたあと、モフが乳鉢を使ってすり潰《つぶ》していく。その工程を横目で見ながら、ムクが洗ってくれたヒール薬草を刻んだ。これらの材料をすべて大釜に入れ、調薬杖《つえ》でかき混ぜると魔法陣が浮かび上がる。最後に呪文を唱えた。

「――調合せよ《フォーミユレイト》！」

大釜の中が輝きを放ち、魔法陣がパチンと音を立てて消えてなくなれば、ヒール・ポーションの

調薬は成功する。

完成したヒール・ポーションはキラキラと光っている。下位、中位のヒール・ポーションには見られなかった反応だ。すぐにアライグマ妖精の三姉妹が声をあげる。

『わ〜、すごい！』

『ハイクラスのヒール・ポーションだ！』

『初めて見た！』

ハイクラスのヒール・ポーションは上位のヒール薬草を使っただけでなく、熟達した魔法薬師でないと作れないはずだ。

自分やアライグマ妖精の三姉妹の頑張りが認められた気がして嬉《うれ》しくなった。

「ムク、モコ、モフ、お手伝いしてくれて、ありがとうございます」

頭を撫《な》でると皆、心地よさそうに目を細めていた。ヒール・ポーションは一晩置いて冷まして薬瓶に詰めたら、すぐにでも出荷できる状態になる。薬瓶を消毒したりヒール・ポーションを瓶に詰めたりする作業は、アライグマ妖精の三姉妹がやってくれるようだ。

私の仕事はここまでというわけである。大量のヒール・ポーションを作ったのは数年ぶりか。

なんとか上手く調薬できたので、安堵《あんど》の息が零れた。

ムクとモコ、モフは手を叩いて成功を喜んでくれたのだった。

「ヒール・ポーション、もう少し作っておきましょうか」

予備があれば、何かあったときに使えるだろう。そう思って、数本分追加で作っておいた。

翌日――アライグマ妖精の三姉妹が薬瓶に詰めたヒール・ポーションを持ってきてくれた。

「ムク、モコ、モフ、ありがとうございます」

『いえいえ』

『お安い御用だよ』

『お手伝い、楽しかったー！』

薬瓶を一つ手に取り、太陽に透かして見る。すると、ヒール・ポーションがキラキラと輝いた。

ハイクラスのヒール・ポーションは見た目からも、他のクラスの物とは異なるようだ。

「さて、これからどうしたものか……」

高品質のヒール・ポーションとなれば価格も高価になるので、下町や中央街にある薬局は買い取ってくれないだろう。となれば、残るは貴族が出入りする薬局しかない。懇意にしている店は複数あるものの、どの店もオイゲンと親しい貴族が経営していたはず。

「うーん」

イーゼンブルク公爵家の屋敷を出て早くも二日経ったのだが、私とオイゲンの離婚は新聞で報道され広く知れ渡っているに違いない。薬の販売には魔法薬師の身分証を示さなければならないので、私がやってきたとバレてしまうだろう。

なんとなく、オイゲンに近況を知られたくなかった。これといった理由はないが、それとなく嫌な予感がするのだ。しばらく時間を置いたほうがいいかもしれない。そう思って、ヒール・ポーシヨンの在庫は地下にある棚に保管することとなった。

庭で薬草摘みでもしようか？　なんて思って扉を開いた瞬間、目の前に山鳩《やまばと》が落ちてきた。

「きゃあ！」

それに続くように、セイブルが着地する。

『ベアトリス、引越祝いだ！』

「お気持ちは大変嬉しいのですが、突然目の前に山鳩とあなたが降ってきたら驚いてしまいます」

『それは悪かったな』

セイブルが持ってきたのは、まるまると肥えている雌の山鳩である。なんでもセイブルが森で仕留めてきたらしい。

「あなた、すばらしい猟の才能があったのですね」

褒めると、セイブルは胸を張って誇らしげな様子でいた。

『お前、山鳩が好物だっただろう？』

「それはそうですが」

『もう一羽必要だったら、獲《と》ってくるが』

「いいえ、一羽で十分です」

セイブルの気持ちはとても嬉しいのだが、問題はどうやって食べるか、である。そのままの状態で贈られたのは生まれて初めて。当然ながら、山鳩の解体方法なんて知るわけがない。

困っていたらリス妖精がやってきて、ありがたい申し出をしてくれる。

『その山鳩、捌《さば》いてやろうか？』

「解体ができるのですか？」

『ああ』

何代か前の当主の趣味が狩猟だったようで、解体の手伝いをするうちに覚えたらしい。セイブルもその当主から猟を習ったようだ。

『懐かしいな。あいつ、獣から採った血で作る魔法薬ばかり調合していたな』

『血の一滴さえも無駄にしない、魔法薬師だったな』

血を使って作る魔法薬といえば、毒ばかりだ。山鳩の血からも、強い毒薬が作れる。その昔は、王族の命令で毒を含んだ魔法薬を作るよう命令があった、なんて話を耳にした覚えがある。ここ最近は、そのような命令はなかったようだが。

何はともあれ、過去にとんでもないイーゼンブルク公爵がいたようだ。

セイブルとリス妖精《ようせい》は昔話に花を咲かせながら、山鳩の解体作業を進めていく。まずは羽を毟《むし》り取る作業から始める。リス妖精は慣れた手つきで、羽を抜いていった。私もここで暮らす以上、猟肉を口にする機会が増えるだろう。解体方法を習得するために、リス妖精の動きを集中して眺める。それに気付いてくれたからか、リス妖精は解体のコツを教えてくれた。

初めに、魔法で血抜きを行うらしい。リス妖精は木の枝を使い、地面に魔法陣を描く。呪文を唱えると、全身の血が粒状に浮かび上がってきた。それを瓶に詰めたものを魔法薬作りに使えるから、と言って手渡してくれた。続いて解体に移る。

『羽を毟るときは、皮膚を破らないように』

あとから皮膚の表面を火で炙《あぶ》り、細かい毛を焼く作業が入るようだ。皮膚が破れると肉にも火が通ってしまうため、細心の注意を払いながら毛を毟るらしい。それから死後硬直が進むにつれて毛が毟りにくくなるので、手早く作業を行うことも大切だと教えてくれた。

『すでにカチコチになっている場合は、少し湯に浸けると羽が毟りやすくなるぞ』

「勉強になります」

続いて両翼と首の付け根を切り落としたら、残りの羽を炙って焼いていく。足を切り落としたあとは肋骨《ろっこつ》の下にある腹部にナイフを入れ、内臓を取り出す。

『砂肝と心臓、肝臓は、きれいに洗ってくれ』

「は、はい」

わずかな温もりが残る内臓を水で洗う。命に感謝しなければ、と改めて思った。

『もも肉と胸肉を切り分けておいたぜ』

「ありがとうございます」

今日はこれで、ピジョンパイを焼こう。パイは時間がかかるので、早速調理に取りかかった。

まずはペイストリー生地から作ろう。小麦粉とバター、塩、卵に水を加えながら練っていく。生地がなめらかになったら、濡《ぬ》れ布巾《ぶきん》を被せ、しばらく休ませておこう。

次に、パイの具を作る。先ほどリス妖精が解体してくれた山鳩のもも肉と胸肉を包丁で挽《ひ》き肉状にする。庭で採れた臭み消し用のローズマリーとタイムも加え、塩、コショウをしっかり利かせておいた。味を馴染《なじ》ませるために、これもしばし置いておく。

山鳩のガラで出汁《だし》を取ったスープも作る。具は細かく刻んだ内臓《もつ》だ。これにも薬草をたっぷり入れて、滋養分に富むスープにした。

休ませておいたペイストリーは薄くのばしてバターをたっぷり塗ったパイ皿の底に広げたあと、底をフォークで突き刺し火が通りやすいよう穴を空けておく。縁にかかった生地は切り落とし、形を整える。そこに先ほど作った具を詰めたあと、薄くのばしたペイストリーで蓋《ふた》をした。細長く切ったペイストリーで編み目を作ったあと、卵黄を塗ってじっくり焼くのだ。

四十分ほどキッチンストーブで加熱したら、ピジョンパイの完成だ。

食卓にテーブルナプキンを広げて皿やナイフ、フォークなどを並べていく。庭で摘んだアイリスを花瓶に活《い》け、引越祝いのパーティーらしい雰囲気を作ってみた。

アライグマ妖精の三姉妹やセイブル、綿埃《わたぼこり》妖精のカトラリーも用意してみる。椅子を引いてあげると、アライグマ妖精の三姉妹は招待客らしく恭しい態度で腰かけてくれた。

彼女達には、魔宝石の粒をごちそうする。セイブルは何も食べないのだが、気持ちだけ受け取ってもらおうと思いピジョンパイを切り分けてあげた。

綿埃妖精は私と同じように、料理を食べられる。そのため、ピジョンパイを大きく切ってあげたら、喜んでくれた。

「それでは、いただきましょうか」

ムクが赤ワインが注がれたグラスを掲げ、モコが『新しい暮らしに』と言い、モフが『かんぱ～

い！』と元気いっぱいに叫んでくれた。

グラスを軽く重ねたあと、さっそくピジョンパイをいただく。

ペイストリー生地はサクサクで、バターが豊かに香る。山鳩のお肉はあっさりしているけれど、噛《か》めば噛むほど旨みを感じた。スープはコクがあって、ホッとするような味わいだった。

綿埃妖精はピジョンパイがお気に召したようで小躍りしていた。

セイブルの皿に盛り付けた分も、綿埃妖精が食べてくれる。アライグマ妖精の三姉妹も楽しそうに魔宝石の粒を食べていた。

賑《にぎ》やかで楽しい引越祝いを、じっくり堪能したのだった。

◇◇◇

隠者の住まい《エルミタージュ》にやってきてから、早くも一か月ほど経った。そろそろ、私とオイゲンの離婚に関する噂話は風化しただろうか。人の噂も七十五日、という異国から伝わった言葉もあるので、まだまだ油断ならないような気もするが……。

どうしようか迷ったものの、王都で買い足したい物もある。どちらにせよ、城下町に行かなければならないのだ。いっそのこと、友人に買い取ってもらおうか。

ヒール・ポーションは魔法医の処方箋《しょほうせん》の必要なく売買が許可されている市販薬なのだ。口が堅く、オイゲンとの繋《つな》がりがない者が数名いるので、当たってみよう。

手紙を書き、鳥翰《ちょうかん》魔法を使って友人のもとまで手紙を飛ばす。すると、三日後にヒール・ポーションを買い取ってくれるという返事が届いた。いつでも訪問していいと書かれてあったので、さっそく会いに行こう。

先触れの手紙も、鳥翰魔法で飛ばしておいた。

衣装室の中からあまり目立たないウィローグリーンのドレスを選び、化粧も控え目に仕上げる。髪は三つ編みにしたものを後頭部で巻き、ピンでまとめた。全身をすっぽり覆う外套《がいとう》を合わせ、頭巾を深く被る。

かごに三十本のヒール・ポーションを入れていたら、綿埃妖精がやってきた。

『お出かけなの～ん？』

「ええ。王都に行ってきます」

『お薬、重たい？』

「まあ、少し重たいですね」

『だったら、一緒に行ってあげ～る！』

「あ、あげ～る？」

調子外れな語尾に戸惑っている間に、綿埃妖精はかごの中へと飛び込んできた。何をするのかと思ったら大きく口を開いて、かごの中の薬瓶をぱくん！　と一気に飲み込んだ。

「え⁉」

拳《こぶし》大の小さな体に、三十本の薬瓶を飲み込んでしまったのである。大きさは変わらないので、どこにあるのか不思議に思ってしまった。

『これで軽くなった！』

綿埃妖精の言うとおり、かごを持ち上げると重さはまったく感じない。

『いつでも取り出せるから、必要なときに、言ってねえん』

「あ、ありがとうございます」

綿埃妖精のおかげで、苦労することなく薬瓶を運べそうだ。

グリちゃんに声をかけ、王都まで運んでもらう。

「貴族街にある友人のお宅を訪問したいのですが、よろしいでしょうか？」

グリちゃんは任せろ！　とばかりに凛々《りり》しい表情で『ぴい！』と鳴いた。彼女の背に跨《また》がり、リス妖精やアライグマ妖精の三姉妹に見送られながら、隠者の住まい《エルミタージュ》を発《た》つのだった。

第二章　就職先が決まりました！

友人は社交界デビューした年に出会った女性である。名前はメアリ。私よりも早く結婚し、現在子どもが二人いる。ちなみに夫であるディンディル伯爵は正義感に溢《あふ》れた熱血的なお方で、オイゲンがもっとも苦手とするようなお人柄だ。きっと繋がりはないはずだ。

メアリは幼少期から病弱で、私に魔法薬を煎《せん》じてほしいという手紙を年に数回交わしていた。ついでに手紙で離婚について報告したのだが、すでに新聞社の報道で知っていたのか、さほど驚いている様子はなかった。

そんなメアリと会うのは半年ぶりか。結婚してからお互いにあまり時間がなくなり、夜会以外で会う機会が減ってしまった。元気に暮らしていただろうか。その辺の近況も聞きたい。

伯爵家を訪問すると、執事が丁重に出迎えてくれた。客間に通され、メアリと再会する。

「メアリ、久しぶりですね」

「ええ、本当に」

かなり心配をさせてしまったようで、メアリの瞳《ひとみ》には涙が滲《にじ》んでいた。

「その、ベアトリスの離婚を新聞で知って、どうしているのか、ずっと気になっていたの」

鳥翰魔法で送った手紙に住所など書いていなかったので、余計に心配していたようだ。

「今、どちらに住んでいるの？」

「それは――ごめんなさい。まだ、言えなくて……」

お祖父様《じい》が遺した隠者の住まい《エルミタージュ》にいる、とはっきりと伝えることはできなかった。彼女は古くからの友人で、信用に値する人物なのに。

どうしてか嫌な予感がして、脳内で警鐘がカンカン鳴っているように思えてならなかったのだ。オイゲンに裏切られて、どこか疑心暗鬼になっているのかもしれない。

「ベアトリス、さっそくで悪いけれど、ヒール・ポーションをいただけるかしら？」

「ええ、もちろん」

手紙にハイクラスのヒール・ポーションだと書いたら、一本金貨一枚で買い取ると言ってくれた。ロークラスの物は大銅貨、ミドルクラスの物は半銀貨ほどの価格なので、ハイクラスのヒール・ポーションはかなり高価である。

綿埃妖精がかごから飛び出したので、メアリを驚かせてしまう。

「なっ！」

「びっくりさせてごめんなさい。この子、妖精なんです」

『ども～～』

綿埃妖精はヒール・ポーションを一気に口から放出する。太陽の光を浴びたヒール・ポーションは、宝石のようにキラキラと輝いていた。

「まあ、これがハイクラスのヒール・ポーションなのね」

「ええ。私も――」

初めて作ったものだ、と口にしようとした瞬間、廊下から執事の焦ったような声が聞こえる。

「こ、困ります！　今はお客様がいらしておりまして」

「その客とやらに用事があるんだ」

どけ！　という乱暴的な言葉と共に、執事の嘆くような声が聞こえた。粗暴としか思えない声に、聞き覚えがあった。怯《おび》えるメアリを庇《かば》うような位置に立った瞬間、扉が勢いよく開かれた。

登場したのはオイゲンであった。彼を目にした瞬間、ゾッと鳥肌が立つ。

「ベアトリス、やはりここにいたのか！」

「いったいなぜ、あなたがここに？」

「〝先生〟がここにいると、教えてくれたんだ！」

オイゲンが手で示すのと同時に、全身黒ずくめの人物が姿を現す。

服に香でも焚《た》いているのか、嗅《か》いだ覚えのないような薬草の匂いが鼻先を掠《かす》めた。その異様な姿を前に、メアリが悲鳴をあげる。

オイゲンが先生と呼んだ人物は、カラスに似た鳥の仮面を装着していた。

あれは大昔の闇の魔法医が被《かぶ》っていた、病気の感染を防止する装備である。猫背気味であるもののそれでもなお背が高く、体も大きい。露出している部分が鳥マスクしかないので性別は判別できないが、おそらく男性なのだろう。ただそこに黙って立っているだけなのに、威圧感があった。

そんな鳥マスクの人物を従え、虎の威を借る狐《きつね》のようにオイゲンは威張った態度でいた。

「ベアトリス、お前の居場所なんて、すぐに特定してやったぞ！」

あの鳥マスクの人物に頼み込んで、屋敷に残っていた私の魔力痕《あと》を辿《たど》って捜索したに違いない。

これまで発見されなかったのは、探す範囲が狭かったからなのだろうか。

ひとまず、動揺を見せてはいけない。冷静になるよう努めながら問いかけた。

「オイゲン、ここがディンディル伯爵家だということを、お忘れなのでしょうか？」

「うるさい！　この一か月、どれだけ苦労して、お前を探していたかわかっているのか？」

彼の何もかもが理解できなかった。

「探していたって、私をイーゼンブルク公爵邸から追い出したのは紛れもなくあなた自身でしょう」

「そういうことを言いたいのではない！　お前がやらかした愚行について、問い詰めたいだけだ！」

「愚行とは？」

オイゲンは親の敵《かたき》を発見したような顔で私を指差し、糾弾し続ける。

「お前はイーゼンブルク公爵家の魔法薬師《くすし》共を、連れていっただろうが！」

「え……？」

なんでも私が屋敷を追い出されてすぐに、後を追うように他の魔法薬師達も出て行ったらしい。

「そんなの、存じ上げませんでした」

「嘘《うそ》を吐《つ》け！　お前が全員奪ったんだろうが！」

「本当に、心当たりがないのです」

「こいつ――‼」

オイゲンが拳を握った瞬間、鳥マスクの人物が肩を叩《たた》く。手には煙が出る香炉を手にしていた。

鳥マスクの人物がオイゲンの耳元でボソボソ囁《ささや》くと彼はこくりと頷《うなず》き、背後に下がった。

「いいか、これから先生の魔法で真実を吐かせてやる‼」

香炉から流れる煙はあっという間に部屋へ広がり、吸い込んでしまった。

「いいか、嘘を言っても真実を口にする魔法だから、虚言は通用しないぞ！」

意識がぼんやりし、くらくらしてきた。

そんな状況で、オイゲンが問いかけてくる。

「お前は、魔法薬師達をどこに連れて行ったんだ？」

「〝そんなの、知りません〟」

自分の意思に反して、質問に答えてしまう。これがあの鳥マスクの人物の魔法なのだろう。

「お、おい、嘘を吐くな！」

オイゲンが叫ぶと、すかさず鳥マスクの人物が耳打ちする。

「え？　あ、嘘が吐けない魔法だったか」

し――――んと静まり返る。真実を聞き出すために鳥マスクの人物を雇ったのだろうが、欲している情報は得られなかったというわけだ。

「だ、だったら、屋敷に不潔なネズミや気持ち悪いヘビ、害虫や野良犬を送り込んだのも、お前だろうが！」

「〝いいえ、私ではありません〟」

「なんだと⁉」

それに関しても、まったくの濡《ぬ》れ衣《ぎぬ》である。屋敷を守護するセイブルがいなくなったので、もともといるはずだった生き物が戻ってきただけなのだろう。

「あ、あと屋敷にいた薬獣を奪ったのも、お前だろうが！」

「〝違います。薬獣のほうが、私を選んだだけです〟」

「適当なことを言うな‼」

オイゲンは拳を上げて私に殴りかかろうとしたものの、足をもつれさせて転んでしまった。

「どわっ‼」

毛足の長いふかふかな絨毯《じゆうたん》にさらに足を取られることとなり、立ち上がるのに時間がかかる。

よくよく見たら、綿埃妖精《わたぼこりようせい》がオイゲンの足にまとわりついていたようだ。

絨毯に上手《うま》く隠れつつ、攻撃していたのだろう。

「こ、この～～～～～ベアトリスめ～～～～～‼」

転倒に関しては私はまったく悪くないのだが……。ようやく立ち上がったオイゲンに、鳥マスクの人物が人差し指を示す。どうやら質問はあと一つだけ、と言いたいのだろう。

「ベアトリス、お前は今、どこにいるんだ？」

その質問に、口が勝手に開きそうになる。隠者の住まい《エルミタージユ》だけは、オイゲンに知られたくない。奥歯を噛《か》みしめるも、口が開いてしまう。

もうダメだ――と思った瞬間、メアリが質問に答えた。

「〝彼女の所在地は、存じません〟」

これまで感じていた強制力から解放される。どうやら、自白させる魔法の効果は切れたようだ。

「お、おい！　知らないって、どういうことだ！　早く言え！」

オイゲンはメアリに詰め寄ろうとしていたが、ドタバタと騒がしい足音が聞こえた。

「メアリ、大丈夫か⁉」

「あ、あなた‼」

オイゲンが苦手であろう、ディンディル伯爵が駆けつけてくれた。メアリと私の無事を確認したディンディル伯爵は、オイゲンを捕らえるよう部下である騎士に命令する。

「わっ、どわっ‼」

オイゲンは騎士にもみくちゃにされていたが、鳥マスクの人物は転移魔法で姿を消していた。

あっという間にオイゲンは拘束され、客間から連れ出される。

「おい、こら！　諸悪の根源は、あの女、ベアトリスだ！　僕は悪くない！」

そんな叫び声がだんだんと遠ざかっていく。ディンディル伯爵は客間の扉を閉めたあと、私に深々と頭を下げた。

「あのような者を勝手に侵入させる形になり、申し訳なかった」

「いえ、一緒にいた者が転移魔法を使っていたので、防ぐことは難しかったでしょう」

私のせいで、メアリやディンディル伯爵を巻き込んでしまい、申し訳なく思う。

重ねて謝罪する。

「ベアトリス、あんな人に難癖を付けられて、心配だわ」

「大丈夫です。私には頼りになる薬獣や妖精達がいますし、姿を隠すことができる場所もあります」

その一言で、現在地が言えない理由をメアリは察してくれたようだ。

「まさか、強制的に情報を引き出す魔法があるなんて。あなたの住処《すみか》を聞いていなくて、本当によかった」

「ええ……」

私の嫌な予感は当たっていたわけである。これからも、隠者の住まい《エルミタージュ》にいることは口外しないほうがいいのだろう。

ディンディル伯爵は詫《わ》びとして、ヒール・ポーションを倍の価格である金貨六十枚で購入してくれるという。その申し出を、ありがたく受け入れることにした。

二人は帰り道の心配もしてくれて、護衛を付けようかと提案してくれたものの、これ以上迷惑をかけるのも悪いので丁重にお断りした。

オイゲンは騎士に拘束されたので、今日のところはこれ以上接触してくることもないだろう。

問題は鳥マスクの人物であるが、彼は先生と呼ばれオイゲンが一目置くような存在であった。きっと大金を積んで、依頼したに違いない。オイゲンがいなければ、手出しをしてくることはないだろう。

次に向かったのは、中央街にある市場だ。ここで食料などを買い足したい。お昼前だというのに、商店が並ぶ通りには大勢の人達がいた。一瞬でもぼんやりしていたら人の波に飲まれ、自分の意思とは関係ない場所まで流されてしまうだろう。

今日は綿埃妖精がいるので、重たい小麦粉や油などを買おうか。なんて考えていたら、目の前に白い羽根が落ちてくる。はらり、はらりとゆっくり舞うそれを手で受け取った。

「これは――」

思わず空を見上げると、白いカラスが私の上をくるくる旋回していた。

あのカラスには見覚えがある。常連さんの手紙を運んできていた使い魔だ。

白いカラスは珍しいので、見間違えるわけがなかった。上空から、声が聞こえる。

『見ツケタ、見ツケタ‼』

いったい何を見つけたというのか。白いカラスは甲高い声で叫んでいる。

普段は大人しい子なのだが、今日は興奮したように叫んでいた。

『ベアトリス、危な～い』

「え?」

綿埃妖精の、のんびりおっとりとした注意でハッと我に返る。すぐ傍《そば》に、大きな荷車が迫っていたのに気付く。回避は間に合わない。

ぶつかる‼

奥歯を噛みしめて衝撃に備えたが、腕をぐっと強く引き寄せられた。

路地に引き込まれ、衝突を回避する。

「――‼」

私を助けてくれたのは、ボロボロの外套《がいとう》に身を包み頭巾《ずきん》を被った男性だった。その姿にギョッとしてしまったのは、鳥マスクの人物と似たような外套を着ていたからだろう。今、目の前にいる人は、鳥マスクを付けていない。ただ、頭巾を深く被っているので顔は見えなかった。

「あ、ありがとうございます」

感謝の気持ちを伝えたあと、バサバサと鳥の羽ばたく音が聞こえる。先ほど上空で見た白いカラスが、男性の肩に着地したのだ。

『彼女、彼女ガ、イーゼンブルク公爵家ノ、魔法薬師！』

白いカラスが肩に止まっているということは、彼が常連さんだったのか。

使い魔を使役し、私を探していたようである。

「何かご用でしょうか？」

「少し、話がある」

「あの、あなたはいったい、どこのどなたなのでしょうか？」

「ここは誰の耳目があるかもわからない。場所を変える」

少し掠れていて、落ち着いた声である。声色から年齢を推測するのは難しいように思えた。

彼について行ってもいいのか。先ほどのオイゲンとの事件もあったので、不安になる。

立ち止まって考えていると、男性が振り返った。

「どうした？」

私の代わりに、綿埃妖精が答えてくれた。

『知らない人に、ついて行ったら、いけな〜いんだ！』

綿埃妖精の言うとおりである。白いカラスには見覚えがあるものの、それだけで安全だとは言えない。男性はずんずんと大股《おおまた》で戻ってきて、私の前で頭巾を外した。腰まで届くような白く長い髪が、さらりと流れてくる。研ぎ澄まされたような美貌《びぼう》が、露《あら》わになった。

透き通るような美しさに気品を感じる佇《たたず》まい、それからナイフのような長い耳を見てハッとなる。

それは国内で唯一存在する、クリスタル・エルフの血を引く一族――ヴィンダールスト大公家の一員である証《あかし》であった。

一度、王宮に飾られていた肖像画で、その姿を目にした記憶が残っていた。

千年も昔、国王を病から救い人々に医術と薬術を伝え、大公の位を与えられて国に留《とど》まることとなったクリスタル・エルフの始祖の姿。

ふと、思い出す。それは、社交界デビューをした日の王宮での記憶である。お祖父様の案内で目にした肖像画に描かれていた始祖の姿に、驚くほどそっくりだった。

名前はたしか、エルツ・フォン・ヴィンダールストだったような。

クリスタル・エルフは長命のエルフで、長くて千年ほど生きる。始祖は現在も在命で、王室典医貴族として治療に当たっている、という話を聞いた覚えがあった。

「あなたは、ヴィンダールスト大公家の」

「それだけわかればいいだろう」

大公は吐き捨てるように言うと、私の手を握ってずんずんと歩き始めた。

いったいなぜ、クリスタル・エルフの始祖たる人物に手を引かれて歩いているのだろうか。状況が飲み込めず、ただただ戸惑ってしまう。

常連さんであった彼とやりとりを始めたのは、結婚してわりとすぐだったか。

私に割り当てられた製薬室は、日当たりがよすぎて眩《まぶ》しいくらいの部屋だった。そこに、白いカラスが魔法薬を要求する手紙を持って現れたのである。差出人は無記名で、宛名《あてな》にのみ私の名前がはっきりと書かれていた。封筒の中には〝ここ最近よく眠れないので、睡眠薬を寄越《よこ》すように〟という白いカラスを通じたメッセージと、金貨一枚と同等の価値がある小切手が収められていた。

睡眠効果のある魔法薬は、魔法医の処方箋《しょほうせん》がないと患者へ渡すことができない。

いくらお金を積まれても、無理な話である。お断りのメッセージを伝えたものの、白いカラスは首を横に振るばかりである。ご主人様のもとへ帰るように言っても、びくとも動かなかったのだ。

困り果てた私は、趣味で作っている薬草茶を睡眠薬の代わりにすればいいのでは、と思いつく。

ホップとレモングラス、薔薇《ばら》の花びらをブレンドした不眠に効果のある茶葉である。薬草茶の淹《い》れ方を白いカラスに伝え、小切手と共に持って帰るよう促す。すると、これまで置物のように動かなかった白いカラスが茶葉を入れた包みを嘴《くちばし》に咥《くわ》え、飛んで帰っていったのだ。

ホッとしたのも束《つか》の間のこと。翌日に再度白いカラスが現れる。睡眠薬を販売しなかったことに対する抗議か、と思っていたのだが私の予想は外れた。

なんでも私が作った薬草茶が効果抜群だったので、同じ茶葉が欲しいと書かれてあったのだ。

封筒の中には昨日返した小切手ともう一枚、金貨二枚分の価値がある小切手が追加で入っていた。

趣味で作った薬草茶に、値段を付けるほどの価値などないのに……。

小切手は銀行省に持っていって換金しなければ、ただの紙である。受け取らなかったらいいのだ、と思って小切手をその場で破き、薬草茶を白いカラスへと託した。

それから一週間後、再度、白いカラスが現れる。メッセージは〝きちんと報酬を受け取れ！〟という訴えのみ。新しい小切手が入っていて、受け取らない場合は白いカラスに金貨を持たせて運ばせる、とまで書かれていた。報酬に関するものだけでなく、ここ最近、片頭痛が酷《ひど》いので緩和するような薬草茶があれば欲しい、と書いてあった。

頭痛の原因となる生理活性脂質の働きを抑制させる効果がある薬草――フィーバーフュー、ペパーミント、レモンバームをブレンドした薬草茶を白いカラスへと託した。

報酬についてはひとまず受け取って、そのまま養育院へ寄付した。白いカラスの主《あるじ》にも、その旨を伝えておく。

それから三年もの間、白いカラスを通じたやりとりが続いた。名前すら明かさないので、しだいに常連さんと呼ぶようになる。常連さんは毎日忙しく過ごしているようで、自分自身についておろそかになっているらしい。常連さんが訴える不調にあわせて、薬草茶だけでなくスープのレシピや薬草湿布、薬草湯など、さまざまな療養方法を伝授していった。

報酬は必要ないと言っているのに、毎回金貨一枚の小切手を贈ってくれるものだから私は毎月のように養育院へ大金を寄付することとなった。

翌年には、慈善活動を熱心にした者へ贈られる勲章が与えられた。想定外の叙勲に、戸惑いを覚える。常連さんも把握していたようで、全部寄付するな、と怒られてしまった。

それから十回のうち一回くらいは、金貨を受け取るようになった。この先の人生、何が起こるかわからないので貯蓄も必要だと思い始めたのである。

常連さんと出会って、早くも三年。相変わらず、彼はさまざまな不調を訴えていた。離婚と共に縁が切れてしまった、と思っていたのだが、まさかこうして再会できるなんて……。

ただ、相手がクリスタル・エルフの始祖である、エルツ・フォン・ヴィンダールストであることはまったくの想定外であった。

エルツ・フォン・ヴィンダールストと言えば、千年もの間、王室典医貴族を名乗り、魔法医の頂点に立つ者でもある。また、この国に医術と薬術を伝えた魔法医と魔法薬師の父とも呼ばれている存在であった。そんな人物がなぜ、私とのやりとりを長年続けていたのか。

彼自身が処方箋を書いたら、魔法薬なんていくらでも用意してくれるだろうに。

物思いに耽《ふけ》っているうちに、貴族街のほうへやってきていたようだ。

路地のほうへ手を引かれていたものの、突然ピタリと立ち止まる。何をするのかと思えば、彼は壁に向かって何やらぶつぶつと呪文を唱え始めた。

すると、魔法陣が浮かび、扉が現れる。ドアノブのない扉は、何もせずとも自動で開いた。

内部はカウンター席とテーブルが置かれたお店だった。

カウンターの奥では、マスターらしき猫耳の白髪男性が優雅な様子でお皿を拭《ふ》いている。

「いらっしゃいませ！」

猫耳の男性給仕係《ウェイター》が笑顔で出迎えてくれた。ふんわりと、香ばしい珈琲《コーヒー》の香りが漂う。そこは看板のない、魔法で出入りできる喫茶店のようだ。

フロアを突っ切り、お店の奥にある扉の向こうへと誘われる。そこは個室で、吹き抜けの天井に星空が浮かんでいるような幻想的な内装だった。

ここでやっと、手を放してもらえた。相手が座ったので、私も向かいの席に腰かける。

なんとも気まずい空気が流れる中、猫耳の男性給仕係が珈琲と型押しのジンジャーブレッドを運んできた。

「当店のメニューは珈琲とジンジャーブレッドだけなんです」

まだ何も頼んでいないのに、というのが顔に出ていたのか。それともすべての客に伝えていることなのか。わからなかったものの、珈琲とジンジャーブレッドが運ばれてきた理由を理解することができた。

ぱたん、と扉が閉められると彼は突然立ち上がり、ボロボロの外套を脱ぐ。下にまとっていたのは金の飾緒とボタンが縫われた、王室典医貴族の証であるジャケットにズボンを合わせた姿だった。

王室典薬貴族には特別製の外套だが、王室典医貴族のほうは軍服に似た制服が贈られるようだ。

「改めて名乗ろう。私は王室典医貴族である、エルツ・フォン・ヴィンダールストという」

王宮で働く魔法医達は〝魔法医長〟、それ以外の貴族は〝ヴィンダールスト大公〟や、〝閣下〟などと呼んでいる。身分が高いお方に対して呼びかける名は、慎重に選ばないといけない。

わからないときは、素直に聞いたほうがいいのだ。

「初めてお目にかかります。その、なんとお呼びすればよいでしょうか？」

「エルツでいい」

聞いてしまった以上、相手が望む呼び方をしなければならない。ただ、名前で呼ぶように言ってくるなど想定外であった。無難に閣下辺りにしておけばよかった、と心の奥底から後悔する。

「どうした？」

「いえ、その、私なんぞがお名前を呼ぶなど、おこがましいと思いまして」

「なぜ、そのように自らを卑下する？」

この世界は身分社会だからです、なんて言う勇気など持ち合わせていなかった。おそらく彼を名前で呼ぶのは、亡くなったであろう奥方や友人のみだろう。そんな特別な輪の中に、私なんかが加わっていいものなのか。戸惑っていたら、追い打ちをかけられてしまう。

「呼び慣れないのであれば、何度か口にしてみるといい」

それは単なる提案だが、私にとっては厳命にも聞こえてしまう。それくらい、貫禄《かんろく》があるのだ。

さすが、千年以上生きているクリスタル・エルフの始祖と言うべきなのか。

「さあ、早く」

「……エルツ様」

恐る恐る口にすると、エルツ様は満足げな様子で頷《うなず》いていた。

誰かの名前を口にし冷や汗を掻《か》いてしまうというのは、初めての経験であった。どうしてこういう事態になってしまったのか。時間を巻き戻したい、と叶《かな》わない願いを心に抱いてしまった。もうこうなったら自棄《やけ》である。エルツ様が提案したとおり、名前を呼んで慣れるしかない。

「エルツ様、私は魔法薬師のベアトリス・フォン・イーゼンブルクと申します」

「知っている」

エルツ様は腕組みし、尊大な様子で言葉を返した。

「私はそなたと三年もの間、手紙を交わしていた者だ」

私もうっかり「知っている」と返しそうになったものの、喉《のど》から出る寸前でごくんと呑《の》み込んだ。

「一か月ほど前、そなたの作った薬草茶が切れかけていたゆえに、この使い魔を通じて手紙を送ったところ、本人不在で戻ってきてな」

白カラスの名前は、ブランというらしい。エルツ様が促すと、自己紹介してくれた。

「それから毎日手紙を送っても本人不在が続き、おかしいと思って調べたら離婚したというではないか」

その日から、エルツ様は私の所在を探っていたようだ。

「ここ数日、ついに薬草茶が切れて、おかしくなるかと思った。眠いのに眠れないし、頭は痛いし、疲れは取れないし、体は冷えるし、胃はもたれるし……」

「あ、あの、何回もお手紙で伝えたかと思いますが、魔法医の診察を受けて、しばし療養したほうがよろしいのでは？」

薬草茶や薬草を使った料理の効果は、長期に亘《わた》って続く症状を治す効果などない。緩和してくれるとは思うのだが、薬ではないため気休めでしかないのだ。きちんと診察して、症状を回復させる魔法薬を飲んだほうがいいだろう。

エルツ様は魔法医であるはずなのに、どうしてその判断ができないのか謎でしかなかった。

それについて、ご本人の口から説明をいただく。

「魔法医の診察など信用ならんし、そなた以外の魔法薬師が作る魔法薬なんぞ口に合わない！」

はっきり、きっぱりと言い切ってくれた。まさかの、診療及び魔法薬嫌いだったわけである。

「ずっと気になっていたのですが、どうして私に魔法薬を求めてお手紙をくださったのですか？」

「それは――グレイがあまりにも、孫娘であるそなたの自慢をするから」

「お祖父様が⁉」

なんでもエルツ様とお祖父様はお知り合いだったらしい。

お祖父様が私を自慢していた、なんて話を聞くのも初めてである。

「お幾つの頃から、お祖父様とお知り合いだったのですか？」

「七つくらいだろうか？」

「え⁉」

千年以上生きているのに、七歳の頃からお祖父様とお知り合いだったというのはどういうことなのか。詳しく聞こうとしたら、焦ってしまったのか珈琲をドレスに零《こぼ》してしまった。

「あ、きゃあ！」

スカートの裾《すそ》に珈琲が染み込んでいく。

慌てて立ち上がったら、動くな！　と注意されてしまった。

エルツ様は私の前に片膝《かたひざ》を突き、何やら魔法を発動させる。水球を作りだして風魔法を付与し、スカートの染みとなっていた珈琲を浮かせていた。あっという間に、スカートに染み付いた珈琲がきれいに取れる。それだけでなく、風魔法で濡《ぬ》れたスカートを乾かしてくれた。

「こんなものか」

「あ、ありがとうございます」

跪《ひざまず》いてまでしてくれるなんて、なんだか申し訳なくなってしまう。

「も、もう、大丈夫ですので、どうかお立ちになってくださいませ」

エルツ様は他に珈琲が飛び散っていないか、スカートをじっと観察しているようだった。

「洗濯は帰ってからやりますので」

「まるで自分でするような口ぶりだな」

「えっと、その、自分で洗濯しております」

「なんだと⁉」

エルツ様はすっと立ち上がり、眉間《みけん》に皺《しわ》を寄せた顔でじっと見下ろす。

「メイドは？　誰もいないのか？」

「薬獣や妖精《ようせい》達はおりますが、家事は基本的に私一人でやっております」

「なぜ⁉」

聞かれても、離婚したからとしか答えられない。

「自動洗濯機はあるのですが、どうやら故障しているようで」

「ならば見せてみろ。修理してやる」

そういえば、魔法使いであれば直せるとセイブルが話していた。ただ、修理してもらうとなれば、エルツ様を隠者の住まい《エルミタージュ》まで連れていかないといけない。

「住居には、他人を入れないと決めておりまして」

「他人だと？」

エルツ様の双眸《そうぼう》がカッと見開かれ、迫力が増す。圧倒されながらも、なんとか言葉を返す。

「え、ええ、他人です」

「他人というのは、言い過ぎではないのか？」

たしかに三年もの間、私の常連さんだった。他人という言葉で片付けていい関係ではないかもしれない。

ただ、私達の関係をなんと示したらいいものか、わからなかった。

眼力に負けそうになっていたが、綿埃《わたぼこり》妖精が『他人で間違いない～』と助け船を出してくれた。

のんきに世間話をしている場合ではなかった。エルツ様は王室典医貴族というご多忙の身。本題へ移らなければならないだろう。

「あの、話があるとおっしゃっていましたが」

「ああ、そうだったな」

エルツ様はまっすぐ私を見つめながら、話し始める。

「以前のように、そなたが煎《せん》じる薬草茶を購入したい」

薬草茶よりもまず診断――と思ったものの、言って聞き入れてくれるようなお方ではないだろう。

「もちろん喜んで、と言いたいところですが、これまでと同じように使い魔を自宅へ送っていただくことはできません」

「なぜ？」

「えー、その、防犯上の理由、と言いますか」

「この私は不審者と化す可能性がある、と言いたいのか？」

「いえいえいえ、とんでもない！」

この世のどこに、クリスタル・エルフの始祖たるエルツ様を不審者扱いする者がいるというのか。大公家であるヴィンダールスト家は国王がもっとも信頼する家門で、魔法医としてもたくさんの人々から尊敬を集めている。

そんなエルツ様と、深い関係になりたいと望む者ばかりだろう。

けれども私は、他人との接触は最低限にしたい。その事情について、エルツ様に告げた。

「実は、別れた元夫に恨まれておりまして……」

オイゲンは関係ない人達に迷惑をかけてでも、私と接触しようとしていた。彼の周囲で起こっている悪いことのすべてを、私のせいだと決めつけていたのだ。今日は運よくディンディル伯爵が私を助け、オイゲンは騎士に捕まった。だが、騎士隊に拘束されるのも長くて十日ほどだろう。出所した彼は、騎士に捕まったのは私が罪をなすりつけたからだ、と主張するに違いない。

「元夫は魔法使いを雇い、自白させる魔法で情報を引き出そうとしました」

もしも、私と親しくしていたら、その相手にも迷惑をかけてしまう。

空気が読めないオイゲンは、たとえエルツ様相手でも暴挙に出るに違いない。

「そういう事情がありまして、個人的なお取引はできない状況なのです」

エルツ様は私の話を聞いているうちに、眉間に皺を寄せて眉《まゆ》をつり上げていた。

明らかに怒っているようだ。

「そなたの元夫のせいで、私は取引を制限されないといけないわけか」

「はい……申し訳ありません」

エルツ様はオイゲンの愚かな行動について呆《あき》れているのだろう。この世の深淵《しんえん》に届くのか、と思うくらいの深く長いため息を吐《つ》いていた。

「では、離婚してからというもの隠れるように暮らしていたわけだな」

「ええ、まあ、そうですね」

「収入はどうしている？　まさか、持参金を切り崩しているのではないな？」

「持参金――いいえ、いただいておりません」

「バカな！」

持参金というのは、結婚時に両親が用意し嫁ぎ先に収めるものである。

夫が亡くなったり離婚したりした場合は持参金は返され、それでしばし暮らしていくことになるのだ。私の場合の持参金は、他とは事情が少し異なる。

「その、私の持参金は両親が用意したものではなく祖父が用意したものでして」

「グレイの財だったのか？」

「はい。両親は亡くなっていて、持参金になるような財産もなかったものですから」

父は次男で、当然ながらイーゼンブルク公爵家から引き継げる財産などない。外交官として、各地を忙しく行き来する日々を過ごしていた。

途中、屋敷を購入したため借金もあった。両親が事故で亡くなったさいも借金は残っていて、お祖父様が代わりに返済してくれたのだ。その屋敷は私が管理し他の貴族へ貸し出していたのだが、ある日オイゲンからヒーディが暮らす拠点として使いたいと言われ取り上げられてしまった。

「今は、エルツ様からいただいた金貨と魔法薬を売ったお金で暮らしています」

これからもきっと、そうなるだろう。なんて話をし終えると、腕組みしたエルツ様は悪魔のような形相になっていた。

「話を聞けば聞くほど、そなたの元夫は酷い男だ」

そうなんです、と言いたかったが、ぐっと飲み込む。

オイゲンは最低最悪の男だとわかっているものの、彼の悪口を言ったらお祖父様に対する侮辱に繋《つな》がる気がして、とてもではないが口にできないのだ。

「私はこれからもずっと薬獣や妖精達とひっそり暮らして、魔法薬を作って売る暮らしを続けると思います」

それはとても平和で、幸せな人生だと思っている。

「なぜ、そなたが隠れるように暮らさなければいけない？　本来ならば、恥ずかしい行いを繰り返す元夫とやらが隠居する必要があるというのに」

「それは――」

たしかに、この先一生オイゲンから逃げ続け、隠れるように暮らさないといけないことに関しては腹立たしいような気がする。

けれども私が表に出ることによって、たくさんの人達に迷惑をかけてしまうかもしれない。

それを思えば彼に立ち向かおう、だなんて選択など欠片《かけら》も浮かんでこなかった。

「ベアトリス・フォン・イーゼンブルク、王宮で働かないか？」

「え？」

「そなたほどの実力があれば、王室典薬貴族に返り咲くのも夢ではないだろう」

「い、いえ、そのようなことは、考えたこともありません」

「グレイが手放したそれを、取り返したいとは思わないのか？」

「まったく、これっぽっちも欲しておりません」

お祖父様は十年前、息子であるオイゲンの父親が亡くなったときに王室典薬貴族の位を返上した。

そのあとは、魔法薬師として歴史あるザルムホーファー家の当主が任命され、今も王室典薬貴族として在り続けている。

「ザルムホーファー家のジルは、グレイと親しき仲だったな」

「ええ。祖父の一番弟子だった、と聞いております」

お祖父様の意思を引き継ぐ者が王室典薬貴族に任命されたので、私は今も誇らしい気持ちでいる。

イーゼンブルク公爵家が再び王室典薬貴族に、なんて考えているのはオイゲンくらいだろう。

「王宮で働こうだなんて、とても考えられません。ザルムホーファー家のご当主様にも、気を遣われそうで申し訳ないです」

「そうか」

貴族街においしい薬草茶を販売している店がある。そこを紹介しようとしていたのに、まさかの提案を受けてしまった。

「ならば、私の専属魔法薬師になる気はないか？」

「専属魔法薬師、ですか？」

「ああ、そうだ。そなたの薬草茶や菓子、料理などを買い取るだけでなく魔法薬の取引も行おう」

魔法薬の販売先について、友人や知人を頼るのはよくないと考えていたところだった。

ただ、気になるのは王室典医貴族であるエルツ様との専属契約である。

貴族と魔法薬師が直接契約を結ぶというのは珍しくもないが、王室典医貴族と直接繋がりを持つという話は初めて聞いた。

「そもそも専属魔法薬師というのは必要なのでしょうか？」

王族や上位貴族の診察、治療に当たる王室典医貴族たる者は王室典薬貴族に魔法薬を依頼する。

本来であれば、王室典医貴族に専属魔法薬師など不要なのだ。

「王室典薬貴族の主たる仕事は調薬だ。治療のさいに急遽《きゅうきょ》魔法薬が必要となった場合、当主の手が空いていなければ他の魔法薬師が派遣される」

そのさい、エルツ様の要望に即座に対応できる魔法薬師がいないらしい。魔法医のもとに魔法薬師がつく場合、能力云々《うんぬん》というよりは相性の問題が大きいのかもしれない。

相手に萎縮《いしゅく》し焦っている状態では、普段の実力も出せないのだろう。

「その辺に関しては、私も役立たずである可能性が否めないのですが」

「そんなことはない。そなたはこれまで、私の不調に対し的確な対応をしてくれたではないか。実力はあるし、必要な存在だから気にするでない」

エルツ様と手紙を交わした、三年間の実績を認められていたようである。

心配事はそれだけではなかった。

「私と関係を持つことによって、エルツ様にご迷惑をかけてしまうのではないか、とも思っているのですが」

「誰が私に迷惑をかけるというのだ？」

「その、元夫とか」

「あんなの、地を這《は》う虫けらのような存在だ。迷惑にもならない」

たしかに、エルツ様はオイゲンがおいそれとケンカをふっかけられる相手ではないだろう。

きっと傍にさえ近付くことなどできないはずだ。

「契約を結ぼうか」

エルツ様はそう言って、指揮者のように指先を振るう。すると、空中に文字が浮かんだ。

そこには契約の条件と、私——ベアトリス・フォン・イーゼンブルクが、彼——エルツ・フォン・ヴィンダールストのみと専属契約を交わす、という一文が書かれていた。

「専属料は、月に金貨百枚⁉　お、多すぎます‼」

「そうなのか？」

「専属料は高くても金貨一枚ほどが妥当かと」

「金貨一枚など、子どもの小遣い程度ではないのか？」

「金貨一枚は一般的な庶民が一か月汗水流して得るような金額です」

「ふーむ」

どうやら私とエルツ様は、金銭感覚が天と地ほども離れているようだ。

なんとなくわかっていたが、こうして面と向かって話すと住む世界が違うお方なのだな、としみじみ感じてしまった。

契約書には私が不利になるような条件はいっさい書かれていない。それどころか、かなり優遇された契約だった。

王宮への出勤は最低でも月に一度。いつでも連絡が取れる魔法の鏡を支給。薬草茶は金貨一枚で買い取り。魔法薬はクラスによって買い取り価格を決定する。契約の破棄は私の意思でいつでも構わない——などなど。

魔法薬の買い取り価格を提示してもらったが、どの薬局で売るよりも高価だった。

「どうした？　何か不満な点があれば、条件をよりよいものにするが」

「いいえ、条件がよすぎて、戸惑っているだけです」

エルツ様はピンときていないようで、これからの働きによって報酬を上げるとも言っていた。

「その、私の魔法薬を確認せずに、契約を結んでもいいのですか？」

「いや、そなたの魔法薬師としての実力はグレイの話を通して把握している」

「祖父が甘い可能性など、考えなかったのでしょうか？」

「それはないな。グレイは自分にも他人にも厳しかったから、孫娘のかわいさだけで、褒めるような男ではない。実力云々を判断したのは、それだけではないからな」

なんでも他の魔法医から、私の話はかねがね聞いていたようだ。

「イーゼンブルク公爵家のベアトリスに処方箋《しょほうせん》を送ると、的確で質のよい魔法薬が患者の手に渡ると評判だった。それだけではなく、患者への処方ミスを防ぐ疑義照会に助けられたことも一度や二度ではないと話していた」

疑義照会というのは、魔法医の処方箋に違和感を発見したさいに、これでいいのかと確認するやりとりである。たいていの魔法医は魔法薬師に魔法薬の処方は合っているのか、と聞かれるのを嫌う。裏で毛嫌いされているだろうな、と思っていたのでホッとした。

「これだけ言っても心配ならば、そなたが作った魔法薬を確認することもできるが」

「私の、魔法薬」

そう呟《つぶや》いたのと同時に、綿埃妖精《わたぼこりようせい》がテーブルの上にヒール・ポーションをペッと吐き出した。

『予備～～～！』

余分に作っておいたものを綿埃妖精が持ってきてくれた。

テーブルの上に転がるヒール・ポーションを、エルツ様はすぐに手に取る。

「なんだ、これは！」

「ヒール・ポーションです」

「わかっている！　このような高品質な魔法薬を見たのは初めてだ、という意味だ」

ハイクラスに分類される魔法薬の中でも、作る人によって品質が異なるらしい。私が作ったヒール・ポーションは、その中でも最高品質と言っても過言ではない、とエルツ様は口にする。

「私が見込んでいたとおり、そなたは天才的な魔法薬師のようだ。このまま、隠居するのはもったいない。ぜひとも、専属魔法薬師として活躍してほしい」

ここまで評価されたら、断る理由なんて思いつかない。魔法薬の販売先にも困っていたので、これはまたとない機会だろう。

下町に薬局を作るにしても、ある程度のまとまった資金が必要にもなる。それにここまで必要とされているのだ。打診を受けよう。

「私でいいのならば――」

「私でいい？」

卑下するような発言はよくないのだろう。これまで、あまり褒められることなどなかったので、ついついへりくだるような発言をしてしまうのかもしれない。これ以上、自分を貶《おとし》めるようなことを言うと、私を評価してくれたエルツ様にも失礼になるだろう。

「わかりました。これから、エルツ様のお力になれるよう尽力いたします」

エルツ様はそれでいい、とばかりに深々と頷《うなず》いていた。

空中に浮かぶ契約書に指先を添えて名前を書いていくと、光り輝く文字が浮かんだ。

ベアトリス・フォン・イーゼンブルクと記入すると魔法陣が発光しパチン、と音を立てて消えていった。

「これにて、契約成立だな」

契約書については、呪文を唱えたらいつでも出し入れが可能となっているらしい。

「ひとまず、このヒール・ポーションを買い取らせていただこう。これだけの魔法薬となると、価格は一本、金貨六十枚ほどか」

「なっ⁉ そ、それはあまりにも、高すぎるのではないでしょうか？」

「適正価格だ」

先ほど、同じヒール・ポーション三十本を金貨六十枚で販売してきたところだ、と説明すると呆《あき》れられてしまう。実は金貨三十枚で売ろうとしていたという話はしないほうがよさそうだ。

「疑うというのであれば、これから薬局に確認に行く」

エルツ様は立ち上がると、ボロの外套《がいとう》を着込んで頭巾《ずきん》を深く被った。

その後、私へ手を差し伸べる。そっと指先を重ねると、優しく握り返してくれた。

思いのほか丁重に触れてきたので、なんだかどぎまぎしてしまう。

立ち上がらせてくれるために手を貸してくれたのかと思いきや、そのまま手を握って歩き始める。

「あの、手……！　繋がなくても、ついてまいりますので」

「しっかり捕まえていないと、逃げるだろうが」

どうやら信頼がないので、手を握っているだけらしい。

エルツ様から逃げられる者などいないような気もするのだが……。

家族以外の異性と手を繋《つな》いだ覚えなどないので、照れてしまう。

「どうした？」

「え？」

「顔が赤いように思えるのだが」

異性と触れ合う耐性がないので、照れているのだろう。夫とは白い結婚だったし、それ以前にも言い寄られたことなど皆無だったから。イーゼンブルク公爵家で働いていた魔法薬師は女性が大半、数少ない男性も父と同じくらいの年齢だった。年若い男性と接する機会さえあれば、ここまで恥ずかしくなることもなかっただろうに。

まあ、エルツ様はクリスタル・エルフの始祖で千年以上生きている。

エルフ族は魔力の全盛期に老化が止まる、なんて話を魔法書で読んだ覚えがあった。エルツ様の見た目の年齢は、三十前後だろうか。お肌もつやつやで、とても千年以上生きているようには見えない。これから一緒に働くかもしれないお方だ。いちいち照れていたら、身が持たないだろう。

エルツ様のことはお祖父様と同じくらいのお年だと思うようにしなければ。

「具合が悪いのであれば、またの機会にするが」

「いいえ。久しぶりに外出したので、肌が日に焼けているだけでしょう。平気です」

ひとまず、今日のところはそういうことにしておいた。

エルツ様が喫茶店の支払いを済ませ外に出ると、白いカラス――エルツ様の使い魔であるブランが飛んできて肩に止まる。路地裏から大通りに出ると、エルツ様がぼそりと呟いた。

「薬局はどこだ？」

「こちらです」

千年もこの国で暮らしていても、どこにどのお店があるか把握していないようだ。案内するのは、オイゲンと繋がりのある魔法薬師のいるお店だが、この辺りは他に薬局はないので仕方がない。

貴族街にあるもっとも立派な薬局――そこには千種類以上の魔法薬が常備されていて、貴族に仕える使用人達が毎日行き来しているという。

私も何度かオイゲンの命令で、魔法薬を納品するためにやってきたことがある。

「いらっしゃいませ」

年若い店主はオイゲンの幼少期の級友であった。

オイゲンは魔法学校には通っていなかったものの、それ以前の中等教育機関《ミドルスクール》には通っていたのだ。

店主は中等教育機関《ミドルスクール》時代のお友達というわけだ。

彼は私の、魔法学校時代の上級生である。

魔法学校はすべて男女別のクラスだったため言葉を交わすことはなかったものの、卒業後はこのお店で一言二言喋《しゃべ》る機会があった。店主は頭巾を深く被ったボロの外套を着込んだエルツ様に、不審者を見るような視線を送っていた。

ここのお店は身なりがいい客しかやってこないので、警戒しているのかもしれない。

店主は私に気付き、明らかに安堵《あんど》したような表情を向けていた。

「ああ、イーゼンブルクさんのお連れの方でしたか」

「ええ」

店主は気まずげな様子だった。エルツ様がいるからだと思っていたが違った。

「その、離婚をされたとかで」

「あ……ええ、そうなんです」

「それはそれは、大変でしたね」

憐憫《れんびん》の眼差《まなざ》しが向けられ、なんとも居心地悪く思ってしまう。

「すみません、関係のない話をしてしまって。今日はなんのご用でしょうか？」

「この薬を査定していただけますか？」

魔法薬師の証である腕輪と共に、ヒール・ポーションを出す。キラキラと発光するヒール・ポーションを目にした店主が、ハッとなる。

「こ、これは‼」

手に取って、ルーペで状態を確認していた。通常のハイクラスのヒール・ポーションであれば、金貨一枚が妥当である。きっとそれくらいだろう。そう思っていたが――。

「このヒール・ポーションの買い取り価格は、金貨六十枚ほどです。複数量を販売いただけるのであれば、もっと高く値を付けることもできるでしょう」

「え？」

思わず、エルツ様を見上げてしまう。すると、頭巾を僅《わず》かにあげ、「ほら見たことか」と言わんばかりの視線を向けていた。

「こちらを作ったのは、イーゼンブルクさんで間違いないですか？」

「え、ええ」

「これほどの魔法薬を作れるとは。さすが、魔法学校時代に首席だったお方です」

魔法学校で首席だった話など、過去の栄光である。卒業して数年経《た》った今は、誇れるものでもなんでもないと思っていた。

「こちらは、うちで買い取ってもいいお品でしょうか？」

「それは――」

「いや、これは持ち帰る」

エルツ様はそう言って、店主からヒール・ポーションを取り上げた。

「ただ単に、査定を頼みたかっただけだ」

「は、はあ」

なんだか申し訳なくなったので、魔法薬作りに必要な薬品をいくつか購入しよう。

商品を選ぶ間、エルツ様は腕組みし店主を見張るような視線を送っているように見えた。

蛇に睨《にら》まれた蛙《かえる》のような心地を、店主は味わっているのだろう。

手早く買い物を済ませ、薬局を出ることとなった。

再び人気《ひとけ》のない路地に入り、言葉を交わす。

「そなたが作る薬の価値を、きちんと理解できたか？」

「はい」

「このヒール・ポーションを一本金貨二枚で売っていたなど、信じられない」

これまでハイクラスのヒール・ポーションなど依頼されなかったので、正確な価値を理解していなかったのだ。

「今後については、この手鏡を通じて連絡する」

そう言って、エルツ様は懐から鏡を取り出し私へ手渡した。

「名前を呼びかけたら、いつでも連絡が取れるようにしてあるから何か用事があれば使うといい」

「ありがとうございます」

エルツ様、と呼びかけただけで繋がるなんて、なんとも恐れ多い魔技巧品である。隠者の住まい《エルミタージュ》の場所を教えるわけにはいかないので、こういう連絡手段があるのは大変ありがたい。

「それと、元夫のことで何か困ったことがあれば、些細《ささい》なことでもいいから報告するように」

「そ、それは……」

そこまで頼ってしまうのはどうなのか。ただでさえ、雇ってもらって助かっているのに。

「元夫については、自分でなんとかしますので」

「今日も、ディンディル伯爵に助けてもらったのだろう？　なんとかできていないではないか」

それを指摘されると、なんとも言えなくなる。

「そなたが元夫から損害を被り、私の業務に支障がでたら困る。だから、必ず報告するように」

「はい、承知しました」

エルツ様は別に私の私生活を気にかけてくれているわけではない。夫の妨害があったら、業務に影響が出るからだ。これも仕事の一環だと思い、オイゲンのことで何かあったら、エルツ様に頼らせていただこうと思った。

「このあとはもう帰るのか?」

「いえ、少しお買い物をしていこうかな、と思っています」

なんせ、一か月もの間隠者《エルミタージュ》の住まいに引きこもっていたので、家にある食材が尽きかけているのだ。

薬獣達にあげる魔宝石も購入しておきたい。

「ならば、買い物に付き合おう」

「いいえ! そこまでしていただくわけにはまいりません」

「しかし、荷物を持つ者が必要だろう?」

「それは、この子がいるので平気です」

綿埃妖精《わたぼこりようせい》を見せると、少し驚いた表情を浮かべる。

「かごの中から喋っていたのは、そいつだったのか」

「はい。綿埃妖精なんです」

「なんとも珍妙な生き物だ」

なんと、千年も生きているエルツ様でも初めて目にするような珍しい妖精らしい。どんな重たい物でも口の中に含んだら軽いまま運べると説明すると、さらに目を見開いていた。

「えーっと、そんなわけですので、大丈夫なんです」

「そうか。ならば、気晴らしをしたいから、そなたの買い物に付き合おう」

「……」

そんなふうに言われてしまったら、断る理由はなくなってしまう。

「迷惑だろうか？」

「いいえ。実を言えば、一人で歩くのが少し怖いな、と思っておりまして」

どこにいても、鳥マスクの人物が私の魔力を辿《たど》って探し当て、夫のもとへ連れていくかもしれない。そんな事情を考えたら、のんびりお買い物をしよう、だなんて思えなかったのだ。

「元夫は取るに足らない相手なのですが、彼と契約していた魔法使いは警戒が必要で」

「とてつもなく、怖い思いをしたのだな」

「ええ……」

なぜかエルツ様がしゅんとしているように見える。いったいどうしたのか。

「そなたのことは、一か月も前から探していたのに、見つけることができなくて……。もしも早く会っていたら、元夫に出くわすようなこともなかっただろう。悪かった」

「エルツ様が謝るようなことではありません。どうかお気になさらず」

「しかし、恩師の孫娘であったそなたを守れなかったことは、私にも責任がある。何か、詫《わ》びでもできたらよいのだが」

「いえいえ！　専属魔法薬師に任命していただけただけでも、ありがたいことですので」

そう訴えても、エルッ様はしょんぼりしていた。

なんとか元気づける方法はないのか、と考えたところで、ピンと閃《ひらめ》く。

「でしたら、今度、自動洗濯機の修理をしていただけませんか？」

「私を、そなたの住居へ招待してくれる、ということなのか？」

「すぐにではなく、しばらく経ってからになりそうですが」

とりあえず今は、誰かに隠者の住まい《エルミタージュ》について教えるつもりはない。

けれどもオイゲンとの間にある問題が解決したら、他人を警戒する必要もなくなるだろう。

「わかった。では、そなたが望むときに、いつでも赴いて修理してみせよう」

「ありがとうございます」

エルッ様は「新しい洗濯機を贈ってもいいのだが」とボソリと言ったものの、それに関しては丁重にお断りさせてもらった。

それからエルッ様と共に、市場へ買い物に向かった。

エルッ様は市場にやってきたのも初めてだったようで、どこに行っても物珍しそうにキョロキョロと辺りを見回している。人込みも歩き慣れていないのか、何度も人とぶつかりそうになっていた。

そのたびに、腕を引いて回避させていたのである。

「ここにいる者達はなぜ、避けて歩かない⁉」

「市場とはこういう場所なんです」

普段、エルッ様の歩く道は下々の者達が空けてくれるのだろう。だから、ぶつかるように歩いてくる人々に戸惑っているのかもしれない。

「ベアトリス、そなたはなぜ、このような場所に慣れているのだ？　貴族の娘が出入りするようなところではないだろう？」

「普通の貴族の娘であれば、たしかに市場には立ち寄らないでしょう」

けれども私は、趣味で作る薬草茶やお菓子の材料を市場に買いにきていた。

「自由にできるお金があまりありませんでしたし、少しでも安く買おう、と思っていたので」

「そなたは本当に、イーゼンブルク公爵家の妻だったのか？」

「名前だけは、公爵夫人だったかと思います」

「名前だけ、というのは？」

込み入った話をしてしまった、と思わず口に手を当てる。

エルッ様は聞かなかった振りをしてくれなかった。

「詳しく話してみろ」

「聞いていて楽しい話でもないのですが」

「それでもいいから」

適当にはぐらかすべきなのだろうが、その術《すべ》を私は知らない。エルツ様がじっと見つめてくるのに耐えきれなくて、話し始めてしまう。

「その、大変お恥ずかしい話なのですが、夫には結婚以前より恋仲だった女性がおりまして、私は名前だけの妻だったのです」

イーゼンブルク公爵の妻である重要な役割――跡取りを産まないまま、公爵夫人の座に納まり続けていたのだ。

「白い結婚か」

「はい。幸い……と言っていいのかわかりませんが、元夫の恋仲だった女性が妊娠したようで」

「それをきっかけに、離婚するように言われた、というわけか？」

言葉にならず、こくりと頷《うなず》く。

「苦労ばかりの結婚生活だったようだな」

「そう、言ってもいいのでしょうか？」

「夫に愛人がいて、辛《つら》くはなかったのか？」

「それは……」

そうではなかった、と今ならはっきり言えるだろう。オイゲンの愛情が私に向いていたら、と思うと申し訳ないことにゾッとしてしまう。彼の気持ちが私になかったからこそ三年もの間、公爵夫人で居続けられたのだろう。

「元夫との結婚を決めたのは、祖父のためでした。彼への愛情はこれっぽっちもなく、義務としてしたまでで、愛されない日々が続いても、なんとも思わなかったのが正直な気持ちです」

イーゼンブルク公爵家の魔法薬師達と協力しながら、魔法薬を作る日々は幸せだったと言えるのかもしれない。お祖父様から習った技術が、すべて活《い》かされるような毎日だったから。

「ですので、自分自身を不幸だとは思っておりません」

「そうか」

話し終えてから、ハッとなる。ここまで打ち明けるつもりなどなかったのに。

「す、すみません、このようなつまらない話をしてしまって」

「つまらなくはない。グレイの教えのもと、そなたが努力を続けていた話を知ることができてよかった。この三年間、よく頑張ったな」

その言葉を聞いて、とても勇気づけられる。先ほど薬局の店主から、まるで可哀想《かわいそう》な生き物を見るような眼差しを向けられた。オイゲンから離縁状を叩《たた》きつけられた私は、価値のない者として見られているように思えてどこか居心地悪く感じていたのかもしれない。だが、エルツ様が認めてくれたのだから、公爵夫人であった三年間を否定せず誇りに思うようにしよう。そう、心に強く誓ったのだった。


買い物を終えたあと、エルツ様は街の外まで送ってくれた。

「本当にここまででいいのか？」

「はい。あとは、契約している薬獣が家まで連れていってくれますので」

「そうか」

グリちゃんを呼ぶと、空のお散歩から戻ってきてくれる。

警戒心が強い彼女は、エルツ様を見るなり翼を大きく広げ、『ぴぃ！』と威嚇するように鳴いた。

「グリちゃん、エルツ様は敵ではありませんよ」

『ぴぃぃ？』

エルツ様は気を悪くするどころか、勇気のあるいい薬獣だ、とグリちゃんを褒めてくれた。

「とってもいい子なんです」

「そのようだな」

エルツ様が手を伸ばし、グリちゃんの嘴《くちばし》に触れる。

一瞬、突《つつ》かれるのではないか、と思ったが、グリちゃんは目を細めるだけだった。

「驚きました。グリちゃんは私や祖父以外に、心を許さなかったので」

「そうか。昔から、獣受けはいいほうだったからな」

獣受けとは……？　と思ったものの、聞き流しておいた。

何はともあれ、賢いグリちゃんはエルツ様が優しいお方だとわかってくれたようだ。

「ベアトリスよ、これを持っていくように」

そう言って手渡されたのは、詠唱なしに魔法が使える魔法巻物《スクロール》である。

見てみるとサイクロンやライトニングなどの強力な魔法ばかりだ。

「空には魔物が少ないが、その分遭遇したときは凶悪な個体である可能性が高い」

一応、グリちゃんが装着している腕輪には魔物避《よ》けの魔法が付与されているものの、ワイバーンやハーピーなど魔力が高く強い魔物には効果が薄いだろう。念のため私も魔法巻物《スクロール》を数枚所持しているのだが、ファイヤー・ボールやウインド・カッターなどの初級魔法のみ。

「代金は給料から天引きでお願いします」

「どうせ、そうでもしないと受け取らないのだろう？」

「ええ、その、はい」

エルツ様は呆《あき》れた様子で、「そなたのことは、少しわかってきた」と口にしていた。

「まったく、貴族に生まれた娘だというのに他人の厚意を簡単に受け取らないとはな」

「申し訳ありません」

厚意を拒絶するというのは失礼に値する。わかっているものの、返せないほどの厚情は時として心の負担になってしまうのだ。

「まあ、いい。この魔法巻物《スクロール》は給料から天引きにしておくから、素直に受け取ってくれ」

「ありがとうございます」

エルツ様が差しだした魔法巻物《スクロール》を、恭しく受け取る。

「それと、これは出勤用の魔法巻物《スクロール》だ。私の研究室と繋《つな》がっている」

「転移魔法ですか？」

「ああ」

わざわざグリちゃんに乗って王都まで来ずとも、直接出勤できるらしい。

十枚ほどの束を手渡される。魔法巻物《スクロール》の中で転移魔法はもっとも高価だと言われているのに、こんなに支給してくれるなんて。

「帰りの分も作れるが――」

「て、手作りなのですか？」

「そうだが」

魔法巻物《スクロール》作りは魔法に熟達した職人でないと作れない。ただ、その魔法が使えるだけではなく、付与魔法の扱いも必要になるから。

エルツ様は魔法医というだけでなく、優秀な魔法使いでもあるようだ。

「そなたは自分の住処《すみか》を他人に知られたくないのだろう？」

申し訳ない気持ちで、こくりと頷く。

「まあ、帰りはその鷹獅子《グリフォン》が無事に送り届けてくれるだろう」

グリちゃんはもちろんそのつもりだ、と言わんばかりに『ぴいっ！』と勇ましく鳴いた。

「気をつけて帰るように」

「はい、そのようにいたします」

胸に手を当てて、深々と会釈する。

グリちゃんに跨《また》がり、エルツ様に見送られながら隠者の住まい《エルミタージュ》へ帰ったのだった。

◇◇◇

私の帰りをリス妖精《ようせい》だけでなく、ムクとモコ、モフが出迎えてくれる。

『お帰り！』

『待ってた』

『寂しかったよ～』

健気《けなげ》なことを言ってくれるアライグマ妖精の三姉妹を、まとめて抱きしめる。すると、嬉《うれ》しそうにきゃっきゃと笑ってくれた。

オイゲンに遭ってしまったからか、酷く疲れているような気がした。こういうときは、薬草茶に限る。庭で疲労回復効果があるマテの葉を採り、心を落ち着かせるラベンダーの茶葉にブレンドしてみた。お買い物に付き合ってくれた綿埃《わたぼこり》妖精の分も入れる。深皿に注いであげると、ダイブする勢いで突っ込んでいた。相変わらず、飲んでいるというよりは吸収していると言っても過言ではない様子に思わず笑ってしまう。

『おいしいねえ』

「ええ、おいしいです」

誰かとお茶を飲むのはいいものだ、というのを綿埃妖精が教えてくれた気がした。

お茶を飲んでホッとひと息吐《つ》いているところに、セイブルがやってくる。

『よお、遅かったじゃないか』

「いろいろありまして」

オイゲンについては、考えただけで頭が痛くなる。

『なんだ、疫病神にでも出会ったのか?』

「そうかもしれません」

『どうせ、オイゲンがお前のところにやってきて、あることないこと文句を言ってきたんだろうが』

「まあ、よくわかりましたね」

『当たり前だ。あいつも生まれたときから見ていたからな』

魔法薬師達がこぞっていなくなったことや屋敷に害虫や害獣などが押しかけた話をすると、セイブルは『やっぱりそうなったか』と呆れたように呟《つぶや》いた。

『イーゼンブルク公爵家で働いていた魔法薬師達は、お前がいたから屋敷に残っていたようなもんだったんだよ。そんな魔法薬師達が、魔法薬作りに関わっていなかったオイゲンの下になんてつくわけがない』

オイゲンに関しては同情の余地など欠片もなかったが、我が家を頼っていた魔法医や患者に対して申し訳なく思ってしまう。

『まあ、あまり気負うなよ。魔法薬師は他にもいるだろうから』

「ええ、そうですね」

『それにしても、災難だったな』

「本当に」

ただ、想定していなかった出会いもあった。

「今日、以前まで手紙を交わしていた王室典医貴族である、エルツ様と出会ったんです」

『あー、そういや、なんか普通じゃない奴《やつ》と手紙を交わしていたな』

「ご存じだったのですか？」

『少しな。屋敷に届く手紙の魔力が善良かそうでないか、見分ける程度だったが』

私のもとに届いていたエルツ様の手紙は、ただ者でない空気をびしばしと発していたらしい。

「今日、手紙の主がエルツ様だと知ったのですが」

『お前、誰だかわからない相手の依頼を受けていたのか？　ってことは、処方箋《しょほうせん》すらなかったってことだな』

「ええ、手紙から困っている様子を読み取ったので……。処方箋もなしに魔法薬を渡すのは違法なので、薬草茶やお菓子を用意していました」

『お人好《ひとよ》しにもほどがある』

「いえいえ、報酬はきっちりいただいておりました」

『魔法薬師に魔法薬ではなく、薬草茶を売ってくれとせがむ奴なんて不審でしかないだろうが』

セイブルから呆れた視線を向けられてしまった。

「そのご縁で、エルツ様のもとで専属魔法薬師として働くことになりました」

『いや、王室典医貴族の専属魔法薬師って王室典薬貴族のことじゃないか』

「そのようなたいそうな存在ではなく、エルツ様の助手のような業務だと聞いております」

『そうだとしても、王室典薬貴族であるザルムホーファー家の当主が聞いたらなんと思うか』

「その辺も質問しましたが、問題ないとエルツ様はおっしゃってくれたので」

きっと大丈夫、というのは言葉にできなかった。たしかに、セイブルが指摘するとおり王室典薬貴族でもない私がエルツ様のお傍にいることを知ったら、ザルムホーファー家の人々は面白くないと思うに違いない。

『面倒なことに巻き込まれたくなかったら、今からでも遅くないから断ってこいよ』

「えーっと、それについてなのですが」

『どうした？』

「実は、すでにエルツ様と専属魔法薬師として働くと契約を交わしておりまして」

『お前……なんて迂闊《うかつ》なんだ』

「返すお言葉が見つかりません」

今日一日いろいろあったので、冷静に物事を考えられなかったのかもしれない。

契約はいつでも破棄できると書いてあったものの、やると言った以上すぐになかったものにするわけにもいかないだろう。

『こうなったら、職場では偽名でもなんでもいいからイーゼンブルクとは名乗らないほうがいいかもしれないな』

「え、ええ。のちほど、エルツ様に聞いてみます」

仕事が見つかって喜んでいたものの、前途多難のようだった。

夕食を食べお風呂《ふろ》に入り、あとは眠るだけ――と言いたいところだが、エルツ様に偽名で働きたい、という旨をお伝えしなければならなかった。

布団の上に魔法の手鏡を置き、その前に座り込んで何度目かわからないため息を吐いた。

いつでも気軽に連絡していい、と言ってくれたものの、なかなかそういうわけにもいかない。

もしもエルツ様の都合が悪い時間帯だったら、と考えると、どうしても尻込《しりご》みしてしまうのだ。

あまり遅い時間になるのもよくないだろう。

でも、こういった要望は早いほうがいい。もしもエルツ様が、私が働くというのを周囲の人達に伝えていたら偽名を使うこともできなくなるから。

自らを奮い立たせると、魔法の手鏡を持ち上げる。一言、エルツ様と呼びかけるだけだ。

す――――と息を吸い込んで、大きく吐き出す。

腹は括《くく》った。エルツ様、と口にしようとした瞬間、魔法の手鏡に魔法陣が浮かんだ。

「――ベアトリス・フォン・イーゼンブルク、そこにいるだろうか？」

「きゃあ！」

突然名前を呼ばれたので、驚いて魔法の手鏡を投げてしまう。幸い、着地は布団の上だったので鏡が割れずに済んだ。伏せられた手鏡から、驚くような声が聞こえた。慌てて拾い上げる。

「エルツ様、ごめんなさい！　たった今、連絡を取ろうとしていたのですが何も言っていないのに声が聞こえたので、びっくりしてしまって」

「いや、気にするな。それよりも――」

魔法の手鏡に映し出されたエルツ様は、気まずげな様子でいた。

「あの、何か粗相をしてしまいましたか？」

「粗相ではなく、その……」

エルツ様はこちらを直視せず、明後日《あさって》の方向を向きながら言った。

「少し冷え込むので、ガウンか何か着たほうがいいのでは？」

「いえ、寒くはないのですが」

キッチンストーブから伝わる熱が、寝室を温めてくれている。だから平気だ、と返そうとした瞬間、エルツ様が遠回しに伝えようとしていたことに気付いた。現在の私は、下着が透けそうなくらいの薄いシュミーズを纏《まと》うばかりであった。これはお祖母《ばあ》様が使っていたもので、かなり色っぽい一着だと思っていたものの、どうせこの家には妖精以外いないと思って着用していた。

一か月間着ているうちに、初めに感じていた羞恥心《しゅうちしん》など忘れていたのだろう。

再び魔法の手鏡を投げそうになったものの、なんとか堪える。

「も、申し訳ありません！　上着を着てまいります！」

魔法の手鏡をそっと置いて、ガウンを着込む。胸元が見えていないか確認してから、魔法の手鏡を表に向けて持ち上げた。

「お待たせしました」

「いや、構わない」

恥ずかしくて、穴があったら入りたいような気持ちになってしまう。どうして、この恰好《かっこう》のまま連絡を取ろうと思ったのか。慣れに加えて、夜だから気が抜けていたのだろう。

「その、見苦しい姿をお見せしてしまい、申し訳ありませんでした」

「私は何も見ていない」

ありがたいお言葉だったものの、エルツ様は遠い目をしていた。お目汚しをしてしまったわけだ。

エルツ様はゴホンゴホンと咳払《せきばら》いしたのちに、何事もなかったかのように話しかけてくれた。

「ベアトリスよ、私に連絡するつもりだったと言っていたが、何か用事があったのか？」

「はい」

「ならば、先に話してくれ」

ピンと背を伸ばして居住まいを正し、セイブルと話したことをエルツ様に伝えた。

「なるほど。王室典薬貴族である、ザルムホーファー家の者達に配慮をしたい、と」

「配慮というよりは、私自身の保身かもしれませんが」

エルツ様は腕を組み、しばし考え込むような体勢を取る。

「そうだな。離婚したからといって、私のもとで働くとなれば王室典薬貴族の座を狙っているかもしれない、と変に勘ぐる者がいるかもしれない。王宮での余計な問題を回避するためにも、ベアトリス・フォン・イーゼンブルクとしてでなく、別人として振る舞うほうが平和に過ごせるだろう」

なんでも王宮内は非常にギスギスしていて、他人を出し抜いてでも出世したい、という者達がわんさかいるようだ。

「基本的に、王宮で働くのはハゲワシのようなずるい者ばかりだ」

賢く正義感に溢《あふ》れ、善良な者ほど蹴落《けお》とされるような世界らしい。

「四六時中私の傍にいるだろうから問題など起きないだろうが、念には念を入れて用心しておいたほうがいい」

そんなわけで、王宮で偽名を使うことを許可された。

「して、どのような偽名がいいか考えているのか？」

「いいえ、許可をいただくことしか考えていなくて、まだ何も」

「そうか」

偽名を名乗るときは、ぼんやりしているときも反応できるよう、本名に近いものがいいという。

「愛称でもいい。何か幼少期に使っていたものはないのか？」

「あります。両親からは〝ビー〟と呼ばれておりました」

「なるほど、蜜蜂《ビー》か。烏麦蜂蜜《うばくはちみつ》の色みたいな髪に相応《ふさわ》しい名前だな」

手入れが行き届いていなくて、少しくすんだ私の髪色を烏麦蜂蜜の色だと認識してくれるとは、夢にも思わなかった。もしかしたら魔法の手鏡がそう見せてくれている可能性もあるが、それでも嬉しい。

「名前はビーで、家名はどうする？」

「母の旧姓である、ブルームを名乗りたいです」

「蜜蜂花《ビーブルーム》か。いい名前だ」

思いがけず、華やかな名前になったようだ。

「そなたによく似合っている。それでは、ビー・ブルームよ、これからよろしく頼む」

「はい！」

エルツ様のもとで働くための懸念材料がなくなって、ホッと安堵《あんど》することができた。

「その、エルツ様のほうのご用はなんだったのですか？」

「いや、昼間、契約を強制したのではないか、と思ってな。偽名を使ってまでも働いてくれるようで安心した」

どうやらエルツ様は、私に断る機会をくれようとしていたらしい。

もし先にその話を聞いていたら、辞退していたかもしれない。

「まあ、契約にあるとおり、辞めたいときはいつでも言ってくれ。すぐに破棄するから」

「ありがとうございます」

ひとまず頑張ってみよう。それでもしも務まらないようであれば、お役目を辞退すればいいのだ。

「エルツ様、私はいつ頃出勤すればよいのでしょうか？」

「いつでも。一週間後でも、半月後でもいい」

「でしたら明日、王宮へまいります」

期間が空いたら、せっかくの決心が鈍ってしまいそうだから、なるべく早いほうがいい。

いつでも構わないというので、さっそく出勤してみよう。

「服装など、規定はありますでしょうか？」

「あるにはあるが、明日はひとまず私服できてくれ」

「承知しました」

思っていた以上に長々と話してしまった。そろそろ切ったほうがいいだろう。

「エルツ様、本日はいろいろとお世話になりました。明日から、どうぞよろしくお願いします」

「ああ、わかった」

どうやって通信を切ればいいのか迷っていたら、想定外の言葉がかけられる。

「おやすみ、ビー」

その言葉を聞いたのは、何年ぶりか。かつて、両親が毎晩のようにかけてくれたものだった。

少し泣きそうになりながら、おやすみなさい、と返す。

エルツ様は淡く微笑《ほほえ》んだのちに、通信を切ってくれた。

今日一日で、いろんなことがあった。明日から大変だろうけれど、目的もなく暮らすよりはいい。

エルツ様の専属魔法薬師として、頑張らなければと気合いを入れたのだった。

第三章　変装して働きます！

ビー・ブルームという名で働くには、別人を装わないといけない。髪でも染めたらいいだろうか、と思って庭で染め粉として使えそうな薬草を探したが、見当たらなかった。

変装用の眼鏡もなければ、鬘《かつら》などもあるはずもなく。今日のところは外套《がいとう》を着込んで頭巾《ずきん》を深く被《かぶ》るという、いつもの外出の装いで出勤することとなった。

転移魔法の魔法巻物《スクロール》を破ると、一瞬でエルツ様の研究室に移動する。四方八方、本がずらりと並ぶ薄暗い部屋だった。

そこにいたのは、看護帽に白衣をまとったネズミ妖精《ようせい》と――悲鳴をあげながら一心不乱に書き物をする短髪の青年であった。

「うわあああああああ‼‼」

私がやってきたことにも気付かないほど、集中しているようである。

いったい何をしているのか、気になって覗《のぞ》き込むと処方箋《しょほうせん》を書いているようだった。

『こんにちは！　患者さんでちゅか？』

ネズミ妖精がつぶらな瞳《ひとみ》で私を見上げていた。白いネズミ妖精で、毛並みがよく、愛らしい。大きさも私の手の平に乗るほどしかない。と、見とれている場合ではなかった。

「私はエルツ様の専属魔法薬師《くすし》となります、ビー・ブルームと申します」

『まあ！　魔法薬師様でちゅか！　ようこそおいでくださいました！』

ネズミ妖精はにっこり微笑《ほほえ》み、私がやってきたことに気付かない青年のもとへ向かった。

『クルツせんせ、魔法薬師様がいらっしゃっておりまちゅ』

クルツと呼ばれた青年は、ネズミ妖精の声など届いていないようだった。このような状況には慣れているのか、ネズミ妖精は困った様子など見せていない。ネズミ妖精がふ――、と息を吐いた次の瞬間、跳び上がって一回転する。長い尻尾《しっぽ》で、クルツと呼ばれた青年が手にしていたペンを叩《たた》き落《お》とした。

「うわっ‼」

『クルツせんせ、魔法薬師様がいらっしゃっておりまちゅ！』

「あ、ああ‼」

ここでようやく、私の存在に気付いたようである。

「あの、はじめまして。本日よりエルツ様の専属魔法薬師となります、ビー・ブルームと申します」

「ああ、君が‼」

クルツと呼ばれた青年は、テーブルに両手を突き、血走った目で私を見つめる。

「よかった！　助かった！　俺、もう限界で！」

彼はテーブルに広げられていた紙の束をかき集め、私へと託す。

「俺、処方箋を書くのが苦手で！　魔法医長の記録簿《カルテ》もくそ汚くて読めないし、魔法薬の種類も多すぎて混乱していて！」

君だったらすばらしい処方箋を書ける！　と紙の束を押しつけられてしまう。

よくよく見たら処方箋であった。

処方箋は魔法医でないと書けないので、押しつけられても困るのだが。

それよりも、このお方はいったいどこのどなたなのか。気になったので聞いてみる。

「その、あなた様は？」

「俺は魔法医長の副官で、一番弟子でもある、クルツ・フォン・ヴィンダールストだよ」

「ヴィンダールスト？」

エルツ様の家名と同じだ、と思ってよくよく彼を見てみたら耳がわずかに尖《とが》っていた。

その視線に気付いたのか、耳に触れながら説明してくれる。

「ああ、そう。俺は魔法医長と同じクリスタル・エルフ、ヴィンダールスト家の者なんだ」

千年以上にもわたり、ヴィンダールスト家の当主は国内の貴族との婚姻を重ねてきた。

そのため、エルフの血は極限まで薄くなり、見た目や寿命はその辺の人と変わらないという。

「ただ、魔法医長だけは別なんだ。先祖返りの見た目だけでなく――」

どん!!　と大きな音を立てて、扉が勢いよく開かれた。やってきたのは、エルツ様である。

昨日見かけた軍服に似た制服に、白衣を合わせた姿だった。

「クルツ、そなたはまた、勝手に私の研究室に入りよって！」

「だって、たまにわからない魔法薬とかあって、この部屋だと調べながらできるから」

「立ち入るな、と言っていただろうが！」

「ビー・ブルームさんがくるから？」

「違う！　ここは私の私的空間だからだ！」

エルツ様も私の存在に気付かず、クルツさんと喋《しゃべ》り続ける。

声をかけるタイミングを探っていたら、見かねたネズミ妖精が動いてくれた。

エルツ様の白衣の裾《すそ》を摘《つ》まみ、控え目にくいくい引く。

「ん、なんだ？」

『エルツせんせ、専属魔法薬師様がいらっしゃっておりまちゅ』

「なんだと⁉」

怒りの形相で振り返ったエルツ様と目が合う。

「お、おはようございます」

「おはよう」

すぐにエルツ様は私に背を向け、クルツさんの首根っこを掴《つか》んだ。そのまま持ち上げ、部屋の外へ投げ捨てるように追い出す。バタン！　と扉は勢いよく閉められた。

「すまない。予定外の者が部屋にいたようで」

「い、いいえ」

「あれは私の弟子で」

「クルツさん、ですね」

「ああ、もうあの者はそなたに名乗っていたのだな」

クルツさんはエルツ様の遠い親戚《しんせき》に当たる人で、医術を学ぶために働いているという。

「そこにいる医獣は、私と契約しているネズミ妖精のモモだ」

『よろしくでちゅう』

ネズミ妖精のモモは、かわいらしく小首を傾《かし》げながら挨拶《あいさつ》をしてくれた。

医獣というのは、魔法医と契約を交わす妖精や幻獣を示す言葉である。魔法医の助手を務められるほどの頭脳を持つ、非常に賢い子達なのだ。

エルツ様は私が手にした処方箋に気付くと、盛大なため息を吐《つ》いた。

「あいつ、まだこれを片付けていなかったのか」

なんでもクルツさんは、エルツ様が診察した患者の記録簿《カルテ》をもとに、処方箋を作成する作業を行っていたらしい。

「クルツについては、治療はまあ得意なほうなのだが、処方箋を書くのが絶望的に遅くてな」

「はあ、そうだったのですね」

ただ、彼の仕事が遅かったとしても、テーブルに積み上がった記録簿《カルテ》の量は多い気がする。

「今日は患者様が多いようですね」

「ここ一か月ほど、特にな」

王室典医貴族と名乗っているものの、王族だけを診ているわけではない。

他の魔法医が匙《さじ》を投げた患者の中で、特に重い症状を持つ者達が診断を受けにくるのだ。

「このところ市井の魔法医が送る処方箋の薬を調薬できる者がおらず、ここに送られてくるようだ」

「えー……と、それはもしかして、イーゼンブルク公爵家がこれまで引き受けていた患者が、エルツ様のもとへやってくるようになった、というわけですか？」

「まあ、そうだな」

「も、申し訳ありませんでした！」

私がオイゲンと離婚し、イーゼンブルク公爵家に仕えていた魔法薬師がいなくなったしわ寄せが、エルツ様に集まっていたなんて思いもしなかった。

「いや、気にするな。もともと、重い病気や症状を持つ患者の多くを、イーゼンブルク公爵家が引き受けていただけだ。長年、負担も大きかっただろう」

それは祖父の指示のもと、ずっと行っていたので私にとってはそれが普通だと思っていた。

「昨日、そなたと別れてから少し調べてみたのだが、イーゼンブルク公爵家で働いていた魔法薬師達は、現在、王室典薬貴族であるザルムホーファー家の当主のもとにいるらしい」

「そう、だったのですね」

行く当てもなく困っているのではないか、と心配していたので心から安堵した。

「その件で、ザルムホーファー魔法薬師長と話したのだが、彼はそなたを探しているようだ」

「私を、ですか？」

「ああ。彼はグレイの一番弟子で、同じようにグレイの愛弟子《まなでし》だったそなたを心配している」

一度、ザルムホーファー魔法薬師長に会ってみないか、と提案された。

ザルムホーファー家の当主であるジル様とは、オイゲンとの結婚式で一度顔を合わせた覚えがある。年頃はお祖父様《じい》より少し若い、六十代半ばから後半くらいだったか。

結婚式の日はお祖父様やオイゲンとばかり言葉を交わしていて、直接話すことはなかった。なんでもオイゲンの名付け親はジル様だったらしい。そのため、オイゲンのことを自分の孫のようにかわいく思っていたのだとか。ジル様は厳格で近寄りがたい空気を発しているものの、誰よりも信頼できる魔法薬師だ、と生前のお祖父様は自慢するように話していた。

そんなジル様が、私まで気にかけてくれていたなんて。

「なんでも、ザルムホーファー魔法薬師長はそなたの後見人になりたいらしい」

「私にはもったいない申し出です」

いくらお祖父様の弟子とはいえそこまでお世話にはなれない。なんでもジル様は、さまざまな貴族の伝手《つて》を使って私を探していたらしい。どうやら世間的に、私は行方不明者となっているようだ。

「面会だけ、申し出てみようと思います」

エルツ様と私が繋《つな》がっていると思われたら、迷惑をかけてしまうだろう。

そのため、直接ザルムホーファー家に手紙を送ることにした。

「別に私は繋がりがあると思われても構わないのだが」

「そこまでしていただくわけにはまいりませんので」

この件に関しては、頭の片隅に追いやっておく。

それより今は、一刻も早く診察を開始したほうがいいのだろう。

「エルツ様、私は何をすればいいのでしょうか？」

「そうだな……。では、記録簿《カルテ》から処方箋を記入してもらえるか？」

「処方箋は魔法医だけしか書けないのではないでしょうか？」

「何、そなたは記録簿《カルテ》に指定してある魔法薬を書き移すだけでいい。書けたあとは、私に提出しろ。間違っていないか、確認してから魔法薬師へ渡すから」

最終的にエルツ様が確認するのであれば、問題はないだろう。

「わかりました。場所は――」

「ここを使え。もしもわからない単語などがあれば、本棚にある魔法書を読んでもいいから」

なんでもここにある魔法書には、特殊な魔法がかけられているらしい。

「わからない単語を読み上げると、自動で関連する本が手元に届く」

「それはすばらしい仕組みですね」

クルツさんがエルツ様に怒られても、この部屋を使いたがるわけだ。

「何かわからないことがあれば、モモになんでも聞くといい」

「承知しました」

モモによろしくお願いします、と声をかけると、丁寧な会釈を返してくれた。

「では、昼食時にでも会おう」

エルツ様はそんな言葉を残し、研究室を去って行く。

残された私は、気合いを入れて処方箋を作成する作業へと取りかかった。

記録簿《カルテ》に書かれていたのは、常連さんとの手紙でお馴染《なじ》みの個性的な文字だ。

クルツさん的に言うと、〝くそ汚い〟である。たしかに読みにくい文字ではあるが、他の魔法医も悪筆の持ち主はけっこういるのだ。長年、処方箋《しょほうせん》を読み解いて魔法薬を用意していた私からしたら難しい仕事ではない。素早く丁寧に処方箋を書いてモモに託す。すると、戻ってきたモモの手から新しい記録簿《カルテ》が渡される。山のように積み上がった記録簿《カルテ》は、なかなか減らない。

想像していた以上に、エルツ様は大勢の患者を診察しているようだ。

お昼を知らせる時計塔の鐘の音でハッとなる。

『専属魔法薬師様、お昼の時間でちゅう』

「ええ、そうみたいですね」

集中していたので、あっという間に時間が過ぎていたようだ。昼食は魔法医長室に用意されているという。いつもはエルツ様の分だけ作るそうなのだが、今日は私の分も作ってくれたようだ。

『エルツせんせのお部屋まで、案内しまちゅね』

「モモ、ありがとうございます」

『おやすいご用でちゅう』

彼女のあとに続くように歩くと、細長い尻尾がゆらゆら揺れていた。

なんともかわいらしい医獣である。

『ここが、エルツせんせの、魔法医長室でちゅ』

モモは背伸びをして、扉を開く。中には執務用のデスクと、来客を迎えるためのテーブルとソファが置かれていた。昼食はテーブルに並べられていて、食べやすいサンドイッチや温かいスープなどが用意されていた。料理は冷めないよう、保温魔法がかけられている。サンドイッチにも乾燥しないような結界は施してあった。さすが、王宮の料理である。時間が経《た》ってもおいしく食べられるような工夫が施されていた。

料理はきちんと用意されているものの、肝心のエルツ様の姿はない。

「モモ、エルツ様はどちらにいらっしゃるのでしょうか？」

『うーん。もしかしたら、診察室にいるかもしれないでちゅねえ』

診察時間は午前と午後で区切られているようだが、鐘が鳴るのと同時に終わることは稀《まれ》らしい。

「今日も忙しいのでしょうか？」

『そうだと思いまちゅう』

しばらく待っていたものの、やってくる気配はない。

モモは先に食べてもいいと言うが、なんとなく気が引ける。

「来ない、ですね」

『ちゅう……』

もしかしたら何か手伝うことがあるかもしれないので、モモに頼んで診察室まで案内してもらった。診察室の前にはたくさんのソファが置かれ、そこには貴族の患者が大勢待っている状態だった。

想定以上の人数に驚きつつ、窓口を覗《のぞ》き込む。

するとゲッソリし、憔悴《しょうすい》しているようなクルツさんの姿を発見した。

「あ、あの、大丈夫ですか？」

「わあ、ブルームさんの幻が見えるう」

「幻ではなく、本物です！」

なぜ、診察を中断しないのかと尋ねると、患者は聞く耳など持たないと言う。

「朝からず――っと待っていて、俺達の休憩を許してくれないんだよお」

「そ、それは大変でしたね」

クルツさんが待機室の様子を窺《うかが》おうものならば、ものすごい形相で睨《にら》んでくるようだ。

「もしかして、いつもお昼休みは取れていないのですか？」

「俺はお昼を少し過ぎたら、魔法医長が逃がしてくれるから。魔法医長のほうは、よくわからないけれど」

「きちんと休憩を取らないと、体を壊してしまいますよ」

きっと休まずに診察をしているに違いない。

「でも、患者さん、怖いもん！」

たしかに、待機室の様子は少し異様だ。皆、エルツ様の診察を一刻も早く受けてやる、みたいな迫力を感じていた。

「緊急の患者さんは、別の部署ですよね？」

「そう。ここにやってくる患者の多くは、慢性的な症状に悩まされる自称重症患者の方々のみ」

「でしたら、いったんここを閉めて、皆でお昼休憩を取ってしまいましょう」

「え、そんなのできないよ！」

「できないのではありません。やるんです」

エルツ様に診てもらった患者が出てきたタイミングで、診察室の扉を閉める。

すると、次に待っていた患者が立ち上がり、怒りの形相で詰め寄ってきた。

「おい、どうして閉めるんだ！　次は俺の番だろうが！」

「午前の診察時間は終了しました。再開は一時間半後です」

「何をバカげたことを言っているんだ！　俺は朝から待っていたんだぞ！」

「しかしながら、診察は午前の部と午後の部と決まっておりまして、間に休憩を挟んでおります」

「魔法医がとろとろ診察しているから、患者の待機時間が長くなっているんだ！　休憩する暇なんぞ、あるわけがないだろう！」

何やらギャアギャアと騒いでいるようだが、決まりはきっちり守っていただかなくては。

にっこり微笑みながら、こちらの言い分をお伝えする。

「休憩せずに診察を続けて先生が倒れてしまっては元も子もありませんので、どうかお昼休み明けに、またいらしてくださいませ。再開時は、あなた様を一番に先生が診断いたしますので」

「こいつ、生意気を言いやがって――！」

そう言って、拳《こぶし》を振り上げてくる。暴言を吐くだけでなく、暴力で解決しようとするようなお方だったようだ。

もしも殴られたら、大げさに倒れてやる。そんな心づもりで奥歯を噛《か》みしめ、衝撃に備えた。

しかしながら、男性の手が私に振り下ろされた瞬間、ガキン！　と鈍い音が鳴る。

「ぎゃあ‼」

男性は自ら振り下ろした手を押さえ、床の上に転がる。

驚いた。私を守るような結界が現れたからだ。

「間に合ったか」

診察室からエルツ様が出てくる。床の上でのたうち回る男性をちらりと見て、しれっとした表情で「急患か？」と問いかけた。

我慢できなくなったクルツさんは、「ぶはっ！」と噴き出してしまう。

エルツ様にジロリと睨まれたクルツさんは、慌てた様子で記録簿《カルテ》を書き始めた。

「あー、ゴホン。こちらの男性は急患のようですので、救急隊員に救急科へ運んでいただこうかな」

拳を強打、という診断書を書いて、クルツさんが契約しているフクロウ妖精《ようせい》に託していた。

「ビー、ケガはないか？」

「おかげさまで……。ありがとうございます」

「私は騒ぎを聞きつけて、様子を見にきただけだが？」

結界を展開してくれたのはエルツ様だろうが、しらばっくれるつもりらしい。

その後、連絡を聞きつけた救急隊員がやってきて、男性が運ばれていく。エルツ様は救急隊員に、他の症状も訴えるようならば治療を頼むと伝え見送っていた。

嵐が去ったあと、エルツ様が診察を待つ人々のほうへ視線を向けると、蜘蛛《くも》の子を散らすようにいなくなっていった。

「あの者達は、ようやく休憩時間を挟むことを理解したか」

「あー、助かるなー」

少し強引なやり方になってしまったが、休憩時間を確保できたわけである。

無事、クルツさんやエルツ様と共に昼食をいただくこととなったのだが、問題が解決したとは思っていない。

「エルツ様、普段から今日みたいに昼休憩を取ることなく、診察をしていたのですか？」

「まあ、そうだな。でないと、全員診察することなんてできないから」

「全員が全員、エルツ様の診察を必要とする患者とは思えなかったのですが」

「それは私も認めよう」

クルツさんは休憩室の患者に対し、〝自称重症患者〟と呼んでいた。

その言葉のとおり、医術の権威の診察を受ける必要がない者まで、のこのことやってきているように思える。

「もしかしたら、これまでそういう厄介な患者さんを、他の魔法医の先生が引き受けていたのかもしれませんが」

「いや、そうではない。ああいう類いの面倒な患者は昔から多くいたようだ」

なんでもそこまで重症でなくとも、国王と同じ王室典医貴族の診察を受けてみたい、と望む者が後を絶たないらしい。

一般的な魔法医の治療と魔法薬の効果がなかった重篤患者のみ診察を受けるという前提なのに、自らの権力を使ってやってくるのだと言う。

「ああいう者達の相手をするのはばかばかしいから拒絶せずに引き受けていたのだが、まさかそなたに迷惑をかけてしまうとはな」

「私は迷惑だなんてぜんぜん……大変だったのはエルツ様とクルツさんだったかと思います」

その言葉にクルツさんは感激したようで、涙を浮かべながら「そうだったんだよ」と訴えていた。

「明日より問診を強化させ、必要な者のみ診察するようにしよう」

「お願いします」

こんなふうに無理をしているから、エルツ様は体調不良を抱え込んでしまったのだろう。

仕事を減らしたら、体の調子もよくなるに違いない。

「今日はいくつか薬草茶を持ってきました。何か体の不調などありますでしょうか？」

「絶不調の一言なのだが、強いて言えば先ほどの騒動のせいでイライラしている」

「でしたら、神経の昂《たか》ぶりを抑える薬草茶を淹《い》れますね」

鎮静作用のあるカモミールと疲れた心を癒やしてくれるレモングラス、緊張を解《ほぐ》すレモンバームをブレンドした薬草茶を作ってみた。エルツ様は食がまったく進んでおらず、サンドイッチの中に挟まれていたキュウリを一枚抜いて食べただけである。

なんでも普段から昼食を食べる習慣がないようで、あまりお腹《なか》が空《す》いていないらしい。スープだけでも飲んだほうがいいのではないか、と勧めたものの首を横に振るばかりだった。

食欲がなくとも、何かお腹に入れたほうがいい。どうしたものかと考えていたら、今日はお菓子を持ってきていることを思い出した。

「こちらのスペキュロスを、よろしかったらどうぞ」

シナモンとナツメグ、ショウガを利かせたビスケットだ。クルツさんはサンドイッチとスープだけでは物足りなかったようで、パクパク食べてくれた。

それを見たエルツ様は呆《あき》れた視線を向けている。

「クルツ、そなたは餌を貰《もら》ったのに、何も食べていないように振る舞う犬のようだな」

「だってこれ、とてつもなくおいしいから！」

薬草が入ったお菓子を苦手に思う人は案外多いので、こうやってたくさん食べてくれると嬉《うれ》しい。

エルツ様も食べてくれたので、ホッと胸をなで下ろした。

「ブルームさん、このお菓子、どこで買ったか教えてもらえる？　本当、おいしくって」

「これは私が焼いたものなんです」

「えー、そうだったんだ！」

職人並みの腕前だと褒めてもらい、嬉しくなる。

「どこで習ったの？」

「慈善活動をするときにシスターに習ったり、薬草採取に行ったときに宿泊した宿のおかみさんに教えてもらったり、いろいろです」

「へ――――」

また焼いてくると言ったら、クルツさんは跳び上がって喜んでくれた。

「それはそうと、処方箋《しょほうせん》、ありがとうございました」

「問題なかったですか？」

「バッチリ！」

「よかったです」

先ほど頼まれて書いた処方箋は問題ないようだったので、ホッと胸をなで下ろした。

「ビーの処方箋は字が丁寧で、大変読みやすい。処理も速く、非常に助かっている」

「お役に立てているようで、何よりです」

その話を聞いていたクルツさんが、拗《す》ねてしまった。

「どうせ俺の処方箋の処理は遅くて、字は汚いんだー」

「処方箋については私といい勝負だから、それについては気にするな」

「魔法医長、自覚があったんだ」

「それなりに、だがな」

気心が知れた二人の会話に、思わず笑ってしまう。

エルツ様の専属魔法薬師に任命されて緊張していたものの、クルツさんのおかげで、そこまで気を張らずに済んだ。

「午前中、働いてみて何か不便はなかったか？」

「いいえ、まったくありませんでした」

研究室の内部は寒くもなく、暑くもなく。腰かける椅子は座り心地がよい上に、テーブルの高さもちょうどいい。それだけでなく、モモがお茶を淹れてくれたりお菓子を差し入れてくれたりするので、ありがたかった。

ただ一つ気になる点があったので、伝えてみよう。

「エルツ様、研究室までの処方箋を運ぶ行き来が大変かと思いますので、診察室で作業をしたいのですが」

診察室の内部は比較的広く、私が処方箋を書くちょっとしたスペースはありそうだった。

私一人がお邪魔するくらいであれば、提供してくれるだろう。

「別に問題ないが、処方箋の作成に魔法書は必要ないのか？」

「はい。魔法薬についての知識の大部分は、頭に叩《たた》き込《こ》んでおりますので」

「それはすばらしいな」

魔法薬師としては当たり前のことだと思っていたが、そうではないらしい。

「グレイですら、処方箋の確認に魔法書を参考にするときがあると言っていたぞ」

「私はお祖父様の知識のすべてを授かった弟子ですから」

ただ今回に限っては魔法書を必要としなかっただけで、私もこの先、魔法書に頼らないといけない瞬間が訪れるだろう。

「もしも必要なときは、モモに頼んで持ってきていただこうかな、と思っております」

「わかった。好きにするといい」

「ありがとうございます」

そんなわけで、午後からは診察室で処方箋を書き写すことになった。

午後の部の診察は夕方まで診察を行うのだが、先ほど騒ぎを起こした男性の姿がないだけでなく、診察を辞退した患者もいたらしい。そのため、想定していたよりも早く診察が終わった。

クルツさんは背伸びをしながら、私を労《ねぎら》ってくれた。

「あ――――！　ブルームさんのおかげで、仕事が早く終わった――――！　ありがとう」

「いえいえ。クルツさんもお疲れ様でした」

「その言葉、普段言われないから心に沁みるよ」

私もそうだ。一日働いて、誰かから声をかけてもらうことなんてなかった。逆に私のほうが、イーゼンブルク公爵家の魔法薬師達に声をかけて回るような立場だったのである。

「魔法医長から聞いたんだけれど、ブルームさんは毎日出勤するわけじゃないんだよね？」

「ええ、そうなんです。ここでやっていけるか不安で、月に数回程度であれば、何かできることがあるかなと考えていたものですから」

「大丈夫！　即戦力だから！　お願い、明日も出勤して～～～!!」

クルツさんは神に祈るように、懇願してくる。

家でぼんやりしているよりは、ここで働いていたほうがいいのだが。

一つ、一日働いていて疑問が浮かんだのでクルツさんに質問してみた。

「あの、エルツ様の下について働いているのは、クルツさんの他に何人くらいいるのでしょうか？」

「俺一人だけだよ。魔法医長に憧《あこが》れて、ここで働きたいって希望してきた魔法医はこれまで何人もいたけれど、みんなぜんぜん続かないんだ」

なんでもエルツ様の求める仕事のレベルが高く、ついてこられる者が少ないらしい。

「俺もしょっちゅう怒られているけれど、もう慣れというか、なんというか」

クルツさんでさえも、辞めようと決意したことは一度や二度ではないようだ。

「処方箋の字が汚いし間違っているって突き返してくるし、勤務中にあくびをするなとか背筋は伸ばせとか、そういう部分にもうるさいし……。俺、よく頑張っているな」

クルツさんはしみじみするように言っていた。私もこれから、何かしらの注意を受けるのかもしれない。役に立っていないのに、働きたいと言われても困るばかりだろう。出勤日数の希望についての判断は、エルツ様に任せることにした。

クルツさんはこれから、魔法医の研究グループの研修に行くらしい。

「まだ勉強されるのですね」

「いやーまあ、なんというか、実を言えば研修という名の飲み会なんだ」

たまには息抜きが必要らしい。それを聞いて、働き詰めでないとわかって安心した。

「ブルームさんも一緒にどう？　たまに魔法薬師もやってくる飲み会なんだ」

「いえ、その……」

「ブルームさんって、独身？」

「え、ええ、まあ」

「だったら、新しい出会いとかあるかも！」

「そ、そうですね……」

今日一日、クルツさんと挨拶《あいさつ》するとき以外は頭巾《ずきん》を深く被り他人に顔を見せないでいた。

けれども親睦《しんぼく》を目的とする場では、それは許されないだろう。

どうしようか迷っていたら、エルツ様がやってくる。

「クルツ、そのような出会い目的の不埒《ふらち》な場に、ビーを誘うでない」

「うっ！」

「仕事がないなら、さっさと帰るように」

「はいはい、わかったよ」

クルツさんはのろのろ立ち上がると、小さな声で「飲み会、参加する？」と聞いてくる。

けれどもエルツ様にじろりと睨《にら》まれ、ぺこぺこ会釈して帰っていった。

静かになった診察室で、エルツ様が呆れたように言う。

「クルツがすまなかった。悪気はないから、許してくれ」

「いえ、お気になさらずに」

「次に誘われたさい、もしも参加したくないときははっきり断ってくれ。クルツは鈍感ゆえ、曖昧《あいまい》な態度でいると遠慮していると解釈するだろうから」

「わかりました」

今後についても、エルツ様に相談してみる。

「その、昨日、お話ししたときは最低でも月に一度、とおっしゃっていましたが――」

もしも魔法薬師として手伝えることがあれば、出勤日数を増やしたい。

そう申し出ると、エルツ様は目を見開く。

「図々《ずうずう》しいことを申してしまいました」

「いいや、そんなことはない。今日一日の勤務で、そなたがここで働くのを嫌になっているだろう、と思っていたものだから驚いただけだ。見てのとおり、弟子はクルツ一人しかおらず、診察室の内勤は人が続かないから出勤日数を増やしてくれると非常に助かる」

問題ないようなので、ホッと胸をなで下ろした。

「でしたら、これからよろしくお願いします」

「ああ」

頼りにしていると伝えられ、胸がじーんと感激を覚える。エルツ様のために、これから頑張ろうと改めて思った。

「今日はもう、帰るといい」

「はい、ありがとうございます」

会釈しようとしたそのとき、モモが『エルツせんせ、こちらを』と言って記録簿《カルテ》を差しだしてくる。エルツ様は受け取って目を通すなり、険しい表情を浮かべた。

「これは――」

そう呟《つぶや》き、エルツ様は記録簿《カルテ》をなぜか私に差しだす。

「あの、見てもよいのですか？」

「ああ」

いったい誰の記録簿《カルテ》なのか。よくわからないまま受け取った。患者は先王と公妾《こうしょう》の間に生まれた庶子である騎士、オルコット卿《きょう》だ。

彼は国の最北端にある国境の領地を与えられ妻子と共に暮らしていたようだが、魔物との戦闘で負った傷がよくならずに王都での治療を受けることとなったらしい。

「エリクシールの投与を半年間行ったにもかかわらず、快方に向かわず……ですか」

エルツ様が険しい表情をした理由を正しく理解した。

最高峰の魔法薬であるエリクシールの効果がない傷というのは、かなり厄介な部類だろう。

「そんなに酷《ひど》い状態のケガ、ということなのでしょうか」

「ひとまず、傷の具合を見てみないとわからない」

命を貪《むさぼ》る攻撃を繰りだす邪竜から受けた傷は死ぬまで治すことはできない、なんて話を耳にした覚えがある。オルコット卿が受けた攻撃は、それに近いものなのだろうか？

「エルツ様、私も同行させてください」

「いいのか？　帰りが遅くなるかもしれないのだが」

「かまいません」

オルコット卿といえば、十五年前の戦争で活躍した英雄だ。

何か役に立てることがあれば力になりたい。

「では、ゆくぞ」

「はい」

エルツ様のあとを、モモと共に続くこととなった。

辿《たど》り着《つ》いた先は王族専用の医療エリアのようだ。王宮に行き来する貴族が出入りしているような、一般的な療養エリアだったのである。

途中、酒に酔ったであろう騎士が診療室に行き着くことができなかったのか、廊下の端で寝ているところを目撃してしまう。大丈夫なのか、とエルツ様に聞いてみたら、よくある光景なので気にしなくていい、と言われてしまった。とても高貴な人が出入りするような場所とは思えない。

そんなことを考えているうちに、オルコット卿が滞在しているという部屋に到着した。

「失礼する」

エルツ様は扉を二回ほど叩いたあと、返事がある前に中へと入った。最低限の衛生面は保たれているだけの部屋には、クマのように大きな男性が寝台の上に横たわっていた。

年頃は四十代半ばから後半くらいだろうか。

立派な鬚《ひげ》をたくわえ、太い眉《まゆ》にぎょろりとした目が特徴的な男性である。

「ああ、お久しぶりです、ヴィンダールスト大魔法医」

野性的な見た目に反し、物腰は丁寧でやわらかい。品があって王族然とした雰囲気も感じる。

彼こそが英雄オルコット卿なのだ。

「このような姿でお恥ずかしい。忙しいと聞いていたので、しばらく会えないと思っておりました」

「貴殿の従者が、記録簿《カルテ》を私の医獣のもとに持ってきてな」

「そうだったのですね。無理をしてきていただいたようで、感謝します」

「手が空いている時間だったゆえ、気にするな」

なんでもオルコット卿がエルツ様の診断を受けられるのは、早くても一か月後だと言われていたらしい。先王の子であるオルコット卿の診察が優先されないなんて、不思議な話である。

「この記録簿《カルテ》を受け取るまで私のもとに、そなたが領地からやってきたという報はこれっぽっちも届いていなかった」

「そう、だったのですね」

エルツ様はオルコット卿が王都にやってきたことすら知らされていなかったようだ。

「さっそくだが、ケガの状態を確認する。右足だったか？」

「え、ええ」

「失礼する」

オルコット卿が横たわる寝台にモモが跳び乗り、布団をめくる。すると、血で真っ赤に染まった包帯が巻かれた足が露《あら》わとなった。回復魔法を傷口にかけても塞《ふさ》がらず、縫っても出血が止まらないらしい。

「これは――」

エルツ様が言葉を失う様子を、目の当たりにしたオルコット卿の表情が曇る。

「半年前に、スノー・ベアと戦ったときに負った傷です」

「未知なる魔物とでも戦ったのかと思っていたが、スノー・ベアだったのか」

「はい」

スノー・ベアは北部にもっとも多く出現する魔物で、年間で千体以上は討伐しているらしい。

「破傷風だとしたら、エリクシールで回復しているだろう」

「ええ」

モモがオルコット卿の足に巻かれた包帯を解《ほど》き、傷口をエルツ様が確認する。

「血の色が、おかしい」

ぼそりと呟き、呪文が書かれた紙にオルコット卿の血を移す。あの紙はエルツ様が独自に作った、血の成分を調べる魔法札らしい。すぐに赤黒い文字が浮かんだ。

「やはり、そうだったか」

「何か、原因がわかったのですか？」

「毒だ」

「え？」

「傷の回復を妨害する毒が血に含まれている」

「スノー・ベアの爪に、毒があったというわけですか」

「いいや、違う。この毒は自然界にあるものではなく、人工的に作らないと存在し得ないものだ」

「なっ――!?」

エルツ様が挙げたのは三種類の猛毒だった。

「それって……」

「どうした？」

「いえ、なんでもありません」

少し引っかかることがあったが、ここで口にできる内容ではなかった。

「誰がオルコット卿に毒を盛ったのだろう。もしかしたら毒が原因で、スノー・ベアから痛手を負ったのかもしれない」

オルコット卿は国内最強と呼ばれる無傷の英雄である。そんな彼が、スノー・ベアから傷を負うなんてありえない。毒のせいだと考えると納得できる。

「エリクシールを服用していたおかげで死に至っていなかったようだが、命を落とすのも時間の問題だったのだろう」

あと一週間、エルツ様の診察が遅れていたら危なかったようだ。

ホッとしたのも束《つか》の間のこと。

「わ、私は、助かるのでしょうか？」

「問題ない。ハイクラスの解毒薬《アンチドート》があれば、快方に向かうだろう」

そう答えたのに、オルコット卿の顔色は晴れない。

「それほどの解毒薬《アンチドート》となるとザルムホーファー魔法薬師長にしか作ることができないのでしょうね」

「おそらく、そうだろうな」

すぐにでも処方箋《しょほうせん》を書こうとエルツ様が言ったのに、オルコット卿は首を横に振る。

魔法医から診察を受けたまではよかったのだが、そこから先が問題だった。

「処方箋を受け取ったザルムホーファー魔法薬師長から、魔法薬を作るのに一か月半以上かかると言われてしまいました」

エルツ様が多忙なのと同様に、ザルムホーファー魔法薬師長も忙しいという。彼は王室典薬貴族である。王族の不調を優先させるべきなのに、すぐに作れるような環境にいないようだ。

「ザルムホーファー魔法薬師長は現在、国王陛下の治療に使う魔法薬作りで手がいっぱいのようで」

「あれは単なる腰痛だろうが」

急ぐ必要はない魔法薬だ、とエルツ様が指摘したものの、オルコット卿は苦虫《にがむし》を噛《か》み潰《つぶ》したような表情を浮かべるままだった。

「おそらくそなたが急を要するような状況にあると、私と同じようにザルムホーファーも知らないのかもしれない」

「ええ、そうかもしれません」

オルコット卿の従者がザルムホーファー魔法薬師長に接触しようとしたようだが、関係者以外工房に近付けないようになっていたらしい。

「ならば、私が直接依頼する」

「大変ありがたい話なのですが、もしかしたら陛下の妨害が入るかもしれません」

「どういうことだ？」

「実を言えば、私は陛下にとって邪魔な存在なんです」

「なぜ、そんなことを言うのだ」

「それについては少々複雑なものでして……」

「いいから話してみろ」

オルコット卿はしょんぼりとしながら肩を丸め、悲しげな様子で話し始める。

「昔から、私と陛下はなぜか比較されることが多く、それゆえ陛下から嫌われておりまして」

学問に秀で、武術にも優れるだけでなく、教養とすばらしいお人柄であるオルコット卿は、民からの人気が高かったという話は耳にしたことがある。その一方で、腹違いの兄である現在の国王陛下は、目立った特徴がない。そのため、周囲から一つ年下の弟であるオルコット卿と比較されていたのだろう。

「陛下は私が謀反を起こし、国王の座を狙っていると思い込んでいたときがあったようで――」

国王陛下のもとから遠ざけるために、オルコット卿を戦争に送り込んだという。

「大国との負け戦だと言われていたのですが、その、ご存じであるように勝利してしまい」

そこからオルコット卿は国民の誰もが認める英雄となった。

「戦争を終えて帰還してから、陛下の私に対する冷遇はさらに強くなりました」

戦争を勝利へ導いた報酬として、国王陛下がオルコット卿に与えたのは、スノー・ベアが大量に生息する北の辺境。二度と王都へ戻るな、という忠告にも等しい報酬だったようだ。

「なるほど。では、そなたに毒を仕込んだ犯人もわかりやすいな」

「いいえ！　陛下が犯人なわけ──もが！」

エルツ様が慌てて口を塞いだが、遅かったようだ。

「誰の耳目があるかもわからない。発言は控えるように」

オルコット卿がこくこく頷《うなず》くのを確認すると、エルツ様は手を離す。

「まあ、誰かが意を汲《く》んで毒を盛った可能性も否めない。領地に戻って、詳しい調査をするといい」

エルツ様の話を聞いたオルコット卿は、ポロポロと涙を流し始める。

「うっ、うう……！　い、今、傍《そば》にいる者達はすべて、優しい人ばかりで、だ、誰一人として、う、疑いたく、ない……！」

「しかしながら、この問題を放置していたら、そなたの家族にも危険が及ぶ可能性がある」

「⁉」

オルコット卿の傷が完治できたとしても、よかったの一言で片付けていい問題ではなかった。

「その前に、解毒をする必要がある。ビー」

「はい！」

「どのような解毒薬《アンチドート》を作ればいいか、わかるだろうか？」

「そうですね」

万能の解毒薬《アンチドート》というのはこの世に存在しない。毒の種類によって、薬の配合を変える必要があるのだ。

「少し稀少《きしよう》な薬草や素材が必要になると思います」

「申してみよ」

いくつかの薬草を挙げると、保管してある物があるという。

「オルコット卿《きょう》よ、もしかしたら解毒薬《アンチドート》は私の専属魔法薬師が作れるかもしれない」

「ほ、本当ですか⁉」

「ああ。ただ、必ず用意できるかはわからないから口外しないように」

「は、はい！」

オルコット卿が抱える問題は山積みであるものの、ひとまず解毒するのが先決だろう。

「ビー、材料があれば、どれくらいで作れそうだ？」

「半日あれば十分かと思われます」

「わかった」

オルコット卿はエルツ様の研究室近くにある、病室に移すことにした。

「ここはあまりにも酷すぎるから」

モモの案内で、従者がオルコット卿を運んでくれるようだ。

「私達は解毒薬《アンチドート》の材料を取りに行こうか」

「承知しました」

それは国中の薬草を集めた素材庫ではなく、エルツ様が個人的に収集した薬草を保管した部屋らしい。エルツ様がこれまで集めた薬草や素材を保管しているのは、研究室の下にある地下だった。

本棚にスイッチがあり、特定の書籍を押したり引いたりすると地下への出入り口が出現するようだ。

「あの、私が仕組みを見てもよかったのですか？」

「別に問題はない。必要な品があれば、好きなときに出入りするとよい」

エルツ様は本気か冗談かわからない言葉を返してくれた。

「足下に気をつけるように」

「はい、ありがとうございます」

エルツ様が魔法で光の球を作ってくれたので、十分なくらい明るかった。

ひんやりとした階段を下った先に扉を発見する。鍵《かぎ》や魔法などはかけられていないようで、ドアノブを捻《ひね》ると簡単に開いた。床に書かれていた魔法陣を踏むと、天井につり下がっている魔石ランプが光る。棚がずらりと並んでいて、小さな瓶がぎっしり詰まっていた。

「これは……すばらしい品揃《しなぞろ》えです」

ワイバーンのウロコやセイレーンの涙、メルヴの葉っぱに宝石キノコなど、貴重な素材が揃っている。

「私が集めた品はほんの一部で、ほとんどは放浪癖のある親族が収集した物だ」

「そう、だったのですね。まるで品揃えのよい、雑貨店のようです」

なんて話をしている場合ではない。本題へ移ろう。

「解毒剤の材料は――」

「獰猛《どうもう》ヘビに噛まれた砂ネズミの血に、猛毒薔薇《ばら》の種、シアン青銀、水晶灰だったな」

「はい、間違いありません」

エルツ様とモモが協力し、材料を集めてくれた。

私はどこに何があるのかわからないので、ただただ傍観するしかない。

「これでいいだろうか？」

「確認させていただきます」

素材が保管されている瓶には、劣化しないよう保管魔法がかけられている。非常にいい状態で保存されていたようだ。

「使えるだろうか？」

「はい。解毒薬《アンチドート》の作製は私が失敗しない限り可能です」

ただ、素材の状態が上位に達していないように思える。

「上位の素材はキラキラ輝いているのですが」

「ああ、そうだったな。珍しい材料があればいいという話ではなかったか。今から素材収集が趣味の親戚《しんせき》に頼んだ場合、すべてを集めるのにどれくらいかかるか」

「おそらく今のシーズンだと、獰猛ヘビは冬眠していると思われます。砂ネズミの生息地も雪が積もっていて、生活の拠点が穴の中になっているでしょうし」

エルツ様は深く長いため息を吐《つ》く。

「ただ魔法薬を調合するだけでなく、素材についても把握していなければならないなんて、魔法医の百倍、魔法薬師は大変なんだな」

「それぞれ大変な部分はあるかと思いますが」

上位に分類される素材はめったにない。

どうしたものか、と考えていると隠者の住《エルミタージュ》まいにあった温室について思い出す。ここでピンと閃《ひらめ》いた。

「エルツ様、魔力の付与で素材のランクを上げることができるかもしれません」

「魔力の付与だと？」

エルツ様は途端に眉間《みけん》に皺《しわ》を寄せ、険しい表情を浮かべる。

「魔法を巻物に付与する技術はあれど、そのままの魔力を付与するのは極めて難しい」

「そうなのですか？」

隠者の住《エルミタージュ》まいにあった魔法を付与する仕組みについて、要点だけを取りまとめて説明すると、エルツ様は「冗談だろう？」と呟《つぶや》く。

そういえば、リス妖精《ようせい》が魔力の付与は誰もができるわけではない、と話していたような。

「魔力切れの魔宝石はありますでしょうか？」

エルツ様はモモを振り返る。彼女はすぐに、空の魔宝石がはいった瓶を探して持ってきてくれる。

「魔法陣を記憶しているので、少し試してみますね」

モモが用意してくれた羊皮紙に、羽根ペンで呪文を書いていく。温室と同じように、魔法陣の中心に空の魔宝石を設置した。隣に立つエルツ様が「なんだ、この魔法式は」などと言っていた。

「こちらです」

「火に油を注ぐような、無茶苦茶な魔法だな。こんなもので、本当に魔力を付与できるのか？」

「可能です。昨日お見せしたハイクラスのヒール・ポーションは、魔力を付与させたヒール薬草から調合しました」

説明するよりも、実際に見せたほうがいいだろう。

「試してみますね」

「その前に――失礼、少し触れる」

「え？　ええ、どうぞ」

なぜかエルツ様は私の右手を握り、腰に腕を回した。

「こ、これはいったいなんなのでしょうか？」

「そなたの魔力が暴走したときに、ねじ伏せられる体勢だ」

「そ、そういうわけだったのですね」

なんでもお祖母《ばあ》様が作った素材に魔力を付与させる魔法は、でたらめで成功するはずもないような魔法式が使われているらしい。

魔力の付与が失敗したときのために、私を守るよう警戒してくれたようだ。

これまでにない密着具合に、激しく動揺してしまう。

心臓もバクバクと早鐘を打つように音を鳴らしていた。

おそらく顔も真っ赤だろう。

照れている場合ではない。オルコット卿のためにも、一刻も早く魔力の付与を試さなければ。

魔法陣の上に素材を載せ、手をかざす。すると、魔法陣から眩《まばゆ》い光が発せられた。

毎月10日発売
7月刊行ラインナップ
改変してみますか、
この理不尽な運命《ストーリー》を！
番狂わせファンタジー!!
魔眼の悪役に転生したので
推しキャラを見守るモブを目指します
著：瀧岡くるじ　イラスト：福きつね
恋愛ＲＰＧのリュクスに転生した俺は絶望していた。「大好きなヒロインたちを傷つける悪役？　そんなのお断りだ！」悪役を早期離脱し魔眼チートを練磨し始めたが、ゲームストーリーは思わぬ改変を見せ始め……!?

大人気コミック
ノベライズ！
小説版だけの
書き下ろしシーンと
オリジナルキャラも追加！
コミックス
最新4巻
好評発売中！
漫画◆NiKrome
原作◆琴子

私の腰に回されたエルツ様の腕が、ぎゅっと引き寄せられる。

まるで抱きしめられているかのような状態になってしまった。

光が収まると、素材はキラキラと輝く。

「信じられない。本当に上位ランクの素材になった」

「せ、成功したようです」

エルツ様はあまりにも驚いたのか、私を抱きしめたまま硬直しているようだった。

「あ、あの、もう、大丈夫ですので」

「何がだ？」

なんと説明していいのかわからず、左手にそっと触れる。するとエルツ様はビクッと反応し、素早く離れた。

「すまなかった」

「いえ、おかげさまで、安心して魔力の付与ができました」

顔が燃えるように熱い。

顔を合わせると恥ずかしくなってしまいそうなので、一刻も早く帰宅し調合に取りかかったほうがいいだろう。

「早ければ明日の朝には解毒薬《アンチドート》は完成すると思います」

「夜通し作るつもりではないだろうな？」

「一人であればそうなりますが、自宅には優秀な薬獣がおりますので」

「そうか」

ひとまず、私が調合している間はアライグマ妖精の三姉妹に睡眠を取ってもらい、夜中の作業は任せたい。

家に帰る前に、少し引っかかっていることをエルッ様に報告した。先ほど、毒の種類を聞いたときに気付いていたものの、オルコット卿の前で言うべきでないと判断したことである。

「あの、オルコット卿に盛られた毒ですが、これまで例にない混合毒でして」

「ああ、そうだな。確かに聞いたことがない」

一つ一つが猛毒で、少量口にしただけでもすぐに息絶えてしまうような危険なものだ。

「ただ、三つの毒物を混ぜることによって、互いの毒を弱め合う拮抗《きっこう》作用があるように思えて……」

三つの毒を混ぜた影響で即死作用はないものの、解毒しなければ命を落としかねない危険な猛毒であることは変わりない。

「どうしてそのような毒でオルコット卿を殺そうとしたのか、よくわからなくて」

エルッ様はしばし考える素振りを見せ、「うーむ」と唸《うな》る。

「もしかしたら、オルコット卿を殺すことが目的ではないのかもしれない」

それが何かまでは、さすがのエルッ様もわからないと言う。

「こちらで少し調べておこう」

「ありがとうございます」

地下から出て研究室に戻ると、すっかり太陽は沈んでいた。魔物は夜になると活発になる。グリちゃんと共に空を飛んで帰ることを考えると、いささか不安になる。

なんて考え事をしていた私に、エルツ様が魔法巻物《スクロール》を差しだしてきた。

「帰りはこれを使うように」

「こちらはなんですか？」

「使用者が念じた場所に転移できる、特殊な転移魔法が付与された物だ」

通常の魔法巻物《スクロール》は、場所を指定した状態で作成される。

自分自身で好きな場所を指定する転移魔法は、通常であれば術者しか使えない代物なのだ。それを魔法巻物《スクロール》に付与するというのは、極めて高い技術がないとできない。

「とても貴重なお品なのでは？」

「いや、目的もなく暇つぶしに作成しただけだ。気にせず持ち帰れ」

遠慮したほうがいいのだろうが、今は緊急事態である。

今日のところはありがたく受け取らせていただいた。

「何もかも、お世話になってしまい」

「これも持っていくように」

そう言ってエルツ様は貴重な薬草や素材が入った瓶を次から次にかごにいれ、私に手渡してくる。

「あの、かごの中の品は、とてつもなく高価な物ばかりなんですけれど」

「どうせ、ここにあっても一生使わないから、引き取るように」

返品は不可とばかりに、エルツ様は背後で手を組む。返してても受け取ってもらえないのだろう。

なぜ、無償でくれるのか、よくわからない。

地方に薬草採取に行ったときに、宿のおかみさんがサンドイッチや水筒を持たせてくれるのと同じようなものなのだろうか。謎は深まる。

おかみさんのときも、お金を渡そうとしても受け取ってもらえなかった。きっと、年長者が年下の者に見せる、定番の行動なのかもしれない。

「それでは、ひとまず預かっておきます」

そんな言葉を返すと、エルツ様は満足げに頷《うなず》いたのだった。

医獣や薬獣用の厩舎《きゆうしや》にいたグリちゃんと共に、エルツ様からいただいた転移の魔法巻物《スクロール》を使って帰宅する。辺りは真っ暗で、庭は静寂に包まれている。リス妖精達はすでに眠っているのだろう。

グリちゃんを労い、別れたあと家に戻る。

「ただいま帰りました」

すると、アライグマ妖精の三姉妹が出迎えてくれた。

『おかえりなさい』

『食事にする？』

『それともお風呂《ふろ》？』

ここにやってきて一か月の間に、アライグマ妖精の三姉妹は私の料理を手伝いながら、調理技術を習得してくれたのだ。ありがたい話である。

「お腹が空《す》いたから、食事にしたいです」

オルコット卿《きょう》の解毒薬《アンチドート》を早く作りたいという気持ちはあるものの、空腹時は集中力が継続しない。しっかり食べて、力をつけた状態で挑まなければ成功に繋《つな》がらないのだ。

食事にしたいと望むと、アライグマ妖精の三姉妹はそれぞれこくりと頷く。

『わかった』

『待ってて』

『おいしいの、作ったから』

いったいどんな料理が出てくるのだろうか。

食事の前に手を洗い、うがいをしておく。食卓で待っていると、料理が運ばれてきた。

アライグマ妖精の三姉妹は頭に三角巾《さんかくきん》を被り、私が作ってあげたエプロンと手袋を装着した愛らしい姿で登場する。

『今晩のメニューは～～』

『ポテトパイと～～』

『ピジョンスープだよ～～』

今日もセイブルが山鳩《やまばと》を獲《と》ってきてくれたようで、リス妖精が解体したものを調理したようだ。

ムクがポテトパイを切り分けてくれる。

中にはマッシュしたポテトにベーコン、チーズにキノコが入っているようだ。

そんなポテトパイの上にモコが添えてくれたのは、パセリとレモンを利かせた特製バターだ。

モフは鍋《なべ》からピジョンスープをたっぷり装《よそ》ってくれた。

『さあどうぞ』

『たくさん召し上がれ』

『おかわりはたくさんあるから！』

食前の祈りをしたのちに、アライグマ妖精の三姉妹に感謝してからいただく。

まずはポテトパイから。ナイフで切り分けると、チーズがどこまでも伸びる。パイ生地はサクサクで、マッシュされたポテトはクリームのようになめらか。ベーコンやチーズのしょっぱさがたまらない。これでも十分おいしいのだが、パセリとレモンが入ったバターを載せて食べると、濃厚なのに後味はさっぱり。最高の一皿である。

ピジョンスープは丁寧に骨が取り除かれていて、一口飲んだだけで元気になりそうな味わいである。ちなみに出汁《だし》を取ったあとの骨や皮などは綿埃《わたぼこり》妖精が食べてくれたらしい。本当においしいスープで、食べていると体がポカポカ温かくなった。なんと言っても薬草の風味がすばらしい。庭で採れた新鮮なものを使ってくれたのだろう。

「ムク、モコ、モフ、どれもすばらしい料理でした。とてもおいしかったです」

褒《ほ》め称《たた》えると、アライグマ妖精の三姉妹は少し照れたような、愛らしい反応を見せてくれたのだった。その後、そのまま地下の製薬室に向かった。アライグマ妖精の三姉妹は昼間ずっと眠っていたようで、すぐにでも調合を手伝ってくれるらしい。夜中の鍋の番もしてくれるようで大変ありがたい。

今回、素材自体が毒を含んでいるものも多いので、取り扱いに注意するよう伝えておいた。私は目を保護する眼鏡と手袋、口元には布を当てて後頭部でしっかり結んでおく。ムクとモコ、モフにも薬獣用の品を渡し、その場で装着してもらった。準備が整ったので、さっそく調合に取りかかる。

「ムクは猛毒薔薇《ばら》の種を乳鉢ですり潰《つぶ》して、モコはシアン青銀を鍋で炒《いた》めて、モフは水晶灰に精製水を加えて練ってくれますか？」

『了解！』

『承知！』

『わかった～』

私は獰猛《どうもう》ヘビに噛《か》まれた砂ネズミの血から、血清を取り出す作業に取りかかった。まず、魔法で血を凝固させたのちに、魔宝石で作動する遠心分離機にかける。すると、血は黄色みを帯びた血清と真っ赤な血餅《けつぺい》に分かれた。これが解毒薬《アンチドート》を作る鍵《かぎ》となる。

砂ネズミは獰猛ヘビに噛まれた瞬間、素早く抗体を作って毒の影響をなかったものにする。その抗体は獰猛ヘビの毒だけでなく、おおよそ百種類ほどの毒を無効化するのだ。そのため、獰猛ヘビに噛まれた砂ネズミの血は、多くの解毒薬《アンチドート》作りに活用されている。

ただそのままだと、解毒薬《アンチドート》として人間の体に作用しない。抗体を人間に適応させるために、さまざまな素材を必要とするのだ。水晶灰以外の材料を調合用の鍋に入れ、火にかける。このまま三時間ほど煮込んで、朝まで放置し熱を取らないといけない。

『鍋は任せて』

『ベアトリスは眠っていていいから』

『お風呂も用意しているよ』

「ありがとうございます」

お言葉に甘えて、鍋で煮込む工程はアライグマ妖精《ようせい》の三姉妹に任せることにした。

モフが沸かしてくれたお風呂にゆっくり浸《つ》かる。浴槽には薬草の束がぷかぷか浮かんでいた。血の流れをよくするレモングラスに、体を冷えから守るショウガ、抗菌効果のあるゼラニウムなどが入っているようだ。心地よい香りに癒やされる。ゆっくり浸かって一日の疲れを落とした。

眠る前に製薬室にいるアライグマ妖精の三姉妹に声をかける。

「それではみなさん、あとのこと、頼みますね」

『もちろん！』

『任せて！』

『頑張る～』

二階の寝室に行くと、綿埃妖精が寝台の傍でぴぃぴぃ寝息を立てながら眠っていた。持ち上げると、埃が付着していたので手で払ってあげる。

綿埃妖精は起きる気配もなく、ぐっすり寝入っているようだ。そんな綿埃妖精を枕元に置いてある小さなかごに入れて、私も横たわる。

久しぶりに朝から夜まで働いて、疲れたのだろう。一日を振り返ることもなく、眠ってしまったようだ。

◇◇◇

日が昇る前に目を覚ます。ショウガ湯に蜂蜜《はちみつ》を垂らしたものと、昨日の残りのポテトパイを食べ身なりを整える。

アライグマ妖精の三姉妹は製薬室に置いてある休憩用の椅子に、身を寄せながら眠っていた。彼女らを起こさないよう、静かに解毒薬《アンチドート》の仕上げを行う。

鍋で煮込まれていた素材を漉《こ》し、水晶灰に混ぜる。ムラなく丁寧に練ったら、製丸器に入れて形を整える。型から出すと、小さな粒が二十粒ほどできた。

最後に仕上げの魔法をかける。

「――調合せよ《フォーミユレイト》！」

眩《まばゆ》い魔法陣が浮かび上がったかと思えば、パチンと音を立てて弾《はじ》ける。

丸薬はキラキラ輝いていた。ハイクラスの解毒薬《アンチドート》の調薬は無事、成功したようだ。

すべて瓶に詰め、しっかり栓をしておく。一応、百種類ほどの毒に対応しているので、命を狙われている可能性があるオルコット卿に渡しておこう。

今日は薬を急いで届けなければならないためグリちゃんはお留守番をしてもらい、転移の魔法巻物《スクロール》を使って出勤する。アライグマ妖精の三姉妹やリス妖精達に見送られながら王宮にある、エルツ様の研究室に降り立った。

今日は時間が早かったからか誰もいなかったようで、無人である。ただ、部屋の外が騒がしい。

いったい何事か。ドアノブを捻《ひね》ろうとした瞬間、背後から声がかかった。

「ビー、部屋の外に出るな。ここにいたほうがよい」

驚いて振り返った先にいたのは、エルツ様だった。

「い、いらっしゃったのですか？」

「いいや、今、診察室から転移魔法で移動してきた」

モモも一緒にいたようで、深々と会釈してくれる。

「何かあったのですか？」

「第一病棟で火事が起きた」

「第一病棟というのは――」

「オルコット卿がいた場所だ」

なんでもオルコット卿は特に主治医などいなかったため、誰にも何も言わずに病室を移動したらしい。そこに、エルツ様が幻術でオルコット卿がさもそこで眠っているかのような細工を施していたのだとか。

「オルコット卿に悪意を向ける者がいる。それをあぶり出せたらと思って、幻術を仕込んだ」

その結果、何者かが深夜に忍び込み、オルコット卿が眠っていた場所に火を放ったという。

「犯行はすべて記録用の水晶に残っていた」

深夜に第一病棟へ忍び込み、寝台に火を放ったのは騎士隊の人間だったようだ。騎士隊内に事件に関与した者が複数いたようで、騎士達が血眼になって探しているのだとか。

それで騒がしかったというわけである。

「寝台に火を放った犯人は没落した貴族――シュテリュン伯爵家出身の男だった」

かの一族は十五年前、戦争をしていたときに敵国と武器の取引を秘密裏にしていたらしい。それにオルコット卿が気付き、糾弾した。その結果、一族は没落。二度と王都に近付かないよう、国王陛下から厳命されていたようだが……。

「犯行に及んだシュテリュン伯爵家出身の男は養子縁組を結んだあと、別の貴族に婿入りし名前が変わっていたようだ」

「オルコット卿を恨み、弱っているタイミングで火を放った、というわけですか」

「そうみたいだ」

犯人とされる男性は、次期シュテリュン伯爵になる予定だったらしい。約束された輝かしい未来をオルコット卿に潰され、恨んでいたのだろう。

「オルコット卿はご無事ですか？」

「もちろん」

昨日の夕方、オルコット卿はエルツ様が管理する病室に移された。そこは結界が幾重にも展開されているため、安易に近寄れないようになっている。

オルコット卿に被害は及んでいないと聞き、心から安堵《あんど》した。

「エルツ様、解毒薬《アンチドート》を作ってまいりました」

鞄《かばん》から取り出したものを、エルツ様へと差しだす。

「これは、ハイクラスの解毒薬《アンチドート》か。よく完成させたな」

「薬獣達のおかげです」

「そうか」

「もう一つ、リザレクション・ポーションも調合してまいりました」

ヒール・ポーション、キュア・ポーションと、ポーション系魔法薬の中で最大の回復力があるリザレクション・ポーションを用意してみた。毒が抜けた状態であればエリクシールでなく、リザレクション・ポーションだけで十分な回復効果をもたらすだろう。

「これもハイクラスか」

「昨日いただいた素材や薬草に魔力を付与しまして、今朝方調合しました」

「魔力の付与を、二日連続でしただと?」

「え、ええ。それが何か?」

「体は辛《つら》くないのか?」

「いいえ。それどころか、体が軽いくらいで」

リス妖精曰《いわ》く、私は他の人よりも魔力が多いらしい。

いつも身体の中に有り余っている状態なので、付与によって体内にある魔力が減り体が楽になっているのだろう。

「なるほど。そういうことだったのか」

「ええ。ですので、ご心配にはおよびません」

「承知した」

エルツ様は魔力の使い過ぎには注意するように、と言ってくれた。

「では、オルコット卿《きょう》のもとへ行くか」

「はい」

廊下はいまだ混乱しているので、転移魔法で病室まで行くらしい。エルツ様はダンスに誘うように、恭しく手を差し伸べてくれる。誰かと一緒に転移魔法を展開する場合は、術者の傍にいなければならないようだ。

エルツ様の手にそっと指先を重ねると、優しく引き寄せられる。腕の中にすっぽり身を委ねる形となった。こういう密着にまったく慣れていないので、ついつい恥ずかしくなってしまう。

早く終わってくれ、と心の中で願った。

足下に魔法陣が浮かび上がると、一瞬で景色が変わる。四方八方、本がズラリと並んだ研究室から、白い壁に囲まれた病室に降り立った。私達がやってくることを、それとなく察していたのかオルコット卿は背筋をピンと伸ばし、突然の登場にも驚いた様子など見せていなかった。

「ヴァンダールスト大魔法医長、それから専属魔法薬師殿、ようこそおいでくださった」

第一病棟での騒ぎはすでにオルコット卿の耳に入っているようで、迷惑をかけたと謝罪してくる。

「そなたは無関係で、まったく悪くないではないか」

「しかしながら、私を狙っていたと聞いたものですから」

オルコット卿は本当に優しいお方である。

願わくは、毒がきれいに抜けて傷も完治し家族のもとで平和に暮らしてほしい。

「オルコット卿よ、ビーの活躍あって無事、解毒薬《アンチドート》が完成した」

「ほ、本当ですか⁉」

「ああ、嘘《うそ》は言わない。早く服用するように」

「はい！」

まず、オルコット卿はキラキラ輝く解毒薬《アンチドート》を手に取る。

「このように美しい魔法薬など初めてです」

手のひらに一粒出し、そのまま飲み込む。

すると、オルコット卿の足下に魔法陣が浮かび、眩い光を放った。

光が収まったあと、オルコット卿は信じがたい、という表情をしていた。

「なんと……！　頭が割れるような痛みや、吐き気、胃のむかつき、腹部の鈍痛などが一気になくなりました」

「続けてこれを飲むように」

「こちらは？」

「ビーが作った、傷を治すリザレクション・ポーションだ」

勧められるがまま、オルコット卿はリザレクション・ポーションを飲み干す。

するると、劇的な変化があったようだ。

「傷口が、まったく痛くない‼」

従者と共にオルコット卿が包帯を外すと、傷口がきれいさっぱりなくなっていた。

「いくらエリクシールを飲んでも、ぜんぜん治らなかったのに……！」

解毒薬《アンチドート》とリザレクション・ポーションは効果を発揮し、オルコット卿から痛みや苦しみを取り除いてくれた。

「専属魔法薬師殿、心から感謝する！」

「お礼はエルツ様に。魔法医の的確な診察がなければ、私達魔法薬師は無力ですので」

「私達魔法医も、魔法薬を作る魔法薬師がいなければ、完治に導くことなどできないのだがな」

「お二方とも、すばらしいということですね」

オルコット卿はやわらかく微笑み、何度も感謝してくれた。

◇◇◇

それから騎士隊は内部調査が入り、オルコット卿の暗殺に関わった者達が数名拘束されたようだ。

その中でも主犯となるシュテリュン伯爵家出身の騎士は、重禁錮《きんこ》五百年が命じられたらしい。つまり、一生牢屋《ろうや》から出られないという、死刑の次に重たい刑罰だった。

死刑も確実だろうと誰もが口にしていたのだが、どこからか横やりが入って終身刑になったのか。

その辺についての謎は解き明かされることもなく、事件は幕を閉じた。

犯人が捕まり、命の危機に晒《さら》される心配がなくなったオルコット卿は——領地には帰らなかった。

荒れた病棟の状況を嘆き、王宮に止《とど》まって整理すると決意したようだ。

それにより、病棟の廊下で眠るような騎士は排除され、重症患者以外のエルツ様の診察にかかろうとする貴族もいなくなった。

オルコット卿のおかげで、エルツ様の仕事がしやすい環境が整ったようである。もうしばらく、オルコット卿は王都に留《とど》まるらしい。領地にいる家族も呼び寄せるようで、今度紹介してくれるようだ。

問題が解決すると、私はザルムホーファー魔法薬師長に手紙を書いた。かつてお祖父様の弟子だった彼は、私のことを酷く心配しているらしい。後見人になりたい、などと言ってくれていたようだ。さらに、イーゼンブルク公爵家から逃げ出した魔法薬師達も、ザルムホーファー魔法薬師長のもとで働くようになっていた。それについての感謝の気持ちも、直接伝える必要があるだろう。

手紙を送ったあと、郵便省に借りている私書箱に返事があった。私書箱は離婚後に開設したもので、手紙が届くと魔法の水晶が光って知らせてくれるのだ。

それから手紙のやりとりを続け、三日後に会うことになったのである。ザルムホーファー侯爵家は王都の中心街に立派な屋敷を所有していた。もともと薬草や素材を販売する商売をしていた一族で、国内でも三本指に入るほどの裕福な一族である。

王都まではグリちゃんに乗って移動し、途中から乗り合いの馬車に乗ってザルムホーファー侯爵邸を目指した。

屋敷に到着すると、執事やメイド達が丁寧に出迎えてくれる。

客室で待つこと五分、ザルムホーファー魔法薬師長がやってきた。

「ああ、久しいですね、ベアトリスさん」

「お久しぶりでございます、ザルムホーファー魔法薬師長」

ザルムホーファー魔法薬師長は長い白鬚《ひげ》に丸い眼鏡をかけ、全身を覆うローブに手にはロッドを握っているという、絵に描いた魔法使いみたいな姿でやってくる。

「一か月前から行方不明だと聞いて、ずっと探していたのですよ」

「ご心配をおかけしました」

「ベアトリスさんは今現在、どちらにいらっしゃるのですか？」

この質問はすでに予想できていた。申し訳ないが、隠者の住まい《エルミタージュ》にいるとは言えない。

適当にはぐらかしておく。

「宿を転々としております」

「それはそれは、落ち着かない日々を送っているのですね」

「ええ、まあ」

それから近況を聞かれ、隠者の住まい《エルミタージュ》で過ごしている部分はぼかしながら話す。

「財を切り崩しながら生活されているのですね」

「ええ。ですが、魔法薬を売って暮らす予定ですので」

ここで、ザルムホーファー魔法薬師長が提案してくる。

「我が家で作るのはどうです？　私があなたの後見人になりましょう」

「いえ、そんな……」

「それだけでなく魔法薬師として、私のもとで働いてくれたら嬉《うれ》しく思います」

隠者の住まい《エルミタージュ》がなければ、ザルムホーファー魔法薬師長を頼っていたかもしれない。

けれども今は、住む場所はあるし仕事だってある。これから先、何も心配はないとは言えないものの、ささやかな暮らしであれば続けることができるだろう。

「なんとかやっておりますので、ご心配なく」

「決意は固いようですね」

「はい」

「そうですか、残念です」

強く引き留められたらどうしよう、と思ったが、ザルムホーファー魔法薬師長は私がやりたいことを理解してくれたようだ。

それからしばし、お祖父様の話に花を咲かせる。ザルムホーファー魔法薬師長がお祖父様に師事した時代は、今よりもずっと厳しかったらしい。

「私は祖父に甘やかされていたのですね」

「いいえ、そんなことはありませんよ。十分、厳しく接していたでしょう」

もしかしたらお祖父様は、オイゲンではなく、ザルムホーファー魔法薬師長を王室典薬貴族の後継者として育てていたのかもしれない。

お祖父様についての話は尽きないが、これ以上長く滞在したら迷惑になるだろう。

この辺りでお暇《いとま》を――と思っていたら、引き留められる。

「実は、あなたに会いたい、と訴える者がおりまして」

「どなたですか？」

ザルムホーファー魔法薬師長は返事をする代わりに、呼び鈴をちりんちりんと鳴らす。

私と会いたい人なんて、まったく想像できないのだが。

なんて考えていたら、客室の扉が開かれた。

その人物を前に、思わず「え……？」と言葉を漏らしてしまう。全身鳥肌が立ち、弾かれたように立ち上がってしまう。

どうして〝彼ら〟がここにいるのか？

「やあ、ベアトリス、元気かい？」

遠慮がちに発せられたその問いかけに、返す言葉は見当たらない。

客室に現れたのはオイゲンだった。

第四章　私は私だけの人生を生きますので！

彼が騎士隊に拘束されてからすでに十日間ほど経《た》っている。釈放されてもなんら不思議ではないのだが、こうして目の前に現れることになるとはまったくの想定外であった。

いったいなぜ、オイゲンがザルムホーファー侯爵家にいるのか。

問いかけるように、目の前に座るザルムホーファー魔法薬師《くすし》長を見つめてしまう。

すると、意を汲《く》んでくれたのか、オイゲンがここにいる理由を教えてくれた。

「お師匠様から孫であるオイゲンさんについて、よろしく頼むと言われておりましてね。気持ちのすれ違いから誤解を受け騎士隊に拘束されてしまった、と彼から助けを求められてしまったものですから」

あの騒動のどこが、すれ違いによる誤解から発生したものなのか。我が耳を疑ってしまう。

オイゲンは善良なザルムホーファー魔法薬師長を利用し、出所後の面倒を見てもらっていたようだ。呆《あき》れながらオイゲンのほうを見ると、もっともらしく神妙な様子でいた。

今すぐここから出て行きたいと思ったものの、ザルムホーファー魔法薬師長がいる以上、失礼な態度を取るわけにはいかない。

今さら私に会いたいだなんて、いったいどういうつもりなのか。

オイゲンを睨《にら》みつけると、彼は消え入りそうな声で話し始めた。

「ベアトリス、僕は騎士隊に拘留される中で自分自身の行いについて考えたんだ。すぐに、僕自身がバカだったたって気付いたよ」

それに関しては、同意でしかない。貴族が愛人を迎えるのは珍しい話ではない。しかしながら、もともといた妻と別れてまで、愛人を本妻にするというのは道理に外れている。

貴族の結婚は愛情をもって結ばれるものではない。一族の発展を願って成立させるものだ。

妻となる女性は別に愛さなくってもいい。けれども最低限の敬意を示し、愛人が妻以上の権力を持たせるような状況など絶対に許してはいけない。

「君がいなくなって初めて君の頑張りや努力、それからイーゼンブルク公爵家を支える力に気付いたんだ」

オイゲンは眦《まなじり》に涙を溜《た》めながら訴える。

「ヒーディとは別れるよ」

「お腹《なか》の子はどうなさるおつもりで？」

「それは……わからない」

「無責任かと思います。自分の子どもができたならば、最低でも成人するまで面倒を見る義務があるのでは？」

「ベアトリス、君が望むのならば、そうしよう」

オイゲンの的外れな言葉に、思わず顔を顰《しか》めてしまう。別に彼の人生に起こった物事の決定権に私が関与するつもりはないのだが。

「これまでの自分自身の言動は、信じられないものばかりだった。君をずいぶんと傷付けたように感じる」

今となっては、オイゲンが何を言ったとかどんな行動をしたとか、どうでもよくなっていた。私に関係のないことであれば、「ふーん」と一言で受け流せるくらいである。

「ベアトリス、生まれ変わった僕を傍《そば》で見ていてくれないか？」

「何をおっしゃって――」

私の言葉を制すように、オイゲンが叫んだ。

「ベアトリス、僕とやり直そう‼」

やり直すとは？　彼はいったい何を言っているのか。

私が言葉を失っているうちに、オイゲンは追い打ちをかけてきた。

「ベアトリスがいなくなってから、君への気持ちに気付いたんだ。本当に愛していたのはヒーディではなくベアトリスだったんだ」

オイゲンは立ち上がり、私のほうへと回ってくる。片膝《かたひざ》を突き真剣な眼差《まなざ》しを向けながら、彼はありえないことを口にしたのだ。

「ベアトリス、僕と再婚してほしい‼　愛しているんだ‼」

信じがたい訴えが耳に届いた瞬間、ゾッと背筋が凍る。

それだけでなく、くらくらと眩暈《めまい》を覚えた。

「どうか、頼む‼　一生のお願いだ‼」

オイゲンは深々と頭を下げ、懇願を繰り返す。

「この先、君以外は愛さない‼　僕は真実の愛に目覚めたんだ‼」

何を寝ぼけたことを言っているのか。

目を覚ませとオイゲンの頬を思いっきり叩《はた》きたいと思ったものの、ザルムホーファー魔法薬師長がいるのでそれもできない。

「次は君との間に、子どもを作ろう‼　きっと、天国で僕達を見守っているお祖父様《じいさま》も喜んでくれるはず‼」

お祖父様の名前を出されて、私の中で何かがブチッと切れた。

勢いよく立ち上がり、オイゲンを見下ろしながら叫んでしまう。

「あなたのほうから離婚を切り出したのに、再婚したいだなんて都合がいいことを言わないでください‼」

自分でも信じられないくらいの、悲鳴にも似た叫びだった。

オイゲンは私が拒否すると思っていなかったのか、驚愕《きょうがく》の表情を浮かべていた。

「ベアトリス、ぼ、僕は考え直したんだ。公爵である僕の妻には、君しかいない、のに……」

「いいえ、そんなことはありません。どうか、今後もヒーディとお幸せに」

「ベアトリス、気を確かに」

「同じ言葉をお返しします」

これ以上、彼に甘い顔を見せてはいけないだろう。さらに突き放すような言葉を浴びせた。

「二度と、私の前に現れないでください」

「ベアトリス、少し落ち着いて」

「落ち着くのはあなたのほうです。あなたは愛人であるヒーディと共に、酷《ひど》い言葉をぶつけて私をイーゼンブルク公爵家から追い出したのですよ。まったく、これっぽっちも覚えていないのですか？」

「いや、それは、誤解があって……」

何が誤解だ。怒りでぐっと拳《こぶし》を握った瞬間、ついにザルムホーファー魔法薬師長から止められてしまう。

「二人とも、冷静になってください」

ザルムホーファー魔法薬師長はオイゲンに下がるように言い、私にも別の部屋でお茶でも飲んだらどうか、と勧めてくれた。

しかしながら、一刻も早くここから離れたいと思い、お暇《いとま》させていただく。

「ザルムホーファー魔法薬師長、せっかくご招待いただいたのに、このような騒ぎを起こしてしまって申し訳ありません」

「いえいえ……。その、話し合いはまた、別の機会にでも……」

オイゲンと何か話すつもりなんてない。

けれどもこれ以上、ザルムホーファー魔法薬師長を困らせてはいけないと思って、本心にはぎゅっときつく蓋《ふた》をする。深々と会釈をし、客間を去った。

「ベアトリス、もう一度、もう一度だけ話し合おう‼」

オイゲンが未練がましく叫んでいるようだったが、きれいさっぱり無視をした。

足早にザルムホーファー侯爵家の玄関から出ると、背後より声が響き渡る。

「ベアトリス！　やはり今から話を――」

「イーゼンブルク公爵、困ります！　お客様を追いかけるのはお止《や》めください！」

使用人の制止するような声も聞こえた。今日はこれ以上、オイゲンと言葉を交わしたくなかった。

彼が私に追いつく前に、グリちゃんを呼ぶ。

『ぴぃ！』

グリちゃんはオイゲンの声を聞いて緊急事態だと思ったのか、すぐに飛んできてくれた。

使用人達がオイゲンを止めている間に、急いで鞍《くら》や手綱を付けて跨《また》がる。

「グリちゃん、お願い」

『ぴぃいい』

グリちゃんが飛び立とうとした瞬間、オイゲンが玄関に現れる。

「ベアトリス、待ってくれ‼」

待つわけがなかった。

グリちゃんの首回りに顔を埋《うず》め、オイゲンの姿が視界に入らないようにする。

空高く飛び、厚い雲でザルムホーファー侯爵邸が見えなくなった途端に、ホッと安心することができた。

まさか今日オイゲンと会うなんて、誰が想像できただろうか。

ザルムホーファー魔法薬師長は私を心配するのと同様に、オイゲンについても気にかけていたのだろう。それがこのような最低最悪の事態を招くことになるなんて……。

オイゲンが自らの行いを反省し私との離婚を後悔、さらに真実の愛に目覚めたのでヒーディと別れるなど、嘘《うそ》に決まっている。

きっと、都合よく家を盛り立ててくれた私と魔法薬師達がいなくなり、不便を強いられたので一芝居打ったのだろう。心優しいザルムホーファー魔法薬師長を騙《だま》してまで、そのような行動に出るなんて信じられなかった。

オイゲンについては考えても不快になるだけなので、頭の隅に追いやろう。

もう二度と会いませんように、と今は神頼みをするしかない。


帰宅後——お風呂《ふろ》に入って気持ちをスッキリさせる。

苛立《いらだ》ちを抑える薔薇《ばら》のバスボムを浮かべ、心身の不安軽減に効果があるカモミールの薬草茶を飲む。リンゴみたいに甘酸っぱい匂いが漂うカモミールの薬草茶は口にすると爽《さわ》やかな気分になり、心地よい薔薇の香りは私のささくれた心を癒やしてくれるような気がした。

その後、なんだかぐったりしたので、お昼寝をすることに決めた。

普段、昼間に寝ることなどないのでアライグマ妖精《ようせい》の三姉妹が心配してくる。

お風呂上がりは冷えるから、とお祖母様《ばあ》が愛用していたモコモコしたガウンを持ってきてくれた。

『辛《つら》いの？』

『苦しい？』

『元気な～い？』

「少し眠ったらよくなりますので」

そんな言葉を返しても、彼女らは心配そうに私を見つめてくるばかりだった。

『パン粥《がゆ》作る？』

『それとも果物がいい？』

『薬草茶を淹《い》れようか？』

「大丈夫。少し寝たら、しっかり夕食をいただきますので」

アライグマ妖精の三姉妹は私が元気になるよう、おいしい料理を作ると言ってくれた。

どんな料理を作ってくれるのか、楽しみにしておこう。

ムクとモコ、モフが去ったあとの部屋で、壁にかけてあったお祖父様の王室典薬貴族の証《あかし》である外套《がいとう》が目に付く。

処分するようにと頼まれていたのだが、実行できずにいた。

お祖父様は十年前、オイゲンの父親が死んだあと王室典薬貴族の座を国王陛下に返上した。

今思えば、どうしてそのタイミングだったのか謎でしかない。よほどショックだったのだろう、と周囲の者達は話していた。

けれども責任感の強かったお祖父様が、息子の死に耐えきれず大切な役目を手放すなんてことをするだろうか？

当事者でない私にはわからないことだけれど……。

今日、ザルムホーファー魔法薬師長と会話をして、彼を後継者にするために王室典薬貴族の座を明け渡したのではないか、と思った。

けれどもそうだとしたら、別のタイミングでもいいだろう。

すでにお祖父様は亡くなっているので、真実を知る術《すべ》はない。

ザルムホーファー魔法薬師長以外でお祖父様を知る人は――と考えた瞬間、エルツ様が思い浮かんだ。

すぐさま背後を振り返り、ドレッサーの引き出しの中にしまっていた通信魔法に使用する魔法の手鏡を取り出した。

今日、エルツ様も休日だったはず。藁《わら》にもすがるような気持ちで、私は魔法の鏡に向かって声をかけた。

「――エルツ様！」

「ん？」

鏡の向こうに、眼鏡をかけて鏡を覗《のぞ》き込むエルツ様の姿が映った。

「べ、ベアトリスか⁉」

「はい」

返事をするとエルツ様の姿は見えなくなって、ドサドサと何かが落下するような物音だけが聞こえる。

待つこと一分ほどで、再びエルツ様の姿が映った。先ほどの眼鏡は外されていて、いつものエルツ様である。

「すまない、ぼんやりしていたゆえ、変な姿を見せてしまった」

「眼鏡をかけた姿、とても素敵でした」

「そうか？」

「はい」

なんでもエルツ様は目が悪いらしく、普段は視力を矯正する魔法をかけているらしい。

休日の日は目を休ませるために、眼鏡でいるようだ。

「実を言えば、あまりベアトリスの姿が見えていなくて」

「どうぞ、おかけください」

「わかった」

再び、エルツ様は眼鏡をかけた姿で現れた。

「普段はどうして眼鏡ではないのですか？」

「一度クルツに老眼鏡のようだと言われてから、腹を立ててかけなくなった」

「そ、そうだったのですね。とてもお似合いですよ」

「これからはベアトリスの言葉だけを信じ、生きるようにする」

先ほど、オイゲンが私の意見を聞き入れることに対して不快感しか覚えなかったのに、こうしてエルツ様が言ってくれることは嬉《うれ》しく感じる。

不思議なものだ、としみじみ思ってしまった。

「それよりも、何か話があったのではないか？」

「ええ、そうなのですが、今、お時間は大丈夫ですか？」

「問題ない」

感謝の気持ちを伝えたのちに、お祖父様についての話をエルツ様に聞いてみた。

「何から話せばいいのかわからないのですが、今日、ふと、祖父はどうして王室典薬貴族の座を明け渡したのか、と気になってしまいまして」

「ああ、その件か」

「祖父は何か、周囲の者達に辞める素振りなど見せていましたか」

エルツ様は顎《あご》に手を添え、しばし考えるような素振りを取る。

「――いいや、そのようなことは一言も申していなかった気がする。それどころか、グレイの長男は病弱だから次の代は孫であるオイゲンになるかもしれない、とも言っていた記憶がある」

そんな話をしていたのは、今から十五年ほど前の話だったらしい。ちなみに父は魔法薬師としての適性がなく、後継者候補から外れていたという。

「まだ、オイゲンの父である伯父が生きていた頃の話ですね」

「そのようだ」

かつてのお祖父様は、オイゲンが将来、王室典薬貴族となることを意識していたようだ。

「祖父は伯父に王室典薬貴族の当主を務めさせる未来でなく、その先の世代であるオイゲンに継がせるよう考えていたのですね」

「みたいだな」

十五年前といえば、オイゲンはまだ八歳。お祖父様も彼に期待を寄せていたのだろう。

「それから五年経った十年前――十三歳となったオイゲンを王室典薬貴族に相応《ふさわ》しくない、と判断したのでしょうか？」

伯父が亡くなった当時、オイゲンは中等教育機関《ミドルスクール》に通っていた。

魔法薬師の教育課程は初歩中の初歩。本格的に習うのは十五歳からだ。

成績だってそこまで悪いものではなく、その当時はオイゲンも熱心に勉強していた、なんて話も聞いていた。

そのタイミングで、お祖父様はオイゲンに見切りを付けてしまったのだろうか。

現在のオイゲンを見ていたら、お祖父様の判断は正しかったと言わざるをえないが……。

ただ、時期尚早でないのか、とも思ってしまった。

彼が魔法学校に通うことを拒否し、屋敷で家庭教師をつけていた時代に判断するのならばまだわかるのだが……。

「それについては、私も引っかかる部分があった」

エルツ様は腕組みし、険しい表情を浮かべる。

「この話は他言するつもりはなく、墓場まで持っていくつもりだったのだが……仕方がない」

いったいどんな秘密を抱えていたのか。困惑と苦悩の狭間《はざま》にいるようなエルッ様の表情を見るのは初めてだった。

「私が聞いてもよろしいのでしょうか？」

「いや、まあ、ふむ……そうだな」

エルッ様は珍しく、歯切れの悪い物言いをする。

「直接的に関係ないことであれば、無理をして言わなくても」

「いいや、聞いてくれ。この件については、私もずいぶんわだかまりとして胸に残り、スッキリしていなかったものだから」

エルッ様は盛大なため息を吐《つ》いたあと、長年、心に秘めていたことを打ち明けてくれた。

「実を言えば、グレイはそなたと私を結婚させるつもりだったらしい」

「なっ⁉」

そんな話など、一度も聞いていない。

「やはり、そなたは聞いていなかったのか」

「はい」

なんとお祖父様は、十五年ほど前に私とエルッ様を結婚させようと画策していたのか。

「グレイは勉強の時間以外は、ほぼほぼそなたの話をしていた。それで私がそなたに興味を示すようになった時点で、婚約をしてみないか、と持ちかけてきたのだ」

お祖父様は私の両親にはすでに許可を得ていて、知らないのは私だけだったようだ。

おそらくだが、私が結婚適齢期になったら話すつもりだったのだろう。

貴族女性の結婚なんて、そんなものなのだ。

「そういえば、社交界デビューのさいに、祖父と一緒にエルツ様の肖像画を見に行ったんです。あれは意味があることだったのですね」

「私の肖像画だと？」

「はい、とても大きいものが、王宮に飾られていまして――」

エルツ様は王宮に自身の肖像画があることを把握していないようだった。

そんなことはひとまず措《お》いておいて。

お祖父様がエルツ様の肖像画を見せたのは、お見合い的な意味があるものだったのだろう。

「私は一人前の魔法薬師となったそなたとの婚約を結ぶのを心待ちにしていた。それなのに突然、グレイからベアトリスはオイゲンと結婚させることにした、と告げられて――」

お祖父様がエルツ様と私を結婚させたいと望んでいたことに関して、書類の一つも交わしていなかったようだ。それは私が次男の娘で、結婚したいと名乗り出てくる者などいないと判断していたからに違いない。

「私はすっかりそなたと結婚するものだと思っていたから、とてつもなく驚いた」

なんでもそれまで数回、結婚話が浮上していたようだが、すべて断っていたらしい。

婚約者でもなんでもなかったのに、そこまでしてくれていたとは……。

「そのときの私は、そなたと結婚すること以外、考えていなかった。だから考え直すように言っても頑固なグレイは決して頷《うなず》かなかった」

突然の裏切りに、エルッ様はたいそうお怒りだった。絶対に許さない、地の果てまで追いかけてでも抗議するつもりだったようだ。

けれどもその後、お祖父様が王室典薬貴族の座を明け渡し、王宮を去った。何度手紙を送っても無視され、面会は一度も叶《かな》わなかったという。

そこまでしてエルッ様は、もう何を言っても無駄なのだと気付いたらしい。

「結婚の話を反故《ほご》にされ、オイゲンとそなたが結婚したあとも私は誰かを妻に迎えようとは考えられなかった」

まさか、お祖父様のせいでエルッ様が今でも独身だったなんて申し訳なくなってしまう。

「なんとお言葉をかけたらいいものなのか」

「少しでも私が哀れで気の毒な男だと思うのならば、ベアトリス、そなたが責任を取ってくれ」

「せ、責任ですか？」

賠償金でも払わなければいけないのだろうか。生涯かけても払いきれるか不安になる。

それでエルッ様の傷ついた心が癒やされるのならば、私はお祖父様の代わりに責任を取るべきなのだろう。

「そう、ですよね。本来であれば、エルッ様は後妻をお迎えになっていてもおかしくなかったのに」

「ん、後妻だと？」

「はい。クリスタル・エルフの始祖たるエルツ様と結婚したいという女性は、大勢いらっしゃるはず……。その機会を潰《つぶ》してしまい申し訳ないです」

エルツ様はポカンとした表情で私を見つめている。別におかしなことは一言も言ってないはずなのだが。

「私ができることであれば、魔法薬でも賠償金でも、ご用意いたします」

「待て待て待て待て！　何やらそなたは大きな誤解をしているようだ」

「誤解、ですか？」

「ああ、何から誤解を解けばよいのやら」

もしかすると手鏡越しに話すような内容ではないのかもしれない。

「あの、今日でなくてもいいのですが、直接会ってお話しできますでしょうか？」

「ああ、そのほうがいいかもしれん。場所は――」

「私の家にいらっしゃってください」

「そなたの、家だと？」

「はい。私以外の耳目などありませんので」

「しかし、そなたは家に誰も入れたくないのだろう？」

「エルツ様であれば、いつでも歓迎いたします」

「そうか……」

これまで眉間《みけん》に皺《しわ》が寄っていたエルツ様だったが、表情が和らぐ。

「日を改めたほうがいいだろうか?」

「いいえ、都合がよろしければ今日にでもお越しください」

「では、お邪魔させていただこう。して、そなたの家のある場所は——」

「グリちゃんを迎えに行かせます」

「わかった」

「今、どちらにいらっしゃいますか?」

「王宮だ」

なんでもエルッ様は、王宮に私生活を送れるような部屋が用意されているらしい。

さすが、王室典医貴族である。

「バルコニーがあるから、そこにいれば気付くだろうか?」

「ええ。そのように、グリちゃんに伝えておきます」

「では、またのちほど」

「はい」

ここで通信が途切れる。

そんなわけで、隠者の住まい《エルミタージュ》に初めてのお客様を招き入れることとなる。その相手がまさかエルッ様になるなんて。

動揺している場合ではない。エルッ様をお迎えする支度をしなければならないだろう。

急いで一階に下りて、アライグマ妖精《ようせい》の三姉妹にエルッ様がやってくることを伝えた。

「エルッ様に料理をふるまいたいのですが、よろしいでしょうか？」

もちろんだ、と頷いてくれた。

調理を手伝おうとしたところ、ムクとモコ、モフは首を横に振る。

『それよりも、着替えなきゃ』

『寝間着だよ』

『ドレスを着て～～』

そうだった。今現在の私は人に会える恰好《かっこう》ではなかった。

いや、もうすでにエルッ様と手鏡を通じてこの姿を晒《さら》している。今になって恥ずかしさがこみ上げて頭を抱えてしまった。

前回も似たような失敗をしていたというのに、まったく学習していない。

アライグマ妖精の三姉妹のお言葉に甘え、一刻でも早く身なりを整えさせていただこう。

ドレスは木蔦《アイヴィ》色のものを選び、化粧も普段より丁寧に仕上げた。

髪は三つ編みのおさげにして、後頭部でまとめる。

いささか地味ではあるものの、自宅にいるのに気合いが入りまくった姿でいるのはおかしいので、これくらいでよしとしよう。

掃除は普段から綿埃《わたぼこり》妖精がしてくれているので大丈夫。

他にもテーブルクロスやクッションカバーを変えたり、窓を全開にして空気の入れ換えをしたり、庭で摘んだサイネリアを花瓶に活《い》けたり、とささやかではあるが過ごしやすい空間にしてみた。

あとはどうしようか。

これまで魔法薬師としての仕事に専念するあまり、客人を招いてもてなすことなど、なかったような気がする。

何をすればいいのかわからなくなり、頭を抱えてしまった。

おろおろしている私に、セイブルが声をかけてくる。

『ベアトリス、今日獲《と》った獲物を、リス妖精に解体してもらったぜ！』

「まあ！」

それはむくむくと肥えたカモだった。なんでも近くにある湖にたくさんいたらしい。

「セイブル、あなた、日に日に猟の腕前が上がっているようですね」

『ふふん、だろう？』

ありがたくカモをいただき、私も何か一品作らせていただこう。とは言っても、時間がないので凝った料理はできない。今からできるものといったら、丸焼きくらいだろう。

台所では、アライグマ妖精の三姉妹による料理が続々と完成しつつあった。

「ねえ、モコ、キッチンストーブを借りてもいいでしょうか？」

『もちろん！』

カモのお腹に乾燥させたオレガノと塩、ジャガイモ、ニンジン、セロリ、ニンニクを詰め、紐《ひも》でぐるぐる巻きにして解けないようにする。表面にオリーブオイルとタイムやローズマリーなどの薬草や塩、コショウを揉《も》み込んで、キッチンストーブでこんがり焼いていく。

魔法の窯は食材が焦げないような強い火力を出すことができるので、十分ほどで焼き上がった。

あとは、摘み立ての薬草を使ってお茶を淹れておこう。

先ほど言葉を交わしたエルツ様の声が、少し嗄《しわが》れているような気がしたので、喉《のど》の痛みを抑える効果があるセージを選んでみた。

そうこうしているうちに、私の目の前に魔法陣が突然現れる。そこには、エルツ・フォン・ヴィンダールストの侵入を許しますか、と古代文字で書かれていた。

もちろんと答えると魔法陣は光り輝き、入場を許可しました、という文字が浮かび上がる。

外で『ぴいいいい！』というグリちゃんの鳴き声が聞こえた。

急いで外に出ると、エルツ様が玄関先に立っていた。

「エルツ様、ようこそおいでくださいました」

「ああ」

エルツ様が土産だ、と言って差しだしてくれたのは、軟膏《なんこう》にしたら美肌効果が期待できるセラム草の束だった。

「そなたは普通の花束よりも、こういった品のほうが喜ぶと思って」

「ありがとうございます、嬉《うれ》しいです」

セラム草の旬は春先なので、これはたぶん温室で育てられた稀少《きしょう》な品なのだろう。

「ここは美しい場所だな」

「ありがとうございます。祖父から引き継いだ、イーゼンブルク公爵家のはじまりの場所なんです」

「そうだったのか……。そなたが他人の侵入を許さなかった理由がよくわかる」

ここはイーゼンブルク公爵家の歴代当主が宝物のように守ってきた。今後もたくさんの人々を招くような場所にはならないだろう。

「本当に、私が踏み入れてよかったのか？」

「はい。エルツ様ならば問題ありません」

「それは光栄――」

エルツ様は眉間に皺を寄せ、苦しげな表情を浮かべる。

「エルツ様、どうぞ中へ。喉にいい薬草茶をご用意しております」

「う……なぜ、喉の調子が悪いと見抜いた？」

「お話ししているときに、少し声が嗄れているように感じましたので」

「さすが、私の専属魔法薬師だ。何もかもお見通しだというわけだな」

〝私の専属魔法薬師〟という言葉を聞いて、盛大に照れてしまう。エルツ様に悟られないよう、家の中へと招いた。

「洗面所はあちらにございます。手を洗って、うがいをしたほうがいいかもしれません」

「わかった、感謝する」

食事を薬獣が用意した、と言うとエルツ様は喜んでくれた。

「少し早い夕食となりますが、よろしいでしょうか」

「今日は何も口にしていなかったゆえ、ありがたいくらいだ」

「また、何も召し上がっていらっしゃらなかったのですね」

「休日はついついぼんやりしていて、一日中魔法書を読んで過ごしてしまうのだ」

つまり、勤務日で私が食事を勧めなければ、何も食べていないことになるのではないか。

エルツ様が体調不良を訴えてばかりだったのは、忙しさもあるのだろうが不健康な生活のせいだったのだろう。

テーブルに次々と料理を運ぶ。

牡蠣《かき》のテリーヌに芽キャベツのスープ、ザリガニのフライに、ジャガイモのプディング――とアライグマ妖精の三姉妹はごちそうを用意してくれたようだ。

それに、私が焼いたカモの丸焼きが追加となる。

エルツ様はアライグマ妖精の三姉妹に紳士的に挨拶《あいさつ》をし、食事を作ってくれてありがとう、と感謝の気持ちを伝えていた。

まさか話しかけられるとは思っていなかったのだろう。ムクとモコ、モフは嬉しそうだった。

牡蠣のテリーヌはクリームのようになめらかで、芽キャベツのスープはショウガが利いていて体がポカポカ温まる。ザリガニのフライは特製タルタルソースでいただくのだが、衣はサクサク、身はプリプリで最高の味わいだ。ジャガイモのプディングは表面はカリカリ、中はほっくりで、底にはアーモンドがアクセントとして入っていた。ザクザクとした食感が楽しく、香ばしい風味があっておいしい。

アライグマ妖精の三姉妹の料理の腕は日々成長しているようで、貴族の屋敷で働く一流料理人が

作ったと言っても過言ではない。

エルツ様も料理を絶賛していた。

「このカモは、家を守護する妖精が獲ってきてくれたんです」

「かなり優秀な狩人《かりゅうど》だな」

「本当に」

カモの丸焼きはナイフを入れると肉汁がじゅわっと溢《あふ》れる。お腹の中に詰め込んだ野菜はカモの旨《うま》みをこれでもか、と吸い込んでいた。カモの皮はパリッパリで、肉はほんの少しだけ硬いものの噛《か》めば噛むほど味わい深く感じる。庭で採れた薬草が、食材の魅力を最大限にまで引き出してくれるような気がした。

エルツ様はいつもより食が進んだようで、食べ過ぎてしまったと言う。

「不思議だな。独りだと食欲なんてまったく湧かないのに、そなたと一緒にいると、たくさん食べてしまう」

「私がいなくても、たくさん食べなければなりませんよ」

「わかっているが、どうしても食事について失念してしまうのだ」

千年も生きていると、一日三回の食事がおろそかになってしまうのだろうか。

よくわからない。

食後は客間に移動し、レモングラスと蜂蜜《はちみつ》で作った薬草サイダーを囲む。

しばらく楽しく会話をしていたものの、本題に移らないといけないだろう。

「エルツ様、その、先ほど魔法の手鏡を通じて交わしたことについて、お話ししたいのですが」

「そうだったな」

エルツ様は「は————」と盛大なため息を吐《つ》いたのちに、話し始めた。

「まず、はっきり言っておくが、私はこれまで一度も結婚していない。それゆえ、後妻を迎える云々《うんぬん》は見当違いの話になる」

エルツ様はクリスタル・エルフの始祖で、エルフ族以外の貴族女性と結婚し今に至るのではないのか。貴族女性は人間なので、千年経った今は生きているわけがなかった。

「もしかして、千年前は結婚をされていなかった、ということですか？」

愛する女性との間に子どもをもうけるばかりで、婚姻は交わしていなかったのか。それだと結婚していない、という主張は理解できる。

「いいや、違う。そもそも、私は千年も生きていない」

話がこんがらがってきた。

一度頭の中を真っ白にして、エルツ様の話をじっくり聞いたほうがいいのだろう。

「ベアトリス、そなたは私をクリスタル・エルフの始祖であるエルツ・フォン・ヴィンダールストだと思っているのだろうか？」

「違うのですか？」

「違う。私は二十九年前にこの世に生を受けた、エルツ・フォン・ヴィンダールストと同じ名を与えられた者に過ぎない」

まさかの事実に、後頭部を金槌《かなづち》で打たれたような衝撃を受けてしまう。

「つ、つまり私は、ずっと人違いをしていた、というわけですか？」

「そうなる」

わからないことがまだまだたくさんある。

まず、エルツ様の耳について。同じクリスタル・エルフのクルツさんの耳は尖《とが》っていたものの短かった。人間との婚姻を重ねていくうちに、エルフの血が薄くなっている、という話を聞いていた。

一方で、エルツ様の耳はナイフみたいに長く、純血種のエルフのようだった。

「エルツ様の耳はなぜ、そのように長いのでしょうか？」

「これは先祖返りだと言われている」

なんでも数世紀に一度、魔力が高い者が生まれることがあったらしい。その者は長いエルフの耳を持って生まれるのだとか。そういう人々をヴィンダールスト家では先祖返りと呼んでいるという。

「もしや、私が王宮で見た肖像画というのは、エルツ様ではなく――」

「始祖のほうだろうな。私は肖像画を描くよう依頼した覚えはないから」

見間違えるほどそっくりなのも、先祖返りの一環なのだろう、とエルツ様は話す。

「なるほど。そなたはずっと、私を千年以上も生きる化石のようなクリスタル・エルフの始祖だと思っていたわけか」

「いえ……そこまで考えてはいませんでしたが」

エルツ様は悲しげな表情を浮かべ、遠い目をする。

「クリスタル・エルフの始祖が千年もの間、王室典医貴族の長を務めていた、という話を耳にしていたものですから余計にそのように思い込んでいたのかもしれません」

「代替わりをしたのは三年前だ」

「そうだったのですね」

名前も顔立ちもそっくりなので、エルツ様に代わったと把握する者はそこまで多くないらしい。

「まあ、着任式はしなかったし、知らないのも仕方がない話だろう。あのオルコット卿《きょう》ですら、私を大魔法医などと呼んでいたからな」

大魔法医、というのは千年もの間王室典医貴族であり続けたクリスタル・エルフの始祖への尊敬を含めた呼び方だったようだ。

「オルコット卿ですら、エルツ様をクリスタル・エルフの始祖だと思っていらっしゃったのですね」

「あの者はずっと北の辺境にいたからな。気付かないのも無理はない」

エルツ様はこれまで何度も、クリスタル・エルフの始祖に勘違いされていたらしい。そのため、途中から訂正するのが面倒になったようで、今はそのままにしているパターンがほとんどだったようだ。

「私の名付け親はクリスタル・エルフの始祖だ。もしかしたら、便利屋扱いされるのに飽き飽きして、自分の代わりとして育てようと思ったのかもしれない」

高い魔力を持って生まれたエルツ様は、クリスタル・エルフの始祖のもとで育てられたという。

「クリスタル・エルフの始祖は大変な変わり者で、何を言っているのか理解できないことがありすぎて、私はとんでもなく苦労した。しだいにバカらしくなって、何もかも投げ出しそうになったときに、グレイと出会ったのだ」

クリスタル・エルフの始祖はとてつもない速さで知識をエルツ様に叩《たた》き込《こ》もうとしていたようだが、それを見たお祖父様が待ったをかけたらしい。

「それ以降、魔法薬に関しては、グレイが教育を担当するようになった。彼は厳しかったが、クリスタル・エルフの始祖と違ってめちゃくちゃなことは言わないし、道理にかなったわかりやすい説明で私の理解が遅くとも咎《とが》めたりはしなかった」

エルツ様はお祖父様を心から尊敬していたという。

「堅物なグレイが唯一表情を和らげるのが、ベアトリス、そなたについて話をするときだけだった」

「祖父はいったい何を話していたのですか？」

「そなたが絵本を読めるようになったという話だったり、木登りが上手だという褒め言葉だったり、まあ、いろいろだ」

「えーっと、つまり、身内の自慢話を聞かされていたのですね」

お祖父様に褒められたことなんてほとんどないのに、まさかエルツ様相手にそんな話をしていたなんて。恥ずかしくて、穴があったら入りたい気持ちになる。

「年を追うにつれて優秀な魔法薬師になるであろう、という話題もあったが」

話しながらデレデレしていたというが、お祖父様の甘い表情というのがまったく想像できなかった。思い返してみると、エルツ様がクリスタル・エルフの始祖でないことに関する情報はいくつかあった。

一つはエルツ様と初めて会ったときに聞いた、お祖父様との付き合いは七歳くらいの頃からというお話。もう一つはクルツさんが、エルツ様は先祖返りだと口にしていたこと。

どちらも話を聞いている最中にトラブルがあったので、気づけなかったのだろう。

時が経つうちにすっかり忘れ、たった今、思い出したのである。

「ずっと勘違いをしてしまい、申し訳ありませんでした」

「謝る必要はない」

「ありがとうございます」

エルツ様はとても寛大で、私の先走った間違いを許してくれた。

「そなたの態度が、少しかしこまりすぎていたのは日々感じていた。それがまさか、勘違いをされていたからだったとは」

「それはその、クリスタル・エルフの始祖だからとか関係なく、エルツ様への尊敬心からの行動でした」

慌てて弁解したが、エルツ様の眉間《みけん》に皺《しわ》が寄ってしまう。

「必要以上の距離があったのは？」

「そちらは、その、意識はしていなかったのですが、そうなってしまったのは、クリスタル・エルフの始祖だから、かもしれません」

エルツ様は千年以上も生きている遠い遠い存在で、私なんかが近付いていいとは思っておらず、無意識のうちに距離を取っていたのかもしれない。

「ベアトリス、これからは肩の力を抜いて、ごくごく自然に接してほしい」

「それは――」

「頼む」

まっすぐな瞳《ひとみ》で見つめられると、何も言えなくなる。

「その、最大限、努力いたします」

なんとか振り絞るように言葉を返すと、エルツ様は雪解けを誘う太陽の微笑《ほほえ》みを返してくれた。

キンと冷え切った中に立たされていたような人生を歩んでいた私には、とてつもなく眩《まぶ》しすぎる。

この先、穏やかな心でエルツ様の傍に侍ることなどできるのだろうか。

あまり自信がなかった。

エルツ様がクリスタル・エルフの始祖ではないとわかった。それだけでなく、お祖父様がエルツ様と私を結婚させようと計画を立てていたらしいのだ。

けれどもお祖父様はエルツ様と私の婚約を突然取りやめ、オイゲンと婚約させた。

この件に関しては、いささか不審である。

「王室典薬貴族を返上した件と言い、結婚の件と言い、グレイらしくない行動を繰り返していたようだ」

それの始まりは、すべて伯父の死からだった。

「伯父様が亡くなったことにより、お祖父様の中にあったなんらかの計画が狂ってしまった、ということなのでしょうか？」

「そうだとしか思えない」

問題はそれだけではなかったようだ。

「そなたに話すか迷っていることなのだが――」

「お祖父様に関係のあることであれば、お聞かせいただけますか？」

「耳に痛い話かもしれない」

「それでも、受け止めます」

「ならば、話そう」

エルツ様は深刻な様子で打ち明ける。

「グレイが病に倒れたさい、まっさきにクリスタル・エルフの始祖が診察したいと名乗り出た。しかしながら、グレイは拒否したのだ」

お祖父様が国で一番の魔法医であるクリスタル・エルフの始祖の診察を断っていたとは。もしも的確な治療を受けていたら、病気が治っていたかもしれないのに。

すでに過ぎてしまったこととはいえ、悔しく思ってしまう。

「当然ながら、私の診察をさせてくれという要望も取り合わず、イーゼンブルク公爵家に近付くことすら許可されなかった」

納得いかなかったクリスタル・エルフの始祖が、お祖父様のもとに押しかけて理由について問いただしたらしい。

「グレイは諦《あきら》めたように、己を蝕《むしば》む病は自分自身の罪だ、と言ったようだ」

「罪……ですか？」

お祖父様がなんらかの罪を犯していたとはとても思えない。

それに関しては、エルッ様も同じ意見だという。

「なんとかしようと、私やクリスタル・エルフの始祖は行動を起こした。けれども何もできないまま、グレイは命を散らしてしまった……」

振り返ってみると、病に臥《ふ》した祖父はすっかり意気《いき》銷沈《しょうちん》していて、伯父が迎えにくるのだ、という話を繰り返した。

毎日のように作っていたエリクシールも、本当に飲んでいたか怪しい。

エリクシールの空き瓶を回収しようとしたら、執事が頑《かたく》なに拒否していたのもずっと引っかかっていた。

もしかしたらエリクシールは飲まずに、どこか別の場所へ隠していた可能性もある。

「それにしても、祖父の言っていた罪とはいったいなんなのでしょうか？」

「わからない。おそらく誰かの罪を、自分のもののように感じ背負っていただけのように思えるが」

エルッ様はお祖父様が亡くなったあとも、この件に関しては風化させるつもりはなかったらしい。

「月に一度ほどになるが、時間を作ってグレイについて調査をしていた」

ただお祖父様の交友関係は、伯父が亡くなってからというもの極めて狭くなっていたらしい。誰に会っても「よくわからない」、という言葉しか返ってこなかったようだ。

心当たりはすべて調べ尽くしたようで、お手上げ状態だという。

「イーゼンブルク公爵家に、何か情報が残っていないでしょうか？」

「今、あの家に行くのは危険極まりないだろう」

「私がオイゲンの気を引きつけている間に、エルツ様が調べることはできませんか？」

お祖父様の書斎はそのまま残っていると思われる。

「書斎の鍵《かぎ》はイーゼンブルク公爵家の庭にある、ワイルドストロベリーの鉢の下に隠されているんです」

オイゲンはお祖父様の書斎に何か価値のある財産が眠っているのではないか、と信じて疑わなかったようだが、中にあるのは私やオイゲン、伯父の肖像画と魔法薬に関する書物があるばかりだ。

荒らされたくなかったので、オイゲンに鍵の在りかは知らせなかったのである。

「鍵の場所がわかるならば、私が単独でイーゼンブルク公爵家を訪問し隙を見て調べてこよう」

「いいえ、エルツ様だけに、そのようなことをさせるわけにはいきません」

一緒に協力してやりましょう、と提案するとエルツ様は目を丸くしてこちらを見てくる。

「そなたはあの男が恐ろしくないのか？」

「恐ろしいです。けれども他人の家に忍び込んで、情報を探るほうがもっと恐ろしいと思います」

もしも見つかったら、大変な事態になるだろう。

エルツ様だけに罪を被《かぶ》せるわけにはいかない。そう思って、私もオイゲンと対峙《たいじ》し時間稼ぎをすると宣言した。

エルツ様は目を見張り、私を褒めてくれた。

「そなたは、とてつもなく勇敢だ」

「私にはもったいないお言葉です」

そんなわけで、イーゼンブルク公爵家に一度探りを入れることとなった。


エルツ様が帰ったあと、私はすぐにオイゲン宛てに手紙を送った。

そこには今日は気が動転し、酷い言葉をぶつけてしまった、という心にもないことを書《か》き綴《つづ》る。

騙《だま》すような手紙を書いて良心がズキズキ痛むものの、お祖父様が残した謎を解明するために必要だと自らに言い聞かせる。

もしかしたらオイゲンは私に腹を立てて、手紙を無視するかもしれない。そう思っていたのだが、郵便省の私書箱に返事が届く。

オイゲンからの手紙には私に会いたかった、愛しているという目にしたくもないメッセージが書かれていた。

それらは読まなかったこととし、大事なところだけしっかり目を通す。

オイゲンは私との面会を望んでいた。いつでもいいので来てほしい、とある。

すぐさま私はエルツ様に報告し、イーゼンブルク公爵家を訪問する日を決めた。

一週間後――私は久しぶりにイーゼンブルク公爵家を訪れる。緑豊かで美しかった庭の草花は枯れ果て、屋敷には不気味な枯れ蔦《つた》が絡みついていた。

庭に人の気配はなく、まるでおばけ屋敷である。

たった数か月でここまで荒れ果ててしまうのか、と信じられない気持ちになった。

庭の草花はそれぞれ高価で稀少《きしょう》な物もあった。

けれどもオイゲンは価値を把握していなかったようで、放置していたみたいだ。

正直ありがたい。

お祖父様の書斎の鍵が隠されたワイルドストロベリーの鉢もそのまま置かれてあったので、無事鍵を回収できた。

裏庭でエルツ様と一時的に合流し、鍵を手渡す。

「祖父の書斎は二階の西側にある、獅子《しし》のノッカーがある部屋です」

「わかった」

「屋敷に入ったら一階の窓を開けておきますので、そこから侵入してください」

もしも調査が終わったら、使い魔であるブランを寄越《よこ》してくれるらしい。

窓を三回、嘴《くちばし》で鳴らす音が撤退の合図だとか。

別れ際に、オイゲンとの面会は無理しないように、とエルツ様は言ってくれた。

「手を、いいだろうか？」

「は、はい」

手を出しかけたものの、薬草を摘んで緑色に染まった指先が目に付く。

私の手を見たオイゲンに、気持ち悪いと言われたことを思いだしてしまったのだ。

「どうした?」

「いえ、私の手は緑色に染まっていて、見ていて気持ちのいいものではないので……」

「別になんともない。毎日薬草を扱う魔法薬師ならば、そうなるのは不思議ではないだろうが」

エルツ様はあまり気にするなと言って、優しく握る。

緑色に染まった手を、働き者の手だとも、気持ち悪いだとも言わずに、ごくごく当たり前のものとして受け取ってくれた。

それがどれだけ嬉《うれ》しかったか、言葉にできない。

私が心の奥底で求めていたのはこの言葉だったのだ、と気づかされた。

エルツ様は私の手を握ったまま、何やら呪文を唱える。手のひらに魔法陣が浮かび上がった。

「あの、エルツ様、こちらはなんでしょう?」

「お守りだ。私の名を呼んでくれたら、すぐに駆けつけるから」

「ありがとうございます。とても心強いです」

オイゲンと会わなければならない私に、祝福を施してくれたらしい。

温かな心遣いであった。

ひとまずエルツ様はここで待機。私はオイゲンと面会の約束を果たすため、玄関のあるほうへ向かう。

それにしても、屋敷の外観は酷いありさまだ。窓には蜘蛛《くも》の巣《す》が張られていて、ガラスも曇っている。レンガには苔《こけ》が張り付き、劣化も激しい。

どこもかしこも美しかった屋敷は、見るも無惨な状況と化していた。

屋敷の様子に戦々恐々としつつ、扉をコツコツ鳴らした。

いつもならば使用人が出てくるのに、その気配はまったくない。

「ごめんください」

声をかけても反応はなかった。仕方がないと思い、勝手に中へと入らせていただく。

毎日手入れされていた絨毯《じゆうたん》は汚れ、一歩進んだだけで埃《ほこり》が舞う。

庭同様、人がいるような気配はまったく感じられなかった。

魔法薬師達同様に、庭師や使用人達もこの家を離れたのかもしれない。

使用人の代わりに、どぶネズミがタッタカ走っているのを目撃する。

クモやムカデなども、我が物顔で床を這《は》いずり回っていた。

これが家猫妖精《ようせい》であるセイブルの守護がなくなった屋敷なのだ。

途中、ケホケホと咳《せ》き込みながら、窓を広げる。外から流れてくるのは、食材が腐ったような臭い。まったく空気の入れ換えにはならなかった。

ここからエルツ様が入ってくることを考えると、心から申し訳なくなる。はあ、とため息を一つ零《こぼ》し先へと進んだ。

それにしても、オイゲンはいったいどこにいるのか。一階にある客間にはいなかった。

今日、訪問することは手紙で伝えていた。懐中時計で確認したが、すでに約束の時間は過ぎている。もしや、二階にある私室にいるのか。

盛大なため息と共に、階段を上っていった。オイゲンの私室なんて、夫婦であったときですら近付かなかったというのに。

二階の廊下を歩いていると、声が聞こえた。何やら大変盛り上がっているように聞こえる。

声のもとを辿《たど》っていくと、寝室に行き着いた。

「やだー、公爵様ったら」

「いや、本当だ。いずれここは元通りになる。あの女、ベアトリスさえ戻ってくればな！」

寝室の扉は僅《わず》かに開いていて、会話は筒抜けだった。

男性の声はオイゲンだろうが、もう片方はヒーディではないようだ。何やらキャッキャと楽しそうだが、ここに彼らがいたら、エルツ様が調査する妨げとなるだろう。

心を悪魔にして、扉を叩《たた》いて中へと入った。

「オイゲン、そこにいるのですか？」

カーテンが閉ざされ、薄暗い寝室に侵入する。そこにはあろうことか、着衣が乱れた男女が横たわっていた。

「きゃあ！」

「な、なんだ、お前は！」

「なんだって、今日、面会の約束をしていた者ですけれど」

「べ、ベアトリスか‼」

女性はメイドだったらしい。私を見た途端に毛布に包《くる》まってしまったが、エプロンドレスが寝室に脱ぎ捨てられていた。

「オイゲン、これはいったい――？」

「ち、違うんだ！」

「違う？」

「あ、ああ、そうだ。この女が、僕が昼寝をしていたところに潜り込んできただけなんだ」

最悪なことに、オイゲンは毛布に包まっていたメイドに今すぐ出て行くよう命じる。

「こ、公爵様、さっきまでとっても優しかったのに、どうして突然、酷いことを言うのですか？」

「うるさい‼　いいから僕の前から消えていなくなれ‼」

メイドは眦《まなじり》に涙を浮かべながら、部屋を去っていく。

その様子を見たオイゲンは、勝ち誇ったようだった。

「ベアトリス、すまない。狼藉《ろうぜき》者が潜り込んでいたようで」

「あら、そうだったのですね」

いくら私でも、ここで何があったかわからないほど鈍感ではない。来客があるとわかっていながら、どうしてこのような行為を働けるのか。信じられない気持ちになる。

オイゲンは服の乱れを直したが、ボタンすら自分で留められないようで、ちぐはぐだった。

きっとこれまで、自分の身の回りのことはすべて従僕にやらせていたのだろう。服すらまともに着ていないのに、オイゲンはキリリとした表情で言った。

「ベアトリス、これからは僕達の時間だ」

全身に鳥肌が立って、ここから逃げ出したくなった。

「ベアトリス、ここでいいだろうか？」

オイゲンは寝台の端に座り、隣をぽんぽん叩いて誘ってくる。いいわけがなかった。

「君との初夜を行っていないことを、ずっと後悔していたんだ。あのときの僕は、ヒーディに騙されていたんだよ」

彼はいったい、何を言っているのだろうか。初夜にオイゲンが私に言った言葉は、一言一句覚えている。

――お前を本当の妻にするつもりはない！　真なる妻はこのヒーディだ！

私は寝室から追い出され、裸足《はだし》で屋敷の廊下をとぼとぼ歩いたのだ。そのときの惨めな自分自身を思い出してしまい、なんとも言えない気持ちになる。

「そういえば、ヒーディはどこにいるのですか？」

「ああ、彼女は追い出してやったよ」

「そんな……妊婦を追い出すなんて」

「あ、いや、別宅に移ってもらっただけだよ」

彼の言う〝別宅〟とは、私から取り上げた元実家である。ヒーディは生活の拠点を移したようだ。

この屋敷の荒《すさ》んだ環境を見たら、それが正解なのではないかと思ってしまった。

おそらくだが、オイゲンはヒーディとの関係を切ったわけではないのだろう。いいように言いくるめて、拠点を移しているだけなのだ。何もかも、想像していたとおりだった。

オイゲンはいつになく真面目な表情で、私に訴えてくる。

「ベアトリス、あの日の初夜を今日やり直そう」

ぞわりと悪寒が全身を駆け巡る。彼とそのような関係になるなど、死んでもお断りだ。

オイゲンが手を伸ばしてきたので、即座に回避する。

「な、なんだ、恥ずかしがっているのか？」

「いいえ、気持ち悪くって」

「き、気持ち悪いだと⁉」

間違って正直な気持ちが口から飛びだしてしまった。慌てて誤魔化す。

「いえ、その、朝から具合が悪くて」

「あ、ああそういう意味だったのか。てっきり僕に対して気持ち悪いと言ったものだとばかり……」

そんなわけないと首を横に振る。信じてくれたので、心の中でホッと安堵《あんど》した。

「オイゲン、客間でゆっくりお話ししましょう」

「ああ、そうだな。具合が悪いのならば、そのほうがいい」

そんなわけで、オイゲンと共に客間へと移動する。エルツ様はすでに屋敷内へ侵入しただろうか。

何かお祖父様が残していますように、と祈るばかりである。

客間も他の部屋同様、清潔感などいっさいない。埃臭く、咳き込んでしまった。

「ベアトリス、本当に体の調子が悪いみたいだな」

「ええ……」

「そこまでしてでも、僕に会いにきてくれるなんて光栄だよ」

オイゲンと会話するたびに、全身に鳥肌が立っている。寒気を感じるのは、暖炉に火が灯《とも》ってていないこと以外にも原因がありそうだ。

「ベアトリス、君は僕と別れてからどうしていたんだ？」

「宿を転々としておりました」

「収入は？」

「薬草を売ったり魔法薬を作ったり、いろいろです」

「魔法薬師の工房でない場所で、魔法薬を作るのは大変だろう？」

「ええまあ、そうですね」

「だったら、一刻も早くここに戻ってくるといい。君が使っていた製薬室はそのままにしている」

そのままにしているのではなく、私と一部の魔法薬師以外入室できないようにしているので、中に入れなかっただけだろう。

「使用人の姿が見えないようですが」

「あ、ああ、皆、都合が悪くなって退職していったんだ。一人、新しく雇ったメイドがいるけど」

先ほど見かけたメイドだろう。顔を見た覚えがないと思っていたら、新入りだったようだ。ただ、その彼女もお茶の一杯すら運んでこなかった。もしかしたら、私のことは突然現れたどこぞの女《め》狐《ぎつね》とでも思っているのかもしれない。

「メイド以外にも、使用人は必要でしょう？」

テーブルクロスはお酒でも零したのか汚れているし、床にはゴミが散乱している。とてもではないが、客を招き入れるような空間ではないだろう。

使用人がいなければ、屋敷も死んだように朽ちてしまうのに。オイゲンはそういったことすら気を回すことができないのだ。

「心配しないでくれ。僕はなんとかやっているから」

屋敷がこの状態で、よく心配しないでくれと言えたものである。

「ただ、そうだな。使用人がいないと少しだけ不便かもしれない。よかったら、君がもといた使用人に声をかけて戻ってくるように説得してくれないか？」

なぜ？　という疑問は、喉《のど》から出る寸前でごくんと呑《の》み込んだ。

「ベアトリスがいなくなってから、本当の気持ちに気付いたんだ。僕にはベアトリスしかいない。心から愛している。この先一生君以外誰も愛さないから、やり直そう」

エルツ様の名前を叫んで助けを求めなかった私を褒めてほしい。彼は私を利用するためならば、心にもない愛すら口にできる不誠実な男性なのだろう。

オイゲンは視線を下に落とし、私の指先を凝視する。

「緑色の手は相変わらずなんだな」

「ええ、毎日薬草を摘んでおりますので」

「ベアトリスのその手は、働き者の証だ。とても美しいよ」

そう言ったら私が喜ぶとでも思っているのか。離婚届への署名を迫られたさい、緑色の手を気持ち悪いと言われたことはしっかり覚えているのだが。私の緑色の手を利用し、馬車馬のごとく働かせるつもりなのは幼子でも想像できるだろう。

「ベアトリス、その手を握ってもいいかい？」

「それは――」

どう時間を稼ごうか、と思った瞬間、窓ガラスを叩くコッコッコッという音が聞こえた。エルツ様の使い魔であるブランが、撤退の合図を知らせてくれたようだ。

もう、我慢しなくていい。そう思って立ち上がる。

「ベアトリス？」

「申し訳ありませんが、オイゲン、あなたとやり直すつもりはございません」

はっきり宣言すると、オイゲンの表情が歪《ゆが》んだ。

「この僕がここまで言って頭まで下げているのに、受け入れないと言うのか？」

「ええ。天と地がひっくり返っても、あなたとやり直すつもりはございません」

「だったらなぜ、僕に会いにきたんだ!?」

「それは――誠意を見せていただけるのであれば、何か手を貸そうと思ったまでで」

「誠意は十分見せただろうが！」

「メイドを部屋に連れ込んで、お戯れになっている様子のどこが誠意なのでしょうか？」

「そ、それはさっきも説明しただろうが！　メイドのほうが僕を求めてきたんだ」

立場が弱いメイドに責任を押しつけるなんて、彼は私が思っていた以上のしようもない人間だったわけである。呆《あき》れて言葉もでない。

「ベアトリス、ごちゃごちゃ言っていないで僕の言うことを聞け！　そうすれば、元通りの裕福な暮らしをさせてやる！」

「どの口がおっしゃっているのでしょう？」

魔法薬師達だけでなく使用人にすら見放され、彼のせいで歴史あるイーゼンブルク公爵家の名声も地に堕《お》ちた。

そんな状態から元の生活に戻れると信じているなんて、愚かとしか言いようがない。イーゼンブルク公爵家の信用を取り戻すには、何百年とかかるだろう。

だが、オイゲンは、寝室でメイドと話していたように、私さえ戻ればイーゼンブルク公爵家の栄光を取り戻せると勘違いしているようだ。

そんなわけないのに、おめでたい人だと思ってしまった。

「ベアトリス、逃げるな。僕の言いなりになれ！」

「言いなりですって？　それが本心だったようですね」

「だったらどうした‼」

いったい誰が、オイゲンになんか従うのか。そう思った瞬間、彼は叫んだ。

「先生！　この生意気な女を捕らえてください！」

突然、黒い魔法陣が浮かび上がる。そこから登場したのは、鳥マスクの人物だった。

独特な香の匂いと共に、記憶が甦《よみがえ》る。

オイゲンが〝先生〟と呼ぶ鳥マスクの人物は、私の居場所を魔力から探し当てられるほどの実力のある魔法使いだ。

なぜ、そのような人物がオイゲンに従っているのかわからない。彼ほど実力がある魔法使いを雇うお金だって、オイゲンが所持しているようには見えなかった。

「先生、あの女を捕まえてください！　少々生意気かと思いますが大切な奴隷だから傷付けないでくれると助かります」

私が頑なな態度を見せたので、取り繕うことなど止めたのだろう。

わかっていたが、これがオイゲンの本性なのだ。

鳥マスクの人物はオイゲンの願いを聞き入れたのか、僅《わず》かに頷《うなず》く。

回れ右をし、窓から逃げようとした。けれどもそれより早く、鳥マスクの人物は私の背後へ転移してきた。

そうだった、彼も転移魔法が使えたのだ。

「ベアトリス、これで終わりだ‼」

鳥マスクの人物は私の腕を取り、ぐっと引き寄せる。背後から抱きしめられるような体勢となってしまった。

服に染み込んでいるであろう香の匂いは、至近距離で嗅《か》ぐとなんだか意識がくらくらしてきた。

これはいったいなんなのか。考えれば考えるほど、意識がぼんやりしてくる。

力もぐったり抜け、抵抗する気力さえなくなっていた。

もうこれまでか。

そう思ったのと同時に、エルツ様が手のひらに刻んでくれた魔法陣が輝く。

すぐに私は残りの力を振り絞って叫んだ。

「エルツ様、助けてください！」

きっとすぐに駆けつけてくれるはず。そう思っていたのだが、エルツ様は現れない。

「エルツ様だと？　お前、男がいたのか？」

オイゲンが悪魔の首でも取ったような表情で接近してくる。

「大人しそうな顔をして、不貞を働いていたわけか」

「ち、違……」

私はどうでもいいが、エルツ様をそのような目で見られたくない。そもそも、私がエルツ様と出会ったのは離婚が成立してからだ。

屋敷にヒーディを連れ込み、子どもまで作ったオイゲンのほうこそ、不貞行為を働いていたというのに。

「跪《ひざまず》いて、僕に誠心誠意謝罪しろ。ああ、お祖父様にも謝ってもらおうか！」

そう言って、オイゲンは当主の証であった懐中時計を出してきた。あれはお祖父様が大事にしていて、毎日の手入れをかかさなかった銀の懐中時計である。

今はオイゲンが適当に扱っているからか、黒ずんでいた。美しかった懐中時計は見るも無惨な状態になっている。

オイゲンは雑な手つきで懐中時計のチェーンを握り、私の目の前にぶら下げてきた。

悔しい。お祖父様の懐中時計をそんなふうに扱うなんて。

すぐにでも取り上げたかったが、自由を奪われているのでどうにもならない。

イーゼンブルク公爵家の家紋として懐中時計に刻まれた鷹獅子《グリフォン》の目の下が黒ずみ、まるで涙を流しているように見えた。

「ほら、謝れ！　ほら！」

右に、左にと揺れる懐中時計だったが、突然、私の背後にいた鳥マスクの人物が握りしめる。

「なっ、先生！　どうかしたのですか？」

「愚鈍な男め」

「は？」

それは初めて聞く鳥マスクの人物の声。聞き覚えがあったので、心底驚いてしまう。

鳥マスクの人物はオイゲンから懐中時計を取り上げ、私を横抱きにする。

「せ、先生！　なぜ、そのような行動を⁉　ベアトリスは、僕の寝室に運んでください！」

「二度と、そなたの言うことなんぞ聞き入れぬ！」

「へ⁉」

鳥マスクの人物が後退すると、オイゲンはハッとなる。

「待ってください‼　先生‼　その小汚い懐中時計は差し上げますので、ベアトリスだけはそこに捨てて行ってくだ――！」

オイゲンがこちらへ接近してきたものの、足下に魔法陣が浮かび上がり強い風に晒《さら》される。

その場に立っていられなくなり、オイゲンは転倒した。

「先生‼」

その言葉を最後に、景色がくるりと入れ替わる。降り立った先は、エルツ様の研究室だった。

鳥マスクの人物は私を椅子にそっと座らせる。

「あの、エルツ様……ですよね？」

「ああ、すまなかった」

鳥マスクを外した下に現れたのは、エルツ様だった。

「どうして……？」

「この姿でずっと、イーゼンブルク公爵家に潜入して調査をしていたのだ」

「そう、だったのですね」

服に染み込ませていたのは、感覚を鈍らせる薬らしい。匂いで正体がバレないようにする目的と、オイゲンの判断力を低下させるためにまとっていたようだ。

「もうこれも必要ない」

そう言って、鳥マスクや外套《がいとう》を火魔法で燃やす。いまだにぼんやりしていた私に、エルツ様は気付け薬を飲ませてくれた。

「大丈夫だろうか？」

「はい、おかげさまで」

鳥マスクの人物の正体がエルツ様だったなんて、誰が想像できようか。

「まさか私も鳥マスクを装着した状態で、初めてそなたと会うことになるとは思いもしていなかった。あのときは、心底驚いたのを今でも覚えている」

何度か潜入するも、お祖父様に関する情報は発見できなかったらしい。

書斎に何かあるのではないか、と思っていたものの魔法仕掛けの鍵《かぎ》だったため、こじ開けることができなかったようだ。

「では今日も私と落ち合う以前から、イーゼンブルク公爵家の屋敷にいらしていたのですね」

「ああ、そうだ」

名前を呼んでもこないわけである。

「最後に、あの男からグレイが大切にしていた懐中時計でも奪ってやろうと考えていたから、呼びかけに応じてしまった。そなたには怖い思いをさせてしまったな」

エルツ様にとっても、お祖父様といえば懐中時計だと思うほど象徴的に思っていたようだ。

「懐中時計のためとはいえ、呼びかけに応じることができず、本当にすまなかった」

「いえ……。鳥マスクの人物に対しては、ずっと引っかかっていたんです」

魔力を辿《たど》って居場所を特定できるのであれば、オイゲンはすぐに私を捕まえるよう命じていただろう。なぜ、それをしないのか疑問だったのだ。

「それに以前、出会ったときに、オイゲンが暴力を振るおうとした瞬間、妨害するように話しかけていたので」

思い返すたびに、ほんの少しだけ悪い人ではないのではないか、と思ったくらいである。

鳥マスクの人物に遭遇したあとに出会ったエルツ様が、申し訳ない様子でいたのは同一人物だったからなのだ。

「ひとまず、懐中時計は取り返すことができた。幸いにも、オイゲンはこれをくれると言っていたから盗難ではない。安心して受け取ってくれ」

「エルツ様、ありがとうございます」

手入れがされていない懐中時計は黒ずんでいるものの、ギリギリ取り返しのつかないような状態ではない。

時間をかけて磨いたら、きれいに生まれ変わるだろう。

オイゲンからお祖父様の大事な懐中時計を取り戻してくれたエルツ様に、心から感謝した。

第五章　お祖父《じい》様の謎を解明します！

「祖父の部屋には何かありましたか？」

「いや、謎の解明に繋《つな》がりそうな物は何もなかったが、不可解に思う物ならば発見できた」

それは、伯父と伯母、幼少期のオイゲンが描かれた肖像画だったらしい。

「他の肖像画はそのまま置かれていたのに、その一枚だけ布がかけられていたんだ」

「ああ、そういえば、そのような品が祖父の書斎にありましたね」

以前までは普通に飾られていたのに、十年前くらいだったか伯父が亡くなったあとのある日を境に布が被《かぶ》せられるようになっていたのだ。

きっとお祖父様は何か思うところがあって布を被せたのだろうと思い、触れずにいたのだが……。

「一応、額縁の中に何か隠されていないか確認したものの、何も見つからなかった」

「亡くなった伯父の顔を見るのが、辛《つら》くなっていたのでしょうか？」

「どうだろうか？」

その理由はお祖父様のみが知りうることなのだろう。

「せっかく体を張ってくれたのに、成果がなくて申し訳ない」

「いいえ、そんなことはありません。協力していただいただけでもありがたかったです」

お祖父様が大事にしていた懐中時計も、オイゲンから譲ってもらった。

感謝してもし尽くせない。

と、うっかり長話をしてしまった。そろそろお暇《いとま》したほうがいいだろう。

グリちゃんと一緒に隠者の住まい《エルミタージュ》へ帰ろうとしたところ、エルツ様から引き留められる。

「ベアトリス、少しだけいいだろうか？」

「なんでしょう？」

言葉を返す代わりに、封筒が差しだされた。

「こちらは？」

「一か月後に開催される、クリスタル・エルフの始祖の生誕千五百年記念パーティーの招待状だ」

国王陛下主催のパーティーらしい。

「クリスタル・エルフの始祖は千五百年も生きてらしたのですね」

「みたいだな。通常、エルフ族は千年ちょっとしか生きないようだが」

新しい子孫が生まれるたびに、寿命が延びたと話しているようだ。

「国王がクリスタル・エルフの始祖に話を持ちかけた当初、参加したくないと言いだしたらしく」

エルツ様も国王陛下と一緒に説得したらしい。

「最終的に、クリスタル・エルフの始祖は私が参加するのであれば顔を出さなくもない、と言ったらしい」

エルツ様はもともと人の多い場所が嫌いで、夜会などに顔を出したことはなかったようだ。

「そもそも私は研究畑の人間だからな。太陽の光が当たらない、静かな場所を好んでいるのだ」

「わかります」

私も部屋で書類を整理するよりも、地下の製薬室で魔法薬を調合しているほうが落ち着く。

意外なところでエルツ様との共通点があったようだ。

「話が逸《そ》れたな。それで、クリスタル・エルフの始祖の生誕パーティーに参加しなければならないのだが、正直に言うと気が乗らない。それで――」

エルツ様の視線は私に手渡した招待状に注がれる。

「ベアトリスが一緒に参加してくれるのであれば、嫌な気持ちも吹き飛ぶような気がする」

「私がご一緒しただけで、お力になれるかどうか……」

「絶対になれる！」

力強く主張するので、思わず笑ってしまった。

「その、無理であれば、強制はしないが」

少しションボリとした様子を見せるのは反則だろう。

まだ喜んで参加できるような状況ではないものの、たまには気分転換としてこういった場所に参加するのもいいのかもしれない。

「祖父が亡くなってから一年経《た》ちましたし、喪は明けました。そろそろ皆の前に姿を現しても問題ないのかな、と思っています」

「ということは、参加してくれるのか？」

「私でよければ」

「何を言っている。そなたしかいないのに」

招待状を封筒から取り出すと、二つ折りのカードが入っていた。開くと、魔法陣と共にゆるいタッチで描かれたカラスが浮かび上がる。

『カアカア！　参加しますカア？　しませんカア？』

選択できる文字が浮かび上がる。どうやら魔法で参加の可否を尋ねてくるらしい。

「喜んで、参加します」

『カアカア！　了解しましタア！』

続いて、ドレスコードが発表される。

『カアカア！　パーティーには、面白い恰好《かっこう》で、参加するんだナア！』

「お、面白い恰好ですか？」

「クリスタル・エルフの始祖はまた、ふざけたことを言ってからに……」

エルツ様も招待状がこのような魔法仕掛けであることを把握していなかったらしい。

「その、承知いたしました」

返事をすると、カラスは消えてなくなった。これだと招待状に対する手紙を書かなくていいので、楽かもしれない。

ただ問題は、これまで聞いたことのないドレスコードだろう。

「エルツ様、面白い恰好というのは具体的にどのようなものだと思いますか？」

「そうだな……。たとえば、カメの甲羅を自作して背負って参加するとか」

「それはちょっと面白いかもしれませんね」

つまり、奇想天外な姿で登場すればいいというわけだ。

「せっかく一緒に参加するのだから、何か揃《そろ》いの衣装を用意したいのだが」

「いいですね！　ぜひ！」

ヴィンダールスト大公家御用達《ごようたし》の店があるようで、そこにオーダーしてくれるようだ。

「寸法の合ったドレスを一着用意してくれたら、それから採寸を取って作ってくれるだろう」

明日にでも出勤するときに持ってきたら、服飾店に持っていってくれると言う。

「何かやりたいテーマがあれば、デザイナーに伝えておくが」

先ほどのカメの仮装に興味が湧いたが、エルツ様に甲羅を背負わせるわけにはいかない。

「そうですね……」

「無理にひねり出す必要はないが」

何かあるだろうかと窓の外を眺めた瞬間、蜜蜂《みつばち》が飛んでいった。

ここでピンと閃《ひらめ》く。

「蜜蜂と養蜂家をイメージした服はいかがでしょう？」

「なるほど、いいな」

「エルツ様が蜜蜂で、私が養蜂家を」

「逆だ。蜜蜂になるベアトリスを見てみたい」

養蜂家だと顔が隠れるので目立たなくていい、とエルツ様はお気に召したようだ。

そんなわけで、蜜蜂のおかげでテーマがあっさり決まった。

「パーティー当日を楽しみにしておこう」

「はい！」

人生に楽しみができるなんて、とても久しぶりである。

オイゲンと離婚したばかりの私が登場したら皆が驚くだろうが、招待客のほとんどは身内なので心配はいらないとエルツ様は言ってくれた。


エルツ様と別れ、グリちゃんと共に家路に就く。

帰宅早々、私は懐中時計の手入れを開始することにした。

オイゲンが付けた汚れなど、一刻も早くきれいにしたかったからだ。

銀が黒く変色するのは〝硫化〟と呼ばれ、多くは人が触れたさいの汗が原因となる。

そのため、お祖父様は絶対に素手で懐中時計に触れなかった。

お祖父様が懐中時計の手入れをしているところを目にしていたので、きれいにする方法は把握している。

軽銀鍋《なべ》に重曹と水を入れ、湯を沸かす。懐中時計の蓋《ふた》と底は外れるので、本体から離して鍋に入れるのだ。洗い流すように左右に揺らすと、細工の隙間に溜《た》まった汚れも落ちるような気がする。

数分放置したのちに重曹湯から上げ、やわらかな布で拭《ふ》き取ると汚れも一緒に取れるのだ。

あっという間に、懐中時計の汚れは落ちた。

外した蓋と底を戻そうとした瞬間、本体に魔法に使う古代文字が刻まれているのに気付いた。

「――あら？」

そこには〝イーゼンブルク公爵家の血を引き継ぐべきものよ、王室典薬貴族の証《あかし》とともに在るように〟と書かれていた。

文字の癖から、お祖父様が刻んだものと思われる。この部分は普段、懐中時計の底を填《は》め込んであり、見えないようになっていた。手入れをすれば気付くようにここに刻んだのだろうか。

王室典薬貴族の証といえば、お祖父様が私に託し処分するように言っていた外套《がいとう》のことに違いない。二階の寝室に行き、王室典薬貴族の証たる外套の前に立つ。

お祖父様は私やオイゲンに、何か伝えようとしていたのだろうか。

メッセージには王室典薬貴族の証とともに在るように、とあった。一緒にすればいいのか、と思って外套のポケットの中に入れてみた。

次の瞬間、目の前に突然花模様の魔法陣と文字が浮かび上がってくる。

「こ、これは――」

書かれてあったのは、〝真実は風と共に去って行った〟という言葉だった。

「お祖父様、いったいどういうことなんですか？」

何を意図してこの言葉を遺したのか、まったく理解できなかった。

今日一日、さまざまなことがあったので冷静に考えられないのかもしれない。

一晩経ったら、何かわかるだろう。明日の私に期待し、早めに休むことにした。

翌日――再度、懐中時計を外套の中に入れてみる。

昨日と同じように、花の魔法陣とお祖父様からのメッセージが浮かび上がった。

改めて見ても、意味がわからない。

私がいくら考えても、謎は解明できそうにない。

こうなったら、エルツ様の手を借りよう。パーティー用のドレスとお祖父様の外套、懐中時計などを持って出勤することにした。

エルツ様は研究室で魔法書を読んでいた。今日も眼鏡姿である。

以前、私が似合うと言ってからというもの眼鏡姿を見せてくれるようになった。

クルツさんには「老眼鏡、再開したんだ」と言われたようだが、気にも留めなかったらしい。

「ビー、おはよう」

「おはようございます」

「今日は大荷物だな。全部ドレスか?」

「いいえ、祖父の王室典薬貴族時代の外套もあるんです」

ひとまずドレスの入った袋は余所《よそ》に置いておき、テーブルにお祖父様の外套を広げた。

「いったいどうしたんだ?」

「昨日、懐中時計の本体にメッセージがあることに気付きまして……」

〝イーゼンブルク公爵家の血を引き継ぐべきものよ、王室典薬貴族の証とともに在るように〟とあった。

「祖父の外套と懐中時計をリンクさせると、魔法が発動したんです」

「ほう？」

エルツ様の前で見せてみた。

「懐中時計を外套のポケットに入れるだけでいいようで」

三回目も魔法は展開された。花の魔法陣が出現したあと、祖父からの〝真実は風と共に去って行った〟というメッセージが浮かび上がる。

「これは――なんだ？」

「エルツ様にもわかりませんか？」

「ああ、というか、この魔法陣に見える花模様はなんなのだろうか？」

魔法陣かと思っていた花模様のそれは、魔法陣ではなかったらしい。

「この花は庭で見た覚えがある。ちょうど今頃から、春先まで咲いている――」

名前が思い出せない、とエルツ様は苦悶《くもん》の表情を浮かべる。

「一瞬なので、わかりにくいですよね」

魔法陣でないとしたら、花にも何か意味があるはずだ。

花が見えるのは、ほんの一瞬である。私は三回も見ているのに、花の種類を特定できずにいた。

もう一度、魔法を展開させる。今度はエルツ様もしっかり確認できたようだ。

「わかった。あれは〝ウインド・フラワー〟だ」

風当たりのいい場所に咲き、春風に揺れる様子が愛らしいことからウインド・フラワーと呼ばれるようになったという。

なんだか聞き覚えがある謂《いわ》れであった。たしか、ウインド・フラワーは別名だったはずだ。

もう一つの名前はなんだったか。

「ほら、あの辺りにも咲いているだろう」

花を目にした瞬間、すぐにピンとくる。

エルツ様が指し示す方向に咲いていたウインド・フラワーについて、正式名称のほうを記憶していたようだ。

「あれはアネモネ――!?」

口にした瞬間、ヒュ！　と息を吸い込む。

「ビー、どうかしたのか？」

「いえ、ウインド・フラワーの正式名称はアネモネとも言いまして」

そのアネモネを見て、私はあることを思い出したのだ。

「アネモネというのは伯母……オイゲンの母親の名前です」

それだけ言えば、エルツ様は私が言わんとすることを察してくれたようだ。

「なるほど。それでは、グレイが遺していたメッセージが示す〝風〟とは、そなたの伯母を表していたわけだ」

ウインド・フラワーとアネモネ、両方わかっていないと解けないようにしていたのだろう。

〝真実は風と共に去って行った〟——つまり、お祖父様が抱える謎について、伯母がなんらかの情報を把握しているに違いない。

「今、その者はどうしている？　何度かイーゼンブルク公爵家に潜入したが、それらしき女性は見かけなかったのだが」

「伯母は……オイゲンを出産したあと一年も経たずに離婚した、と聞いておりました」

なんでも結婚後五年間、子どもができなかったようで、それをイーゼンブルク公爵家の親族に責められていたらしい。

お祖父様曰《いわ》く、原因は病弱なオイゲンの父親にある、と言って注意をしていたようだが、それすらも「当主に色目を使って味方へ引き入れている女狐《めぎつね》め！」と罵《ののし》られていたようだ。

出産後、伯母は役目を果たしたと宣言し離婚を切り出したらしい。

子どものことで長年苦しめることとなったからか、伯父は伯母を引き留めなかったようだ。

「そのあと、伯母は持参金とともに実家に帰った、という話を聞いたのですが」

「なるほど」

オイゲンには懐中時計、私には外套。この二つが揃ったら、謎を解明するヒントが出るように仕込んでいた。

お祖父様は私とオイゲンが協力して解明することを望んでいたのか。

遺言で私に対して好きに生きるといいと遺しながらも、オイゲンへの期待を捨てきれなかったのだろう。

残念ながら、奇《く》しくも私が二つとも入手し、メッセージに気付くこととなったのだが。

オイゲンはお祖父様が遺していったものを、何もかも手にする気だった。

それなのに、簡単に懐中時計を手放してしまう。きっとメッセージについては知らなかったに違いない。

お祖父様は懐中時計の手入れについてオイゲンに教えていただろうが、彼は一度もすることはなかったのだろう。

「エルツ様、祖父の部屋にあった布で覆われた肖像画は、メッセージとなんらかの関係があるように思えてなりません」

「言われてみればそうだな」

謎のすべては、伯母が握っているに違いない。

「ビー、その者の実家はどこにある？」

「西にある、ケルンブルンという街だったかと」

「ならば、現地に向かおうぞ」

「え、あの、ケルンブルンは馬車で一日半かかる距離なのですが」

「竜に乗ったら数時間で済むだろう」

「竜、ですか？」

「ああ、始祖に譲ってもらった」

なんでもエルツ様はクリスタル・エルフの始祖に対し、同じ名前のせいで迷惑をしていると苦情を入れたらしい。

すると、詫《わ》びだと言って竜を譲ってくれたそうだ。

「昨晩、正式に契約を交わした医獣だ」

「は、はあ」

竜といえば、使役できる幻獣の中でも最強と言われている。契約だって、竜が認めないものは却下されるのだ。

エルツ様は問題なく、竜に認められたということになる。

「では、私はグリちゃんで」

「いや、竜と鷹獅子《グリフォン》は同じ速さで飛ぶことはできないだろう」

「言われてみれば、そうですね」

「別に、一緒に竜の背中に乗ればいいではないか」

「私を乗せてくれますでしょうか?」

「もちろんだ」

ただ、ケルンブルンに行く前に問題があるのに気付いてしまった。

「エルツ様、診察はどうするのですか?」

「クルツがいるだろうが」

エルツ様の提案とともにタイミングよく、クルツさんがやってきた。

寝不足のようで、欠伸《あくび》をしている。

「おはよう。外はいい天気だな～」

「まったくだ」

「魔法医長、珍しく朝からご機嫌のような……？」

「これからビーと出かけてくる」

「それはいいねえ～～って、診察は!?」

エルツ様の一言で目が覚めたらしく、クルツさんの背筋がピ――ンと伸びた。

「診察はそなたがしてくれ。見習い期間は長かったが、もう一人前と見なしてもいいだろう」

「いやいやいや！　都合がいいときだけ、一人前認定しないでほしいんだけど！」

「今日は国王陛下の往診に行くだけだ。人数は多くない」

「待って！　大変なお方の診察じゃん！　俺じゃ無理じゃん！」

クルツさんの叫びが、研究室に響き渡る。

さすがに可哀想《かわいそう》だと思ったのか、国王陛下の診察を終えてから出発することとなった。

国王陛下の診察まで時間があるので、エルツ様に作ってきた朝食を勧めてみる。

ちなみに、クルツさんは診察準備のために出て行った。

「あの、これ、朝食の残りを詰めてきたんです。よろしかったら召し上がりませんか？」

朝食の残りだなんてとんでもない。

エルツ様のために作った残り物を、私が朝食として食べてきた、と言ったほうが正しい。こう言わないとエルツ様がお礼と言って高価な品を用意しようとするので、対策を打ってみたのだ。

「食欲がないようであれば、無理にとは言いませんが」

「いいや、いただこう。わざわざ用意してくれたなんて、感謝しかない」

話を聞いているうちに、お腹《なか》が空《す》いてきたらしい。

バスケットを開くと、エルツ様が覗《のぞ》き込んでくる。

「ローズマリーと岩塩、チーズのフォカッチャにバジルの皮なしソーセージ、豆と薬草のスープにゆで卵です」

「おいしそうだ。本当にいいのか？」

「ええ、召し上がってください」

スープはあつあつの状態で持ち運べる魔法瓶に注《つ》いで持ってきた。

「この魔法瓶はずいぶんと年季が入っているな」

「祖父と祖母がピクニックのときに使っていた品のようです」

「百年は経っているようだ」

「そんなに古い物だったのですね」

百年も経っているとなれば、お祖父様達の前の代から使われていたのだろう。魔技巧品のアンティークだったわけだ。

魔法瓶は問題なく、スープはあつあつの状態を維持していた。お皿に移すと、ふんわりと湯気が立つ。

「それではいただこう」

お茶は消化を助けてくれる、バードックルートにしてみた。一口飲んだエルツ様は、怪訝《けげん》な表情でカップの中を見つめていた。

「どうかなさいましたか？」

「いや、初めて飲む茶だと思って。これはなんの茶だ？」

「バードックルートです」

「バードックルート？」

「ゴボウですね」

「ああ、木の根っこか」

「エルツ様、ゴボウは木の根っこではありませんよ」

「わかっているが、見た目が完全にそれだ」

貴族の食事にゴボウは出てこないが、庶民の間では愛されている野菜だ。

歯ごたえがあってとてもおいしいのだが、貴族達は「木の根っこしか食べるものがないのだな……」と憐憫《れんびん》の目で見ているらしい。

「お味はいかがですか？」

「ほんのり甘くて香ばしい。おいしい茶だ」

「よかったです」

お口に合ったようで何よりである。

国王陛下の診察の準備をしていたクルツさんが、研究室に戻ってきた。

「あー！　魔法医長、おいしそうな物を食べている！」

「ビーが朝食を用意してくれた」

「ずるい‼」

「ずるいって、そなたは朝食をすでに終えただろうが」

「終えているけれど、ブルームさんの料理は別腹なんだ！」

少しだけわけてくれと訴えても、エルツ様は頷《うなず》かない。

「お前はバードックルート茶でも飲んでおけ」

「バードッ……何それ」

「木の根っこ茶だ」

「え～～～～‼」

なんだか気の毒になったので、鞄《かばん》の中に入れていたナツメグと干しぶどうのスコーンをあげると、クルツさんは満面の笑みを浮かべながら受け取ってくれた。

それを見たエルツ様が注意を呼びかける。

「ビー、犬じゃないんだから、空腹時以外に食べ物を渡す必要はない」

「犬って……」

「朝食を食べたのに、他人の物を欲しがるのは犬以下だ。いや、犬に失礼だな」

「わ〜〜〜！　俺ってば食い意地が張っていて、本当に恥ずかしいなあ！」

クルツさんは笑顔でスコーンを食べながら、そんな言葉を返す。エルツ様の言葉が胸に響いた様子はいっさい感じなかったが……。

スコーンの生地に口の中の水分をすべて持っていかれたクルツさんは、口にするのに抵抗があるようだったバードックルート茶を飲み干す。

「あ、木の根っこ茶、飲みやすくておいしい！」

「バードックルートだ」

「覚えられそうにありません」

悲愴《ひそう》感漂う様子で言うので、思わず笑ってしまった。

楽しい時間はあっという間に過ぎていき、エルツ様とクルツさんは国王陛下のもとへ診察に向かった。今日は王宮典薬貴族の長であるザルムホーファー魔法薬師《くすし》長もいるというので、私はお留守番である。

一時間ほどで戻ってきた。

「ビー、待たせたな。すぐに出発しよう」

「はい」

竜を呼ぶため、塔の頂上へ転移魔法で移動する。遠くから目にした塔は細長く見えていたので、最上階は針のように小さなものだと思っていた。

けれども実際に降り立ってみると、そこそこの広さがある。

「ここの塔は竜を召喚するために作られたらしい」

これほどの高さがあれば、すぐに飛び立つこともできるようだ。

エルツ様が竜の名前を口にする。

「クワルツ・ド・ロッシュよ、我の前に現れよ！」

何やら高貴なお名前だった。名付け親はクリスタル・エルフの始祖らしい。

しばらく空を眺めていると、空に黒い点が浮かび上がる。それはどんどん大きくなり、竜の姿となった。

「ビー、掴《つか》まっていろ」

エルツ様が私を引き寄せ、外套《がいとう》の中へ閉じ込める。竜が起こした風圧で飛ばないようにしてくれたようだ。

あっという間に竜は降り立つ。その姿に圧倒された。

「こちらの竜は、もしや、水晶竜《クリスタル・ドラゴン》ですか？」

「ああ、そうだ」

この世でもっとも美しいとされる、白銀の竜。ウロコの一枚一枚が水晶でできていて、最強の防御力を誇るという。

高貴なのは名前だけではなかったようだ。

「クワルツ、この女性はベアトリス、私の大切な女性だ。覚えておくように」

そう伝えると、水晶竜《クリスタル・ドラゴン》クワルツは『キュルル』と可憐《かれん》な声で鳴いた。

それよりも、今、エルツ様はとんでもないことを口にしたような……。

いや、今はあまり深く考えないようにしよう。耳にしたことは頭の隅に追いやっておいた。

クワルツは姿勢を低くし、乗りやすい体勢を取ってくれる。クリスタルのウロコはつるつる滑って落ちるのではないか、と思ったものの、いざ腰かけてみると想像と違っていた。

まず、背中のウロコはやわらかく、まるで革張りのソファのような座り心地だった。

さらに、ウロコはひんやりしていると思っていたのに、ほんのり温かい。安心するようなぬくもりであった。

クワルツの背中はしっかり体を受け止め、滑り落ちる心配はまったくない。

「空の上では魔法で体を固定しておくから、絶対に落下はしない」

私の不安が顔に出ていたようで、エルツ様が丁寧に説明してくれた。背後にエルツ様が腰かけると、クワルツは上体を上げ、翼をピンと広げる。数回羽ばたかせると、大きな体がふわりと浮いた。

『キュルルル！』

ひと鳴きしたのちに、大空へと羽ばたいていく。グリちゃんに騎乗する感覚とは、また違っていた。竜の背中は安定していて、揺れることもない。

「ビー、どうだ？　怖くないか？」

「恐怖はありません。それどころか、すばらしいと感じているくらいで」

クワルツは安定した飛行を見せ、二時間ほどでケルンブルンに連れて行ってくれた。

ケルンブルンは切り立った山岳に挟まれるようにある街である。

谷間から平野部に流れてくる山風と、山の傾斜面に沿って上下する斜面風が混ざり合い、嵐のように風が強い土地だった。

「ケルンブルンは、なんと言いますか、激しい気候なのですね」

「峡谷風だな。これが普通なのだろう」

この状態からさらに乱れるときがあるらしい。

風の乱れは悪天候の先触れとも言われているようだ。

ケルンブルンはオイゲンの母親の実家である、ソビドール家が領地として治めている。

渓谷風の影響で農作物はまともに育たず、他の産業もないため、やせ細った土地だという。

伯母のアネモネという名は、この土地の風から着想を得て付けたのかもしれない。

ふいに突風のような風が吹き、体が吹き飛ばされそうになる。

よろけてしまったのだが、エルツ様が抱き止めてくれた。

「ありがとうございます」

「気にするな」

思いがけない接触に照れてしまう。数か月一緒にいるというのに、いっこうに慣れないものだ。

再度、強い風が吹く。今度は足を踏ん張ってなんとか耐えた。

それにしてもこの強風の中、クワルツはよく着地できたものだ。

何かご褒美をあげなくては、と思ってしまった。

「エルツ様、クワルツは魔宝石の粒など食べますか？」

「ああ、大好物だ」

グリちゃんにあげるために鞄に入れておいたものを、クワルツの口元へ届くよう手を上げてみた。

『キュルル？』

これは何？　と言わんばかりに小首を傾《かし》げている。

「エルツ様、クワルツはなんと言っているのですか？」

「はっきりわかるわけではないのだが――いつもは魔宝石の塊で渡すので、何かわかっていないのかもしれない」

「そうなのですね」

この魔宝石は細かく砕いたあと、私の魔力をほんの少しだけ付与させたものである。

最近作り始めたのだが、我が家の薬獣に好評なのだ。

「これは私の魔力を付与させた、特別製の魔宝石です。ここまで乗せてくれたお礼にどうぞ」

説明すると、クワルツは理解したようで尻尾《しっぽ》を左右に振り始めた。私の手のひらに顔を近付け、細長い舌でちょろちょろと舐《な》める。

するとおいしかったのか、瞳《ひとみ》が宝石のようにキラキラ輝いた。

『キュルルルルル！』

高く甘い鳴き声を発したあと、あっという間に魔宝石の粒を完食した。なくなったあとも、しばらく私の手のひらを舐める。くすぐったくて、くすくすと笑ってしまった。

「よほど、ビーの魔宝石がおいしかったんだな」

「お口に合ったようで何よりです」

エルツ様は真面目な表情で、本気か冗談かわからないことを言いだした。

「ビー、私も特製の魔宝石を食べてみたいのだが」

「人間が食べられる物ではないのでは？」

「私はクリスタル・エルフだ」

「たしかに、大きな枠組みの中で考えたら、妖精族《ようせい》と言えるのでしょうが」

お腹を壊されたら困るので、丁重にお断りさせてもらった。ガッカリした様子を見せていたので、本気だったのだろう。

「エルツ様、調査をしに街に行きましょう」

「そうだな」

一瞬で何事もなかったかのように振る舞う。

やはり冗談だったのか、とわからなくなってしまった。

クワルツはここで待っているらしい。風が強い日に空にいても、疲れるだけだからとか。

エルツ様は魔物避《よ》けの魔法を展開させ、クワルツの安全を確保していた。

「クワルツ、またあとで会いましょうね」

『キュルル！』

尻尾を振りながら、私達を見送ってくれた。

「クワルツがあそこまで懐くとは、驚いたな」

「差し上げた魔宝石がお気に召したのかもしれません」

「まあ、それだけではないだろうが」

今回、私とエルツ様は婚約の挨拶回《あいさつまわ》り、という設定でやってきた。他人同士の異性が二人で旅行というのは、悪目立ちしかしないからだ。

エルツ様は注目を集めないように全身を覆う外套に、頭巾《ずきん》を深く被っている。

私は顔を出しておく予定だったのだが、あまりにも風が強く砂の粒が飛んで痛いので、エルツ様と同じ恰好《かっこう》になってしまった。

ケルンブルンの街はレンガや石畳で舗装されておらず、あちらこちらで砂が舞っている。目に入ったら、のたうち回るほど痛いだろう。

頭巾を深く被って歩く私達に対し、不審な視線が集まるのではないか。そう危惧《きぐ》していたものの、街行く人々はたいてい同じような恰好だった。曇天のせいか、街の雰囲気はどこか暗く、すれ違う人々から覇気を感じない。

市場で販売されている野菜や肉は、明らかに状態が悪いものばかりだった。

私達がよそ者だとわかっているのか、わざとぶつかってこようとする者も数名いた。

ぶつかったタイミングで、お金を盗む気なのだろう。

人が接近するたびに、エルツ様が私の腕を引き守ってくれた。

「まったく、油断ならんな」

「え、ええ……」

明らかに、以前ケルンブルンについて話を聞いたときよりも治安が悪くなっている。

何かあったのだろうか。

「エルツ様、伯母の実家であるソビドール家のお屋敷はあちらです」

街の中でもっとも目立つ、赤いレンガの屋敷だと聞いていた。

歩くこと五分で到着する。

門は開けられており、誰かがいる気配はない。それは庭も同様に。

庭には草木が植えられていたようだが、世話をする人がいないようで、ほとんどが枯れていた。

屋敷も全体的にカーテンが閉ざされており、人の気配はない。

「なんだか今のイーゼンブルク公爵家そっくりです」

「ああ、そうだな」

もしや誰もいないのではないか。そう思いながら扉を叩《たた》くと、老執事が顔を覗《のぞ》かせた。

「申し訳ありません、主人は現在、人に会える状態ではなくて」

主人というのはオイゲンの母方の祖父だろう。

「あの、アネモネ・フォン・ソビドールに会いにきたのですが」

「おりません」

まるで吐き捨てるような、不在を知らせる言葉だった。

「あの、私、アネモネ・フォン・ソビドールの姪《めい》で、ちょうどケルンブルンに立ち寄ったので挨拶《あいさつ》をしにやってきたのですが——」

「お引き取りくださいませ」

バタン！　と大きな音を立てて閉ざされる。扉を閉める激しい音が、拒絶の大きさを物語っていた。ここまでやってきたのに、ソビドール家の当主にすら会えないなんて。

「エルツ様、申し訳ありません」

「どうして謝る？　ソビドール家は明らかに凋落《ちょうらく》していて、ここにアネモネ・フォン・ソビドールは不在、何かあったとばかりに来客を拒むというたしかな情報が入手できたではないか」

「え、ええ、そうですね」

これ以上、ここで情報収集することは難しいと判断したらしい。

「扉が開いたタイミングで簡易使い魔を放ったのだが、あの老執事と当主以外、屋敷には誰もいないようだ」

「ほんの少しの面会時間に、そのようなことをされていたのですね」

「まあな」

簡易使い魔というのは、紙に呪文を書き込み蜂のような形に折ったあと、やらせたいことを念じるだけで遂行してくれる魔法らしい。

もしも誰かに見つかりそうになったら、燃えてなくなるようだ。

便利な魔法があるものだ、としみじみ思ってしまう。

「さて、あとの情報収集は街で集めるか」

「何かわかればいいのですが」

「おそらく、ここよりたくさんの情報が得られるだろう。なんと言っても、他人の不幸は蜜《みつ》の味、だからな」

まず、向かった先は大衆的な酒場である。そこには商人や冒険者など、さまざまな人達がお酒を楽しんでいるようだった。もしかしたら、ケルンブルンでもっとも賑《にぎ》わっている場所かもしれない。

カウンター席の端っこに座り、エルツ様はお酒を注文していた。

こういうお店に入るのは初めてなので、どうにも落ち着かない。

エルツ様はぐっと接近し、周囲の人達には聞こえないような小さな声で話しかけてきた。

「こういった場所では他人の不幸話で盛り上がる。おそらく何年も同じ話をし続けているだろうから、領主一家の話も聞けるだろう」

エルツ様の言うとおりすぐ背後でお酒を飲んでいた男性達が、ソビドール家について話し始めた。

「しかし、領主様一家も災難だったなー。あれからもう、二十年以上経つのか？」

「そんなにかよ」

「あれはなかったわ」

何やら領民達の同情を誘うような出来事があったらしい。

「まさか、出戻りの娘が男と逃げるだけならまだしも、財産のほとんどを持って逃げるなんて、とんでもない悪女だ」

どくん！　と胸が大きく鼓動する。

伯母がここにいない理由は、駆け落ちしたからだった。さらに、ソビドール家の財産のほとんどを持ち逃げしてしまったらしい。伯母の名前を出したときに、執事が激しく拒絶するような態度を見せるのも無理はなかったのである。

「これだけ聞けたら十分だな」

エルツ様は提供されたお酒を魔法で蒸発させたあと、お代を置いて席を立つ。

「ビー、行こうか」

「はい」

なんでも酒場で出されたお酒は、酒精が極限まで薄められ、代わりに喉《のど》がピリピリ痺《しび》れるような薬品が入っていたらしい。

「中毒性がある危険な薬品だ」

「知らずに、皆飲んでいるのですね」

「みたいだ」

このように痩《や》せた土地であれば、お酒も満足に入荷できないのかもしれない。

「この地方は、一度がさ入れをしたほうがよさそうだな」

「伯母が起こした事件が本当ならば、放っておくことはできません」

ただこれは、噂話《うわさばなし》レベルである。間違った情報でないか、確認をしなければならないらしい。

「ビー、こっちだ」

どうやら情報の真偽を確かめる方法があるようだ。

エルツ様が向かった先は、どこにでもあるような雑貨店である。クマが描かれた看板は王都でも見覚えがあった。常にカーテンが閉ざされており、店内が見えないので実際に入って買い物したことはなかったのだが。

営業中かもわからない状態なのだが、エルツ様は慣れた様子で入店する。

扉を開くとカランカランと鐘の音が鳴り、店の奥から「らっしゃい」という店主らしき声が聞こえた。

エルツ様はずんずん店の奥に行き、絵画の裏に貼り付けてあったブローチを剥《は》がして精算台へと持っていく。

銀貨を差しだすと、店主から「こっちだ」と案内される。

通された先は、壁一面の棚の中に羊皮紙の巻物が積み上がった部屋。

「何が知りたい?」

「二十年以上前に起きた、アネモネ・フォン・ソビドールの駆け落ち及び横領事件について」

どうやらここは情報を売る店だったようだ。金貨と引き換えに、店主は羊皮紙を差しだしてきた。

エルツ様はすぐに手に取り、文字を目で追う。読み終わったあとは、私にも見せてくれた。

そこには酒場で聞いた情報がほぼそのままの状態で書かれている。

間違いのない出来事だったようだ。

もう一つ、エルツ様は金貨一枚で情報を購入する。

「アネモネ・フォン・ソビドールについて詳しく知る人物はいないだろうか？」

「下町のほうに、昔、現イーゼンブルク公爵の乳母を務めていたという女性が住んでいるようだ」

その女性は侍女として、伯母と共にイーゼンブルク公爵家にやってきたらしい。

同じような時期に子どもを産んだため、乳母に抜擢《ばってき》されたようだ。

「離婚するときも、彼女は一緒にケルンブルンに戻ってきており侍女として傍《そば》にいたらしい」

伯母が失踪《しっそう》したあと、元乳母の女性はケルンブルンに残った。その後、彼女の羽振りが妙によくなったという噂話もあったようだ。

「つまり、何かしらの口止め料を受け取っている可能性があるな」

もう一枚金貨を渡すと、元乳母の女性の名前と住処《すみか》がある場所について教えてくれた。

オイゲンの元乳母の名前はエラ・ノルデン。

情報屋はおまけだとばかりに、彼女のこれまでの人生について教えてくれた。

◇◇◇

エラはケルンブルンの街を拠点とする商人の娘だったが、母親が上流階級出身だったため厳しい礼儀作法を叩き込まれる。

それが功を奏し、ソビドール家のご令嬢アネモネの侍女として抜擢された。

ただそれも、これまで雇っていた侍女が何人も退職に追い込まれたからだった。

通常、貴族の侍女は既婚者で人生経験が豊富な年上の女性が選ばれる。

同じ歳《とし》のエラが侍女となるのは異例だった。

というのも理由があって、アネモネの苛烈《かれつ》な性格に付き合いきれず、皆、次々と侍女の役目を辞退していったのだ。エラもきっと長くは続かないだろう。そう思っていたが、奇跡が起きた。

エラはアネモネと意気投合し、友人関係となったのである。

苛烈なアネモネと同じくらい、エラの性格も強烈だったのだ。

似た者同士、気が合ったのである。

それからアネモネはどこに行くにしてもエラを連れて歩き、好き放題振る舞った。

社交界デビューのさいも夜な夜な遊び歩き、複数の男性との関係を結んだという。

そんなある日、イーゼンブルク公爵家の嫡男、ロイ・フォン・イーゼンブルクとの出会いが訪れる。きっかけはエラだった。

夜会でエラがロイにうっかりぶつかり、彼の礼装に赤ワインを零《こぼ》してシャツを汚してしまったのである。

相手が次期イーゼンブルク公爵だと知らなかったアネモネは、エラを庇《かば》うように「そこにいるあなたが悪いのよ」と冷たく言い放った。

これまで周囲から丁寧に扱われ病弱だからと気遣われてばかりだったロイは、正直に生きるアネモネに一目惚《ひとめぼ》れしてしまったのだ。

ロイが次期公爵と知らなかったアネモネは相手にしていなかったものの、素性を調べ上げたエラが、あの男はイーゼンブルク公爵になる男だ、という情報を彼女に知らせた。もしアネモネが公爵夫人となれば、筆頭侍女になるだろう自分の待遇もよくなると思い、画策したのだ。

ロイの情報をエラから聞いたアネモネは今までの態度から一変させ、ロイに甘い顔を見せ未来の公爵夫人の座を手に入れるべくすり寄った。

その後も、エラはロイとアネモネが密会できるような場所を確保したり、アネモネからの手紙をイーゼンブルク公爵家にこっそり運んだり、と二人の愛を深めるために奔走する。

ロイは悪女二人の手のひらで転がされていることも気付かず、日に日にアネモネへの愛を深めていった。

エラの暗躍が功を奏し、ついにロイはアネモネを妻にしたいと望んだ。だが、アネモネはイーゼンブルク公爵家にとって無名の男爵家の娘。

それに、いい噂を聞かなかったため、当時のイーゼンブルク公爵だったグレイは猛反対。絶対に認めなかったものの、エラが作戦を思いつく。

ロイは唯一の跡取りであるので、駆け落ちでもしたら認めてくれるだろう。

エラの悪知恵による作戦は大成功。グレイはしぶしぶとロイとアネモネの結婚を認める。

その後、エラはイーゼンブルク公爵家に嫁いだアネモネの侍女となった──。

「あとの話は本人から聞いてくれ。口を割るかはわからないが」

「承知した、感謝する」

雑貨店を足早に出たあと、エルツ様が提案する。

「どこかで休むか？」

「いいえ、このまま行きましょう」

日帰りの予定なので、休んでいる暇などない。伯母やエラがしてきたことを思い出すと、ゾッと悪寒が走る。

用事を終わらせ一刻も早くこの地を離れ、隠者の住まい《エルミタージュ》にある自宅に戻りたかったのだ。

「わかった。では行こうか」

「はい」

◇◇◇

エラがイーゼンブルク公爵家で侍女を務めていたのは五年間。その後、伯母が離婚したあとはケルンブルンの街へと戻ってきた。

それから一年と経たずに伯母はソビドール家の財産を盗み、男と駆け落ちしたという。

口留め料を受け取ったであろうエラは、ケルンブルンの中心街に家を買い、贅沢《ぜいたく》ざんまいな暮らしをしていたらしい。

けれどもギャンブルに手を染め、財産を失ってしまった。

それからというもの、彼女は家を売って下町で慎《つつ》ましい暮らしを続けているようだ。

教えてもらったエラの家は、下町の路地裏にあった。

扉を叩《たた》くと、「押し売りはごめんだよ!」だなんて声が返ってくる。

「押し売りではない。エラ・ノルデン、そなたが知りうる情報を金貨で買い取りたい」

「金貨だと?」

扉が開かれ、四十代後半から五十代前半くらいの、ブラウンの髪に白髪交じりの女性が顔を覗《のぞ》かせる。

「なんだい、あんたらは?」

「人を捜している」

「ああ、アネモネ・フォン・ソビドールについてだったら情報屋に行ってくれ。契約で、あたしから話せないようになっているんだよ」

「わかっている。情報屋に話した以外のことについて知りたい」

「そんなの、何もない――」

エルツ様が手にしている香炉から、煙が漂う。それを吸い込んだら最後、そして次の嘘《うそ》が吐《つ》けなくなるのだ。

以前、鳥マスクの人物に扮《ふん》した彼が、私に対して居場所を聞き出すために使った自白魔法である。

勝手に闇魔法だと思っていたものの違ったようで、騎士隊の調査に使うために開発した魔法だったらしい。

エルツ様が前金だと言って金貨を差しだすと、エラは部屋に入るように招いてくれた。

彼女の家は至る所に酒瓶が散乱しネズミが我が物顔で闊歩《かっぽ》するような、信じがたい環境であった。

……しばしの我慢が必要となりそうだ。

エラはもてなしとばかりに、お酒を注いでくれる。

これは先ほど、酒場で提供された混ざり物だろう。これを毎日飲んでいるとしたら、エラの体調が心配になる。

エルツ様は当然ながらお酒には手を付けずに、本題へと移っていた。

「情報屋にも話していなかったことを、教えてくれるか？」

「ああ、誰にも秘密だよ。でないと、イーゼンブルク公爵から金が貰《もら》えないんだ」

「オイゲン・フォン・イーゼンブルクが口止めをしていたのか？」

「いいや、違うよ。口止め料を払っていたのは、グレイ・フォン・イーゼンブルクだ」

「――――っ⁉」

まさかお祖父様がエラと繋《つな》がっていたなんて。お金を払ってまで、いったい何を口止めしていたのだろうか。

彼女は詳しい話を打ち明ける。

「イーゼンブルク公爵家というのはそれはもう酷《ひど》い家で、嫁いできたアネモネを酷くいじめていたのさ」

いじめに加担していたのは主に親族で、それを見た他の侍女も真似《まね》ていたらしい。

ただ、アネモネとエラは結託し、いじめた者に仕返しをしていたようだ。

卑劣な手を嫌うお祖父様にも報告し、たった一年で嫌がらせは撲滅できたという。

問題は解決したものの蔑《さげす》むような親族の目はなくなることはなかった。

「アネモネが許せなかったのは、子どもを産めないくせに、と陰で罵《ののし》られることだった。でも、それは仕方がないんだ」

伯父は病弱で、病に臥《ふ》せっていた。子どもを作る余裕などなく、あっという間に数年経ってしまったのだ。

「結婚から四年目に、アネモネは夫以外の運命の相手と出会ったんだ。真実の愛に目覚めたわけだ！」

それを聞いてまさか！　と思う。拳《こぶし》をぎゅっと握り、彼女の話に耳を傾ける。

「アネモネはその人を愛し――結果、子どもができた。はは！　それが今のイーゼンブルク公爵である、オイゲン・フォン・イーゼンブルクってわけさ！　大事に大事に育てたイーゼンブルク公爵家の息子オイゲンは、どこぞの馬の骨かもわからない男との間にできた子だったんだ！」

脳天に雷が落ちてきたような衝撃を受ける。

お祖父様が王室典薬貴族の座を返上し王宮を去った理由は、後継者であるオイゲンがイーゼンブルク公爵家の血を引き継いでいないからだったのだ。

「いつ、お祖父様……先代は気付いたのですか？」

「気付いたというか、あたしが金を寄越《よこ》すよう、ゆすりにいったのさ」

ギャンブルですべてを失ったエラは、情報を新聞社に売ろうとしたものの、その寸前で得意の悪知恵が働く。

新聞社で情報を売ったらその場限りだが、イーゼンブルク公爵家に話を持ちかけて口止め料を請求したら永久的にお金が貰えるのではないか。それに気付いたエラは、昔働いていたという伝手《つて》を最大限にまで使ってお祖父様と面会したらしい。

「十年前の話だったか。先代のイーゼンブルク公爵は血相を変えながらも、ありえないって言って信じなかったんだ」

オイゲンが生まれる前、伯父は伯母とともに地方で療養していたのだが肺炎を煩っていたらしい。

「毎晩激しい咳《せき》に苦しんでいるという状態で、子作りなんてできるはずないのさ。夫が苦しんでいる間に、アネモネは毎晩のように遊びほうけて看病なんてしていなかった」

お祖父様が信じないことなど想定していたようで、エラは医者から伯父の記録簿《カルテ》の写しを買い取っていた。

そのときの伯父が肺炎を患い、起き上がることさえできなかったことを目の当たりにすると、お祖父様はエラの暴露を信じるしかなかったようだ。

もともとオイゲンは母親にそっくりだったらしく、別の男との間に作った子だとは疑いもしていなかったらしい。

「先代のイーゼンブルク公爵は、この情報を喋《しゃべ》らせないために毎月金貨一枚を送るよう銀行省と契約してくれたのさ」

お祖父様が亡くなった今も、金貨は送金されているらしい。あらかじめ、数十年分の金貨を用意していたのだろう。

「先代イーゼンブルク公爵の書斎には、アネモネとロイ、十歳になった子の肖像画が大切そうに飾られていてね、嘘っぱちの絵だと思って笑ってしまったよ」

それはエルツ様がお祖父様の書斎で目にした、布が被せられていた絵のことだろう。

アネモネは離婚していてすでにイーゼンブルク公爵家におらず、オイゲンは母親の顔さえ知らない。

お祖父様がこうあってほしい、という願いを画家に描かせた肖像画だったのだろう。

オイゲンと血が繋がっていないと知って、その絵を見続けることが辛くなり布をかけてしまったのかもしれない。

「イーゼンブルク公爵家の名誉を守るために必死になって隠して、挙げ句、死んでしまうなんて不幸な爺《じい》さんだったよ。あははは、あはははははは‼」

エラの高笑いが、いつまで経っても耳にこびりついていた。

お祖父様が隠そうとしていたのは、とんでもない過去だった。

考えれば考えるほど、具合が悪くなる。くらくらと眩暈《めまい》に襲われ――。

「ビー、大丈夫か⁉」

「⁉」

エルツ様に体を支えられ、ハッと我に返る。

いつの間にかエラの家を離れ、クワルツが待つ場所まで戻ってきていたようだ。

「少し休んだほうがいい」

「いいえ、大丈夫です。ここを、一刻も早く離れたいので」

「ビー……早く帰りたいのであれば、転移魔法でもいいのだが、そなたの体調が心配だ」

転移魔法は一度行き来した場所であれば使えるようだが、長距離移動は酔いやすいらしい。そのため、帰りもクワルツに乗る必要がある。

「頭を冷やしたいので、クワルツに乗って帰りたいです」

「わかった。その通りにしよう。ただし――」

エルツ様は私を横抱きにし、クワルツに乗せてくれる。

それだけでなく、背後に跨《また》がった状態で、外套《がいとう》に私を包み込むように抱きしめた。

「落ちないよう、この体勢で帰るからな」

大丈夫、とは言えなかった。

エルツ様の厚意に甘え、このままの状態で帰ることとなる。

クワルツは私に対し気遣いを見せてくれたようで、行き以上に丁寧に飛んでくれた。

おかげで、何事もなく戻ってくることができた。

王都にある塔へと戻ってくると、エルツ様が転移の魔法巻物《スクロール》をくれた。

「これで隠者の住《エルミタージュ》まいまで帰るといい。今日はゆっくり休んで、ぐっすり眠るように」

「はい、ありがとうございます」

深々と頭を下げて、感謝の気持ちを伝える。魔法巻物《スクロール》を破ろうとした瞬間、エルツ様が「待て」と叫んだ。

「やはり心配だ。そなたを放っておくことはできない」

エルツ様が私を引き寄せ、ぎゅっと抱きしめる。

「一人で抱え込まず、私にもわけてほしい」

その言葉で、これまで我慢していた感情が爆発してしまう。

涙が零れ、止まらなくなった。

どうして伯母は、お祖父様が大切にしてきたイーゼンブルク公爵家をめちゃくちゃにしたのか。

伯父の体調のことがあって子どもができなかったという事情はわかるが、そうであっても家族を裏切るような行為などしてはいけない。

もっと他にも方法があったはずなのに真実を隠し、オイゲンを伯父の子どもとして育てさせるなんてありえないだろう。

私はエルツ様にしがみつくように抱きつき、子どものようにわんわん泣いてしまったのだった。

エルツ様は私が泣き止むまで傍にいて、落ち着いたあとも隠者の住まい《エルミタージュ》まで送り届けてくれた。

そのまま帰すのも悪いと思い、薬草茶をふるまう。

リラックス効果のある、オレンジブロッサムのお茶を淹《い》れてみた。

「この茶は、柑橘《かんきつ》か？」

「ええ、オレンジの花を乾燥させて作ったお茶なんです」

香りは実物のオレンジよりも濃く、味わいはすっきり爽《さわ》やか。

鎮静効果もあり、心労が原因となる頭痛を緩和してくれる。

「庭に柑橘専門温室《オランジェリー》がありまして、今のシーズンは花が満開なんです」

春から夏にかけて、さまざまな柑橘が実るだろう。

「花もこのように豊かに香るのだな」

「そうなんです。オレンジの皮から作るお茶よりも、私はこちらが好みで」

エルツ様と過ごすうちに、気持ちが穏やかになっていく。

他人の前で涙を流したのは、もしかしたら初めてかもしれない。お祖父様が亡くなったときでさえ、部屋で一人泣いていたのだ。

弱みも見せられるくらい、私の中でエルツ様の存在が大きくなっているのだろう。

「先ほどは見苦しいところを見せてしまい、本当に申し訳ありませんでした」

「見苦しくなんてない。むしろ、そなたはいつも不安や嘆きを抱え込み、誰もいないところで一人涙しているのではないか、と心配だったのだ」

エルツ様は私のことなど、お見通しだったわけである。

「祖父が抱えていた秘密について聞いたときは動揺しましたし、信じられないような気持ちにもなりました」

ただ、伯父が亡くなってからのお祖父様の行動を考えたら間違いようのない事実なのだろう。

「グレイがそなたと私を結婚させようとしていたのに、突然反故《ほご》にした理由についても納得できた」

私に姉妹はおらず、また、オイゲンも同じ。

イーゼンブルク公爵家直系の血を引き継ぐ者は私以外にいなかったのである。

「グレイはそなたとオイゲンを結婚させて、イーゼンブルク公爵家の血筋を次代へ残そうとしていたようだ」

「ええ……」

ただそれも、お祖父様は後ろめたいと思っていたのか。私に遺した手紙には、オイゲンと別れてもいい、と書かれていた。

お祖父様は私とオイゲンの相性がよくないことと、彼に愛人がいたことをわかっていたのかもしれない。

「もしもオイゲンがこのことを知ったら――」

「再びそなたを捜し回り、再婚するよう乞《こ》うてくるに違いない」

ゾッとするような話である。絶対に知られてはならないだろう。

「ただ、あの男がイーゼンブルク公爵と名乗り続けるのは気に食わないな」

「それはそうですが、彼が伯父の子でない証拠はどこにもありませんから」

それに彼を当主の座から引きずり下ろしたとしても、公爵家を継げる者はいない。

傍系であれば数名いるものの、イーゼンブルク公爵を継承できるのは、直系の男系男子のみとされているのだ。

「ビー、この件については、もう考えなくてもいい。あまりにも不毛だ」

「そう、ですね」

お祖父様が罪とまで言っていた謎が解明したものの、なんとも空《むな》しい気持ちになる。

もしも私とオイゲンの関係が良好だったら、お祖父様の苦しみも和らいだのだろうか。

何もかも、すべて終わったことである。

あとは、イーゼンブルク公爵家の血が途絶え、衰退していく様子を外から見ているしかないのだ。

エルツ様の言うとおり、この問題についてこれ以上考えるのは不毛だ。

今日のところは温かいお風呂《ふろ》に入って、ゆっくり休もう。

もう時間も遅いので、エルツ様に泊まっていったらどうか、と提案してみた。

すると、エルツ様の眉間《みけん》に皺《しわ》が寄る。

「独身女性の家に、男を泊まらせるのはいかがなものか」

「エルツ様は特別です。他の男性《ひと》ならば絶対に泊めません」

「なるほど。ここに滞在し宿泊していいのは、世界でただ一人、私だけだと解釈してもいいのか？」

「もちろんです」

そう答えると、エルツ様はそれはそれは美しい微笑《ほほえ》みを浮かべる。

「ビーよ、その言葉、一生忘れぬからな」

「は、はあ」

エルツ様は上機嫌な様子で、今日のところは帰ると言い、転移魔法を使ってお帰りになった。

部屋がシン、と静まり返り、なんだか寂しい気持ちになる。

そんな私の気持ちを察してくれたのか、アライグマ妖精《ようせい》の三姉妹がやってきてくれた。

『お風呂を沸かす？』

『それとも眠る？』

『食事にしようか？』

「ありがとうございます」

もう大丈夫だ、なんて思っていたものの、どうやら強がりだったらしい。

アライグマ妖精の三姉妹のおかげで、私はなんとか一日を終えることができたのだった。

◇◇◇

ついに、クリスタル・エルフの始祖の生誕パーティー当日となった。

私は蜜蜂《みつばち》のような黒と黄色の配色ドレスに、チュールレース付きのベレー帽を合わせた恰好《かっこう》で参加する。

黒いチュールレースが顔を隠してくれるので、あまり目立たないだろう。

久しぶりのパーティーへの参加なので、非常に助かる。

クリスタル・エルフの始祖の生誕パーティーでのドレスコードが、まさか仮装だなんて夢にも思っていなかった。

他の参加者がどんな恰好をしているのか、楽しみで仕方がない。

エルツ様とは研究室で待ち合わせをする。

約束していた時間には早いが、転移の魔法巻物《スクロール》で隠者の住まい《エルミタージュ》から移動した。すると、すでにエルツ様は研究室で待っていたようだ。

「早かったな」

「エルツ様も」

養蜂家をテーマにした仮装のエルツ様が振り返る。

全身白い装いで、トップハットから蜜蜂避けをイメージしたベールが垂れ下がっていて、エルツ様の神秘的な魅力が際立っているように見える。

合わせたテールコートにはハニカム模様が銀糸で刺繍《ししゅう》されていた。

「ビーは本物の蜜蜂のように愛らしいな」

「か、かわいらしいドレスを作っていただきました」

背中には蜜蜂の羽根が刺繍されていて、本当に愛らしい一着となっている。

褒められているのはドレスで私ではない、と心の中で何度も言い聞かせた。

「エルツ様も、養蜂家の装いがお似合いです」

「それを聞いて安心した」

パーティーへ挑む前に、お茶の時間にしよう。

「大広間は少し冷えるというので、スパイスを利かせたお茶を持ってきました」

紅茶にカルダモンとクローブ、シナモンにショウガ、フェンネル、コショウを加え、ピリッと仕上げてみた。

保温効果がある魔法瓶からお茶をカップに注ぐ。

「蜂蜜を入れますか？」

その言葉を聞いたエルツ様は、ふっと微笑む。

「何か面白かったですか？」

「蜜蜂からの提案だと思って」

「そういうわけだったのですね」

たしかに、蜜蜂の仮装をした者が蜂蜜を勧める様子、というのは面白いかもしれない。

エルツ様は蜂蜜を所望されたので、ひとまずティースプーン一杯分だけスパイス紅茶に垂らしておく。

「ふむ、これは癖になるような味わいだな」

「ええ。最初に飲んだときは、なんだこれは⁉　と驚いたものですが、今では大好きなお茶なんです」

飲んでいるうちに、体がポカポカと温まってくる。二杯目を注ごうかと立ち上がった瞬間、エルツ様がまさかの行動に出た。

私の腰に腕を回し、そのまま引き寄せエルツ様の膝《ひざ》の上に座らせたのだ。

「なっ――いったいなぜ？」

「今日の私は養蜂家だからな」

「養蜂家のお仕事は、蜜蜂を捕まえることではありません」

「そうだったか？」

あまりにも白々しくとぼけるので、最終的に笑ってしまった。

エルツ様の顔を見ると、真剣な眼差《まなざ》しを向けているのに気付く。

「一つ、頼みがあるのだが」

「な、なんでしょうか？」

「今さっきみたいに、愛らしい笑みを毎日見せてほしい」

「善処いたします」

エルツ様は返事をする代わりに、私をぎゅっと抱きしめてくれた。


ついに、クリスタル・エルフの始祖の生誕パーティーが始まった。

会場には、不思議な装いをした人々が集まっている。

包帯人間《ミイラ》、吸血鬼に猫娘など仮装のクオリティはかなり高い。

皆、仮面を装着するだけ、動物の耳を付けるだけ、みたいな体の一部にアイテムを着けるのみの仮装だと思っていたのに思いのほか気合いが入っていた。

「不完全な仮装をした者は、受付で止められ入場できていないようだな」

「では、ここにいるのは、ドレスコードのチェックに合格した猛者だけだったのですね」

「そうみたいだ」

参加者のほとんどはヴィンダールスト大公家の親族らしい。皆、水晶を思わせる美貌《びぼう》の持ち主ばかりで、非常に眼福だった。

現在の当主であるエルツ様は、ベールを被っていたので、気付かれていない模様。

「親戚《しんせき》共にもみくちゃにされるものだと思っていたが、この装いのおかげで静かに過ごせている。養蜂家の仮装を思いついたビーのおかげだな」

「お役に立てたようで何よりです」

途中、巨大なクマが目の前を横切る。

よくよく見たら、クマの全身着ぐるみを着用したクルツさんだった。

「お前は、なんて恰好をしているのだ」

「ひっ、魔法医長の声がする⁉」

「ここだ」

「わあ！」

クルツさんもエルツ様に気付いていなかったらしい。戦々恐々とした様子で会釈する。

「あ、ブルームさんもご一緒で……蜜蜂と養蜂家なんだ！」

パートナーと一緒の仮装を褒められる。

「俺も誰かとクマと猟師、みたいな仮装にすればよかったなー」

「誰かいるのか？」

「いや、いないかも」

クマは蜜蜂が大好物なので仲間に入れてくれないか、とクルツさんが懇願したものの、エルツ様はきっぱり断っていた。

「パートナーを探す努力をしろ」

「ごもっともで」

クルツさんは飲食コーナーを発見したようで、スキップしながら去って行った。

「賑《にぎ》やかな男だ」

「おかげさまで、緊張が解《ほぐ》れました」

クリスタル・エルフの始祖はいったいどのような仮装でやってくるのか。

「広間の中心にある巨大な花のモニュメントが極めて怪しいな」

「ですね」

国王夫妻が魔女と犬の使い魔の装いで登場すると、ついに生誕パーティーが始まった。

犬の耳を装着した国王が両手を掲げ、声をあげる。

「今日はエルツ・フォン・ヴィンダールストの千五百歳のめでたい日――皆の者、心から楽しむように。そして、本日の主役、エルツ大魔法医長‼」

そう口にした瞬間、モニュメントの花が開花する。

中心から姿を現したのは、全身タイツに蝶《ちょう》の羽を背負ったクリスタル・エルフの始祖の姿……。

動く度に、頭の上にある触覚が右に、左にと揺れていた。

容貌は驚くほどエルツ様そっくりだが、あの仮装はいったい……？

「あ、あの、エルツ様、クリスタル・エルフの始祖の仮装は、どのような意図が？」

「ふざけているとしか言いようがない。ビー、見るな。目が腐るから」

クリスタル・エルフの始祖はかなり独特な感性の持ち主だったようだ。

想定外の仮装で、皆、クリスタル・エルフの始祖から距離を取っている。

クリスタル・エルフの始祖はにっこり微笑み、参加者に向かって声をかけた。

「みんな――――！　今日はありがと――――！　楽しんでいってねえ――――！」

なんともシンプルなお言葉である。

皆、クリスタル・エルフの始祖から目を逸らしているようだった。

私もそうしよう、と思っていたのに、うっかり視線が合ってしまう。

「あ!!」

クリスタル・エルフの始祖は何かに気付いた挙動を取ったのちに、こちらに向かって駆けてくる。

すると、エルツ様は私を横抱きにし走り始めた。

「ねえ、エルツ君でしょう？　どうして私から逃げるの？　酷くない!?」

クリスタル・エルフの始祖は叫びながら、猛烈な速さで駆けてくる。

エルツ様はこれまで私に見せたことがないほど、焦った表情でいた。

「待ってってば～～～」

そう言ってクリスタル・エルフの始祖は大きく跳躍し、私達の目の前に着地した。

「本物の蝶のように飛ぶな‼」

「お誕生日なのに、最初の言葉がそれって酷くな〜い？」

「その恰好で、追いかけるほうが酷いだろうが！」

「え、蝶の恰好、かわいくない？」

「かわいくない‼‼」

エルツ様はこれ以上の逃走は成功しないと思ったようで、私を下ろしてくれた。

「君が、エルツ君の愛《いと》しの君だね」

「始祖‼」

「ああ、ごめんごめん。名前を聞いてもいいかな？」

今日はベアトリス・フォン・イーゼンブルクとしてやってきたのだ。

スカートを摘《つ》まんで膝を落とし、頭を垂れる。

「お初にお目にかかります。私はベアトリス・フォン・イーゼンブルクと申します」

「ああ、グレイの自慢していた孫娘ちゃんか！　もうこんなに大きくなったんだ。グレイもつい最近まで、生まれたてだと思っていたのにな」

これまでにこにこと明るい表情を見せていたクリスタル・エルフの始祖は、悲しげな様子で目を伏せる。

「でも、君はグレイの若いときに驚くほどそっくりだ。あの子はぜんぜん似ていないけれど」

クリスタル・エルフの始祖の視線の先には、信じがたい人物がいた。

鳥マスクを床に投げ捨て、私のもとへやってくるオイゲンの姿を発見してしまう。

「ベアトリス、見つけたぞ‼」

「オイゲン、なぜここに？」

私の疑問にエルッ様が答えてくれた。

「どこからか忍び込んだのだろう」

誰もオイゲンなど招待していないと言う。

「お前は、やはり、その男と不貞を働いていたようだな‼」

まるで罪人を糾弾するように、オイゲンは私を指差す。

クリスタル・エルフの始祖の生誕パーティーというめでたい日に、いったい何をしてくれたのか。

申し訳なくなり、クリスタル・エルフの始祖のほうを見たら――わくわくするような表情を見せていた。

「え、何？　痴情のもつれ？　人間のそういう話を聞くの、私はとっても好きだよ」

「始祖、少し黙っていてもらえるか？」

「あ、ごめんね。続けて！」

国王陛下をお守りしていた騎士がオイゲンを捕らえようとしていたのだが、クリスタル・エルフの始祖が阻止する。

「皆、余興を楽しもうよ、ね？」

オイゲンの登場は、パーティーのお楽しみとして処理されてしまった。

「ベアトリス、お前は僕と夫婦関係にあるときから、この男と浮気をしていたんだ！　証拠はここにある！」

そう言って、紙の束を床に叩《たた》きつける。それは以前、エルツ様と交わした手紙の数々だった。

「お前はこの手紙を、金庫に大事にしまっていたようだな」

「ええ、まあ」

何か財産があるかと金庫を漁《あさ》ったが、手紙しか出てこなかったので腹が立ったのだろう。だとしても、このような場で騒ぎを起こさなくてもいいのに。

「僕を裏切って、イーゼンブルク公爵家を乗っ取るつもりだったんだろう！」

「あれ、これ――ねえ、君！　この手紙は魔法薬の請求について書かれているだけだよ」

あろうことか、クリスタル・エルフの始祖はオイゲンが投げ捨てた手紙を拾い上げ、内容の確認をしていた。

いつの間にか蝶の衣装は脱いでいたようで、カラスのような中のシャツまで真っ黒なテールコートをまとっていた。

クリスタル・エルフの始祖は手紙を読みながら、小首を傾げる。

「あー、全部、魔法薬をくれってひたすら書かれているだけじゃん。差出人に名前はないし、こんなの浮気の証拠にもならないよ」

エルツ様からの手紙はすべて古代文字で書かれていたので、オイゲンは読めなかったのだろう。

たしかに、私とエルツ様は三年もの間、個人的なやりとりを続けていた。

けれどもそれは、エルツ様の使い魔であるブランを通して手紙のやりとりをしていただけである。

それに、浮気ではなく魔法薬の常連さんとのやりとりなのだが……。

「君、ぜんぜんなっていないよ。こんな大舞台で騒ぎを起こすんだったら、もっと確かな浮気の証拠を持ってこなきゃ」

クリスタル・エルフの始祖にたしなめられたオイゲンは、額にびっしょりと汗を掻《か》いていた。

「ち、違う……僕は、なんにも悪くない……何もかも、ベアトリスが悪いんだ。イーゼンブルク公爵家がめちゃくちゃになったのも、すべてベアトリスが悪いんだ！　イーゼンブルク公爵家の乗っ取りを今もその男と虎視眈々《こしたんたん》と計画しているんだろう⁉」

オイゲンの主張に、思いがけない方向から声がかかる。

「イーゼンブルク公爵家を乗っ取っていたのは、あんたのほうだろうが！」

魔女の装いをした女性が、一歩前に出てくる。

深く被っていた頭巾《ずきん》を外すと、その正体に気付いてしまった。

「あ、あのお方は――」

「エラ・ノルデンだな」

伯母の元侍女で、オイゲンの乳母だった女性だ。

「いったいなぜ、あの者がここにいる？」

「あー、あの女の人は私が招待したんだー」

まさかの、クリスタル・エルフの始祖の招待客だったわけだ。

「数日前にケルンブルンの街に素材収集に行ったときに彼女に会ってねぇ。突然、私に向かって、言うつもりがない情報を言ってしまった、責任を取ってくれーなんて怒るものだから」

どうやらエラは、エルツ様とクリスタル・エルフの始祖を人違いしたらしい。

クリスタル・エルフの始祖は訂正せず、事情を聞いた上でお詫《わ》びにと、このパーティーへ招待したようだ。

彼女はいったい何を言いだすのか。ハラハラしながら見つめる。

「お、お前は誰だ!?」

「あんたの元乳母だよ」

「嘘だ!」

「嘘じゃないよ。あんた、お尻《しり》に大きなホクロがあるだろう?」

「──っ!」

間違いなかったようで、オイゲンは悔しそうな表情を浮かべる。

「あんたはよくもこのお嬢さんに、家を乗っ取っていただなんて言えるね。実際に乗っ取っていたのは、あんたのほうなんだよ!」

「だから、何を言っているんだ!」

「騒ぐな、この浮気者が!」

「だ、誰が浮気者なん――」

「オイゲン、久しぶりね」

お腹がほんの少しだけ大きくなったヒーディが登場する。

クリスタル・エルフの始祖がにんまりと微笑みながら紹介した。

「彼女はイーゼンブルク公爵家について調べているときに出会った女性でね、当主の子どもがお腹の中にいるのに連絡が取れなくなったって困っているようだったんだ」

人の多いところにやってきたら出会えるかもしれない、そう言って誘ったのだと言う。

「それにしても、お腹の中の子ども、離婚後に作ったにしては大きいなあ～？」

「ぐ……‼」

ぐうの音も出ないような状況、というのを目の当たりにしてしまった。

そんなオイゲンに、エラはすかさず追い打ちをかけた。

「オイゲン、あんたはね、父親であるロイ・フォン・イーゼンブルクの血を引いていないんだ！母親の不貞の末に生まれた子なんだよ‼」

「なっ――⁉　あ、ありえない‼　この女は、嘘を吐《つ》いている‼」

ここでクリスタル・エルフの始祖が提案する。

「君がイーゼンブルク公爵家の血を引き継いでいるか、確認できるよ」

そう言うと、クリスタル・エルフの始祖は水晶に血を垂らす。すると、眩《まばゆ》い白銀の光を放った。

同じように、エルツ様にも血を提供するように命じる。

「エルツ君、いいよね？」

「ああ、協力しよう」

エルツ様はナイフの切っ先で指先を傷付け、水晶に血を落とす。

すると、同じように白銀に光った。

「このように、一族同士の者の血を垂らすと、同じように光るんだ」

今日、クリスタル・エルフの始祖は亡くなったお祖父様の血を持ってきていた。

「このペンダントの中に大切にしまっていたけれど、今日、使わせてもらうよ」

お祖父様の血を水晶に垂らすと、緑色の光を放った。

「これがイーゼンブルク公爵家の色か、美しいな」

今度はオイゲンが血を提供する番である。

「このように見せしめにされるのは気分が悪い！」

「いいから、つべこべ言わずに血を提供しなよ」

オイゲンは騎士に拘束された状態で、クリスタル・エルフの始祖が魔法を使い痛みがないような方法で血を採取する。

オイゲンの血が触れた水晶は、紫色に光った。

「これはこれは、イーゼンブルク公爵家の色じゃないみたいだ。君は正真正銘、イーゼンブルク公爵家の血を引き継がず乗っ取っていただけになるな」

「う、嘘だ……僕が父の子どもではなかったなんて……」

オイゲンはハッとした様子を見せると、私を睨《にら》みつける。

ありえない主張を始めたのだ。

「だったらあの女――ベアトリスだって、どこの馬の骨かもわからない者の血を引いているかもしれない！　調べてくれ！」

私の両親を侮辱するような、酷い言葉である。

クリスタル・エルフの始祖はくるりと私を振り返り、手招きする。

「君もやってくれるかい？」

「はい、もちろんです」

クリスタル・エルフの始祖は私の血を魔法で抜き取り、水晶へ落とす。

すると、水晶は緑色に輝いた。

「おめでとう！　どうやら君が、イーゼンブルク公爵家の正統な後継者だったようだよ！」

クリスタル・エルフの始祖がそう宣言すると、参加者達が拍手をして祝福してくれた。

「嘘だ！　ベアトリスだけがイーゼンブルク公爵家の血を引いていたなんて！　さっき調べた血は、僕の血だ！」

「はいはい、わかりましたー。十分楽しませてもらったから、あとは外でお話ししてねえ」

クリスタル・エルフの始祖が合図をすると、オイゲンは騎士に連行されていく。

なんというか、びっくりした。

「あー、面白かった！」

クリスタル・エルフの始祖は満足げに言っていたものの、オイゲンが起こした騒動を見た者達の顔色はよくない。

それも無理はないだろう。イーゼンブルク公爵家の一大スキャンダルが暴露されたのだから。

「あ、そうだ、陛下、イーゼンブルク公爵の爵位はもちろん剥奪《はくだつ》だよねえ？　陛下が開いてくれた宴《うたげ》に勝手に侵入するだけでなく、見苦しい騒ぎを起こしたし」

「それはまあ……そうだな」

「よかったー！」

それを聞いて私も安心する。

イーゼンブルク公爵家の名誉は、これ以上堕《お》とされることもないようだ。

「それから、陛下は私の誕生日に、なんでも願いを叶《かな》えてくれるって言っていたよね？」

「ああ、もちろんだ。千年もの間、我が国のために尽くしてくれた始祖のためならば、なんでも叶えてやろうぞ」

「よかった。じゃあさ、取り上げたイーゼンブルク公爵家の爵位を、彼女、ベアトリス・フォン・イーゼンブルクに与えてほしいんだ」

「なんと！」

国王陛下は瞠目《どうもく》し、周囲の者達もざわざわと騒ぎ始める。

それも無理もない。

これまで女性が公爵を継承した例などなかったからだ。

「始祖よ、イーゼンブルク公爵を継承できるのは、直系の男系男子だと決まっているのだが……」

「わかっているよ。だから、お願いをしているんだけど」

これまで上機嫌だったクリスタル・エルフの始祖の空気が、ピリッとして緊張感が広がっていく。

さすがの国王陛下も、千五百年と生きたクリスタル・エルフの始祖を前にしたら、強く出られないのかもしれない。その一言で、あっさり認めてしまった。

「わかった、わかった。それでは、オイゲン・フォン・イーゼンブルクから没収した爵位は、速やかにベアトリス・フォン・イーゼンブルクへ与えよう」

「本当？　よかったー。これで私が天国に行ったときに、グレイにいい報告ができるよ。陛下、ありがとう」

「いや、まあ、喜んでくれたようで何よりである」

クリスタル・エルフの始祖は参加者達を振り返り、美しい笑みを浮かべて言った。

「それじゃあみんな、私はこれくらいにしておくから、各々最後まで楽しんでね！」

そう言って会場をあとにする前に、クリスタル・エルフの始祖は私達に向けて手招きをする。どうやら、話があるようだ。

別室に移ると、そこにはお酒や軽食が用意されていた。

勧められるがままにソファに腰かける。

「いやはや、ごめんねー。茶番を計画したのは私だったんだ」

エルツ様は気付いていたようで、険しい表情でいた。

「なんかねえ、真面目に生きてきた人達が損をするのは嫌だったんだ。グレイのことは守れなかったから、余計に孫娘である君にはすべてを手に入れて幸せになってほしかったんだよね」

「始祖様、ありがとうございます。きっと祖父も、喜んでいると思います」

「そうだといいけれど」

まさかイーゼンブルク公爵の爵位が私のもとにやってくるなんて、夢にも思っていなかった。

「その、私がイーゼンブルク公爵の爵位をいただいてもよろしかったのでしょうか？」

「何を言っているの？　君しかいないよ！」

「そう、でしょうか？」

エルツ様のほうを見ると、こくりと頷《うなず》いてくれた。

「申し訳ないけれど、君についてもいろいろ調査したんだ。そうしたら、驚くほど考え方や生き方がグレイにそっくりだと思ってね。グレイは亡くなってしまったけれど、彼は確実に君の中で生きている。それに気付いたら、君以上にイーゼンブルク公爵に相応《ふさわ》しい者はいないと思ってね。自信を持っていいよ、イーゼンブルク公爵！」

「始祖様、ありがとうございます」

「それと――」

クリスタル・エルフの始祖は慈愛に満ちた表情を浮かべながら私に言った。

「エルツ君のこと、これからもよろしくね」

「はい」

私達は笑顔で別れたのだった。

クリスタル・エルフの始祖は威厳があって近寄りがたいお方なのだろう、とイメージを決めつけていた。

しかしながら実際のクリスタル・エルフの始祖は気さくかつおちゃめで、とても優しいお方だった。クリスタル・エルフの始祖のおかげで、私はイーゼンブルク公爵となるらしい。

まだまだ実感できないものの、この先一生をかけて大切にしたい。

◇◇◇

オイゲンはクリスタル・エルフの始祖の生誕パーティーに侵入し、騒ぎを起こした罪で留置されていたようだが、一か月ほどで釈放されたという。

その後、彼はイーゼンブルク公爵の爵位を没収され、社交界から追放された。

二度と、私に近付かないよう厳命を受けたようだ。

それからどうなったかは把握していない。

ヒーディは修道院に入り、生まれる子は養子に出されるようだ。

エラはエルツ様やクリスタル・エルフの始祖から貰《もら》った報酬を、全額ギャンブルに使い込んでしまったらしい。残った僅《わず》かなお金でケルンブルンの街に戻って、慎ましい暮らしに戻ったようだ。

私はといえば爵位を授与され、正式にイーゼンブルク公爵となった。

それと同時に、お祖父様が凍結していた財産が明らかとなる。

なんでもオイゲンが使い込まないよう、三分の二の財産を別に確保していたらしい。

お祖父様がそんなふうに手を打っていたなんて知らなかった。

いろいろやらなければならないことがあるものの、今は下町の人たちが気軽に立ち寄れる診療所と薬局を作る計画を立てている。

損をするだけだ、と他の魔法薬師から言われたが、私はそう思わない。

実現できるよう、頑張っている。

イーゼンブルク公爵邸については修繕が必要だろう。費用について考えると頭が痛くなるが、放置するわけにはいかない。

ひとまず清掃業者に依頼して、きれいにしてもらうことから始めよう。

いろいろと奔走する間に、冬は過ぎ去り、温かな風は吹く春を迎えていたのだ。

薬草は元気いっぱいで、これから太陽の日差しをたっぷり浴びて大きく生長してくれることだろう。

忙しい毎日を送る中、私の癒やしは隠者の住まい《エルミタージュ》で過ごすことである。

相変わらずセイブルやアライグマ妖精《ようせい》の三姉妹、リス妖精など、私の傍には愛おしい精霊や薬獣がいてくれる。これ以上、幸せなことはないだろう。

今日はエルツ様が遊びに来てくれた。

以前約束したとおり、全自動洗濯機を修理してくれたのだ。

「魔法式が消えかけていたから、動かなくなっていたのだろう。書き直して、消えないよう加工をしておいたから、あと百年は使えるはずだ」

「エルツ様、ありがとうございます」

修理が終わったあとは、シーツやカーテンを洗って物干し用の芝生《ドライング・グリーン》に広げて干した。

そのあとは、シナモンとクローブを入れた木イチゴのパイをエルツ様と囲む。

お茶はもちろん、庭で採れた薬草をたっぷり入れた一杯だ。

「やはり、ビーが焼いた菓子と、薬草茶は世界一だな」

「そのようにおっしゃっていただけて、嬉《うれ》しく思います」

このように、エルツ様と隠者の住まい《エルミタージュ》で過ごすこの瞬間が幸せでしかない。

これから先も、こんな時間が続きますように、と祈らずにはいられないのだった。

エピローグ　晴れた日にはおいしい食事をあなたと一緒に

森の雪は溶け凍えるような風が暖かなものに変わり、芽吹いたばかりの草花が豊かに広がる。

春の訪れを、草花の芽吹きから感じていた。

隠者の住まい《エルミタージュ》から五分ほど歩いた先にある小川に、水新芽《ウオータークレス》――クレソンが自生しているとセイブルから教えてもらったので、さっそく採りにいく。

その辺の川に生えているクレソンは、野生動物の糞尿《ふんにょう》で汚染されている可能性があるので注意が必要だ。

けれどもこの地にあるクレソンは、セイブルの守護力のおかげで清潔な状態を保っているらしい。

ありがたくいただこう。

アライグマ妖精の三姉妹、ムク、モコ、モフと共に川に向かったところ、たくさんのクレソンが生えていた。

『いっぱいある～』

『今年は豊作だね！』

『たくさん採ろう！』

クレソンは食欲増進効果があり、スープなどにすると食が進むだろう。

また、美容効果も期待できるので、いいこと尽くしなのだ。

「クレソンは茎にも栄養がたっぷりあるんです。だから、葉っぱだけじゃなくて茎も摘んでくださいね」

『わかった』

『了解』

『は〜い』

春の森にはクレソンだけでなく、木の実も生《な》っていた。

この辺りは濃い魔力が漂っているからか、植物の生長が少しだけ早い。

そのため、春の終わりくらいに実を生すクサイチゴを発見できた。

見た目はヘビイチゴによく似ている。

ヘビイチゴは食べてもおいしくないが、クサイチゴは甘酸っぱくておいしい。

見た目の違いはほとんどないのだが、ヘビイチゴは黄色い花を、クサイチゴは白い花を咲かせる。

果実にも違いがあり、ヘビイチゴは小ぶりで、クサイチゴのほうが大きいのだ。

ぼんやりしているときに、うっかりヘビイチゴを摘んで帰ったことがあって、あの日のことは今でも後悔している。

しっかり見極めて、クサイチゴを摘まなければならないのだ。

「よし、と。こんなものですか」

クレソンとクサイチゴが十分なくらい採れたので、隠者の住まい《エルミタージュ》へと戻る。

エルツ様やクリスタル・エルフの始祖のおかげで、私はイーゼンブルク公爵となった。

忙しい日々を過ごしているが、疲れたら隠者の住まい《エルミタージュ》に戻るようにしている。薬草を摘んだり、料理をしたりするひとときは幸せでしかなかった。

最近は、その喜びを分かち合う仲間ができた。エルツ様である。

隠者の住まい《エルミタージュ》に招待し、一緒に食事を囲んだり庭を散歩したり、とのんびりした時間を過ごしているのだ。

今日も、このあとエルツ様が訪問してくる。

昼食を一緒に食べるため、これから用意するのだ。

まずは、採れたて新鮮なクレソンを使ってスープを作ろう。

鍋《なべ》にオリーブオイルを入れ、すり下ろしたジャガイモとバター、牛乳を入れてしばし煮込む。ここに昨日から仕込んでおいたブイヨンと細かく刻んだクレソンを入れ、さらに煮込むのだ。生クリームを入れたあと、塩、コショウで味つけをしたら、クレソンポタージュの完成だ。

続いて、昨日から生地を休ませておいた薬草フォカッチャを焼く。

このフォカッチャが、クレソンポタージュによく合うのだ。

メインはニジマスのパン粉焼き。

パン粉には乾燥させたバジルが混ざっていて、食べたときに豊かに香るだろう。

飲み物はレモンバームと蜂蜜《はちみつ》でレモネードを作ってみた。

今日は少し汗ばむような気候なので、おいしく飲んでくれるに違いない。

食後のデザートは、クサイチゴのタルトだ。

これはアライグマ妖精の三姉妹が作ってくれた。

クサイチゴがルビーのようにキラキラ輝いていて、とても美しかった。

そうこうしているうちに、エルツ様がやってくる。

「エルツ様、いらっしゃいませ」

エルツ様は「これは土産だ」と言って、花束を渡してくれた。

「野薔薇《のばら》ですね。とてもきれいです」

「よかった。森に探しに行ったかいがあった」

「わざわざ森にまで行かれたのですか？」

「ああ。きちんと大公家の敷地内にある森から摘んできたものだから、安心するといい」

わざわざそこまでして摘んできてくれるなんて……大変だっただろう。

ありがたくちょうだいする。立ち話もなんだから、と中へと案内した。

「食事の用意をしますので、少し待っていてくださいね」

アライグマ妖精の三姉妹が協力して引いた椅子に、エルツ様は腰かけていた。

その様子はおとぎ話の挿絵《い》のようだった。

エルツ様がくれた野薔薇を活け、食卓の真ん中に置く。野薔薇を眺めながら食べる食事は格別だろう。

食事を並べ終え、私も席につく。

「エルツ様、いただきましょうか」

神々に祈りを捧《ささ》げ、食事をいただく。

まずはスープから。

色鮮やかに仕上がったクレソンのポタージュは濃厚で、春のさわやかな風味を感じる。

「これはクレソンのポタージュか。苦みがなく、おいしい」

お口に合ったようで、ホッと胸をなで下ろす。

他の料理も食べるごとに、おいしいと絶賛してくれた。

食後のクサイチゴのタルトを食べながら、お互いの近況について話す。

エルツ様の専属魔法薬師《くすし》をしていた期間とは異なり、今は会える日がめっきり減ってしまった。

寂しいけれど、イーゼンブルク公爵の爵位を継いだ以上、以前のように頻繁に会うわけにはいかない。わかっていても、毎日エルツ様の声だけでも聞きたいと願ってしまう。

今日、こうして会えるのは嬉しいのに、また離れ離れになる期間が始まるのかと思うと、酷《ひど》く寂しくなってしまうのだ。

そろそろ私達の関係を、一歩前に踏み出してもいいのではないか。

なんて考えていた。

勇気を振り絞って言うつもりだったのに、言葉がなかなか出てこない。

「エルツ様に、ずっとお伝えしたいことがありまして」

「どうした？」

「いえ、深刻な話ではなく……いいえ、深刻かもしれません」

言い方が悪かったのか、エルツ様は私の手を握り心配そうに覗《のぞ》き込んでくる。

「あ、その、悪い話ではなくて、いい話と、捉《とら》えていただけたら嬉しいなと思っているのですが」

しどろもどろになってしまう。

顔もありえないくらい熱くなってきた。

エルツ様を恐る恐る見ると、優しく微笑《ほほえ》んでいた。

「なるほど。何を言ってくれるのか、だいたいわかった気がする」

「うっ！」

どうやら口にせずとも、伝わってしまったらしい。きちんと言葉にしなくてはならないのに、まだ上手《うま》く喋《しゃべ》れそうにない。

きっとまだ私自身が一人前のイーゼンブルク公爵になっていないから、気持ちを打ち明けるのなんて百年早いのではないか、なんて思っているからだろう。

「ビー、無理はしなくていい。幸いにも、私は気が長い男だからな。ビーが言えるようになったら、伝えてほしい」

今はまだ忙しく、いっぱいいっぱいだろう、とも言われてしまった。

ぐうの音も出ないとは、今のような状況を言うのだろう。

「まあでも、あまりにも遅かったときは、私から言うからな」

「その、よきタイミングで、お互いに気持ちの確認ができたらいいな、と思っています」

「ああ、それが一番いい」

エルツ様の言葉を聞いて、涙が出そうになってしまう。

どうしてこんなに優しくしてくれるのか。

私も同じくらい、いいやそれ以上に優しさを返せたらいいな、と思う。

こんな感じで、曖昧《あいまい》なままの関係は続いているけれど、私達の気持ちは同じだろう、と確認できたような気がした。

そんな日の話であった。

特別編　お出かけはピクニックパイと一緒に

ある日の午後、エルツ様から思いがけない頼み事をされる。

「ビーよ、少し私のわがままに付き合ってほしいのだが」

「なんでしょう？」

改まった態度で言っているので、何事かと思ってしまう。

「共に、グレイの墓参りに行ってほしいのだ」

「あ――！」

お祖父《じい》様のお墓参りと聞いて、私の胸がぎゅっと締め付けられる。

奥歯を噛《か》みしめてぐっと我慢したつもりだったのに、エルツ様は私の些細《ささい》な反応に気づいたようだ。

「どうした？　何か不都合でもあるのか？」

「いいえ、何も、ございません」

「いいや、何かあるのだろう」

指摘され、打ち明けることとなった。

「実は、私は一度もお祖父様のお墓参りに行っていないのです」

お祖父様の死を受け入れることができず、忙しさにかまけて、お墓参りに行っていなかったのだ。

「一年経《た》ったら、勇気を出して行こうと思っていたんです。けれどもオイゲンとの離婚騒動のあと、いろいろしているうちに、今に至ってしまいまして」

「そうだったんだな」

しょんぼり項垂《うなだ》れる私の手を、エルツ様は優しく握る。

顔を上げると、優しく微笑《ほほえ》んでくれた。

「自分を責めるような顔をするな。墓参りができなかったのは、私も一緒だから」

「エルツ様もだったのですか?」

「ああ。私もグレイの死について、これまで向き合えなかった。病気について知っていながら、何かできることがあったのではないか、と自問自答を繰り返すうちに、自分自身がふがいなく思ってしまって……ビーと一緒だ」

どうやら私達は、同じ理由でお祖父様のお墓参りができなかったのだ。

「まさかビーも同じ思いを抱いていたとは、思いもしなかった」

エルツ様は二人で謝りに行こう、と言ってくれた。

その言葉は私の中で大きな勇気となる。

◇◇◇

お祖父様へのお墓参りに行く当日——私は隠者の住まい《エルミタージュ》の庭でタイムとパセリを採っていた。

あとは柑橘専門温室《オランジェリー》にあるレモンがあれば材料が揃《そろ》う。なんて考えているところに、リス妖精《ようせい》がレモンを持ってきてくれた。

『おう、レモンはこれでいいのか？』

「はい——って、どうしてレモンが必要だとわかったのですか？」

『庭に出るときに、〝レモンとタイムと〜〟って言っていたからな』

「む、無意識でした！」

リス妖精からレモンを受け取り、お返しとばかりにポケットに入っていた魔宝石の粒を進呈する。

リス妖精は受け取った魔宝石をカリコリとおいしそうに食べていた。

『朝からバタバタ忙しそうだが、何かあるのか？』

「お祖父様のお墓参りに行くんです」

『レモンはグレイへの贈り物なのか？』

「いいえ、ピクニックパイの材料ですよ」

『ピクニックパイ？』

「ええ。お墓参りに行くときは、ピクニックパイが必要なんです」

あれは私が何歳のときの話だったか。お祖父様が急に、私の両親のお墓参りに行くと言って連れ出したのだ。

両親の死について考えたくない私は、しぶしぶついて行った。

お参りを済ませたあと、お祖父様は美しい湖のほとりに私を連れて行って、屋敷の料理人に作らせたピクニックパイをふるまってくれたのだ。

「憂鬱《ゆううつ》な気分が吹き飛ぶくらい、おいしいパイなんです」

『そうなんだな』

その日から、私とお祖父様のお墓参りにはピクニックパイが必須《ひっす》となったのだ。

今回もそのピクニックパイを作ろう。そう思って、昨日からパイ生地を仕込んでいたのだ。

リス妖精と別れ、ピクニックパイ作りに挑む。


まずはフィリング――パイに包む具を作る。

豚挽《ひ》き肉にパン粉を混ぜたものに、タイムとナツメグ、ショウガ汁、塩コショウで味付けした。

別のボウルに鶏《とり》挽き肉にすり下ろしたレモンの皮、パセリ、塩、黒コショウを混ぜる。この二つのフィリングが入ったボウルはしばし氷水にさらして冷やしておく。

他、中に詰めるウズラのゆで卵や、グレイビーソースも作る。

次に、パイ生地を用意しよう。

今回使用するパイ生地は、〝ホットウォータークラストペイストリー〟と呼ばれるもの。

通常、パイ生地はバターを溶かさないように冷たさを維持しながら作る。けれどもこのホットウォータークラストペイストリーは、パイ生地を温かくしながら作るのだ。

作り方はラードとバター、水を鍋《なべ》で沸騰させたものに、薄力粉と強力粉、塩を混ぜてふるったも

のを入れて木べらで混ぜる。

生地がまとまり、手で触れるようになったらしっかりこねて、長方形の型にはめ込むのだ。

ホットウォータークラストペイストリーの特徴は他のパイ生地よりも屈強なこと。

ピクニックに持っていくのに最適なパイになるのだ。

型に豚挽き肉のフィリング、グレイビーソース、ウズラのゆで卵、鶏挽き肉のフィリングを重ね、上をパイ生地で覆う。

余った生地は花びらの形にカットして上に飾った。

生地の表面に溶き卵を塗って三十分ほど焼いたら、ピクニックパイの完成である。

パイを冷ましている間に、身なりを整える。

黒い喪服を着て髪もまとめた。化粧は薄くし、ベールのある帽子を被《かぶ》ろう。

バスケットにピクニックパイを詰めようと台所に行ったら、たくさんの花が置かれていた。近くにアライグマ妖精のモフがいたので聞いてみる。

「このお花、どうしたんですか?」

『みんなで摘んだんだよ~』

お祖父様の墓前に飾ってもらうよう、セイブルやリス妖精、アライグマ妖精の三姉妹が一緒に庭で摘んだ野花だという。

「ありがとうございます。お祖父様もきっと、喜ぶと思います」

私も庭で白いクリサンセマムの小花を摘んでリボンで束ねた。

そうこうしているうちに、約束の時間となる。

エルツ様が隠者の住まい《エルミタージュ》にやってきて、クワルツ・ド・ロッシュ――水晶竜《クリスタル・ドラゴン》の背中に乗って墓地まで向かった。

お祖父様のお墓は王都の郊外にある、イーゼンブルク公爵家が管理している教会の、お祖母様のお墓の隣に建てられている。

自然溢《あふ》れる豊かな場所で、神父様やシスターがお墓の手入れをしてくれているのだ。

エルツ様は白いユリを持ち、私へ手を差し伸べる。

「ビー、行こうか」

「はい」

エルツ様の大きな手のひらに指先をそっと重ねると、優しく包み込むように手を握ってくれた。

そして、エルツ様と一緒に、墓前に挨拶《あいさつ》に行く。

お祖父様のお墓にだけ、スノードロップの花が添えられていた。誰かがやってきているのだろうか？

オイゲンでないことは間違いないだろうが。

「ビー、どうした？」

「あ、いえ、なんでもありません」

クリサンセマムの花と妖精達から預かった野花をお祖父様とお祖母様の墓前に添えて祈りを捧《ささ》げる。同じように、エルツ様もユリの花を添え、お祖父様の死を悼んでくれた。

「お祖父様、遅くなってしまい、申し訳ありません……。私は今、幸せに暮らしておりますので、ご心配はなさらぬよう、お願いします」

私の言葉に、エルツ様も続く。

「グレイよ、これまでお前の死が認められず、ここにやってくるのが遅くなった。どうか許してくれ」

言い終えた瞬間、優しい風が吹く。お祖父様が私達を許してくれるような気がした。

帰り際に、神父様とお話しする。

「これまで訪問できず、申し訳ありませんでした」

毎月、花代として寄付をしていたものの、それだけでは罰当たりだっただろう。

お祖父様には寂しい思いをさせてしまった。そう呟《つぶや》くと、神父様は優しく声をかけてくれる。

「グレイ様のもとにはたくさんの方々がお参りに来ていたんですよ」

毎月のようにお墓参りにやってくる友人もいたという。

「スノードロップが思い出の花だからと言って、温室で育てたものを毎月わざわざ持っていらして」

「そうだったのですね」

お祖父様は寂しくなかっただろうと言われ、少しだけ罪悪感が薄くなった気がした。

そのあと、お祖父様とよく行っていた湖に行って、エルツ様とピクニックをした。

「このピクニックパイは、お祖父様との思い出の料理なんです」

お皿に切り分け、湖を眺めながら食べる。

「これは、おいしいな」

「よかったです」

ふと、思い出す。お祖父様ともそんな会話を交わしたような記憶があった。

私の隣にお祖父様はもういない。わかっているのに、涙が零《こぼ》れてしまった。

涙と一緒に、私はピクニックパイを頬張る。

「今日のパイは、少し、しょっぱい味がします」

「そういう日もあるだろう」

エルツ様が優しく言葉を返すものだから、余計に涙が零れてしまった。

「ビー、またグレイのもとを一緒に訪問しよう。今度は、いい報告ができるといいな」

「はい……！」

もう、お墓参りは怖くない。エルツ様と一緒だから。

そんな想《おも》いと一緒に、ピクニックパイを食べたのだった。

あとがき

はじめまして、江本《えもと》マシメサと申します。

このたびは『家を追放された魔法薬師は、薬獣や妖精《ようせい》に囲まれて秘密の薬草園で第二の人生を謳《おう》歌《か》する』をお手に取ってくださり、ありがとうございました。

この物語はモフモフキャラ満載で、執筆がとても楽しかったです。

自然豊かな場所でモフモフ達と暮らせるなんて、夢みたいです。

天領寺《てんりょうじ》セナ先生に描いていただいた美麗な絵を見ながら、主人公のベアトリスを羨《うらや》ましく思ってしまいました。

こちらの作品ですが朗報がございまして、B's-LOG COMICにてコミカライズが決定しました！

どんなふうに漫画化されるのか、心から楽しみにしております。

最後に読者様へ！

ここまで読んでくださり、ありがとうございました。

またどこかでお会いできたら嬉《うれ》しく思います！

カドカワBOOKS

家《いえ》を追放《ついほう》された魔法薬師《まほうくすし》は、薬獣《やくじゅう》や妖精《ようせい》に囲《かこ》まれて秘密《ひみつ》の薬草園《やくそうえん》で第二《だいに》の人生《じんせい》を謳歌《おうか》する

2024年７月10日　初版発行

著者／江本《えもと》マシメサ

発行者／山下直久

発行／株式会社KADOKAWA

〒102-8177
東京都千代田区富士見2-13-3
電話／0570-002-301（ナビダイヤル）

編集／カドカワBOOKS編集部

印刷所／暁印刷

製本所／本間製本

Printed in Japan
ISBN 978-4-04-075531-1 C0093

新文芸宣言

かつて「知」と「美」は特権階級の所有物でした。

15世紀、グーテンベルクが発明した活版印刷技術は、特権階級から「知」と「美」を解放し、ルネサンスや宗教改革を導きました。市民革命や産業革命も、大衆に「知」と「美」が広まらなければ起こりえませんでした。人間は、本を読むことにより、自由と平等を獲得していったのです。

21世紀、インターネット技術により、第二の「知」と「美」の解放が起こりました。一部の選ばれた才能を持つ者だけが文章や絵、映像を発表できる時代は終わり、誰もがネット上で自己表現を出来る時代がやってきました。

UGC（ユーザージェネレイテッドコンテンツ）の波は、今世界を席巻しています。UGCから生まれた小説は、一般大衆からの批評を取り込みながら内容を充実させて行きます。受け手と送り手の情報の交換によって、UGCは量的な評価を獲得し、爆発的にその数を増やしているのです。

こうしたUGCから生まれた小説群を、私たちは「新文芸」と名付けました。

新文芸は、インターネットによる新しい「知」と「美」の形です。

2015年10月10日
井上伸一郎